ココの詩《うた》

高楼方子 作／千葉史子 絵

COCO DAYDREAMS OF A LONG LONG STORY
by Hohko Takadono

Published by Fukuinkan Shoten Publishers, Inc.,Tokyo 2016

Printed in Japan

ゆめを見ましょう　春のゆめ
いつかわたしが大きくなったら
白い小さなお舟にのって
知らない国へと　ゆーらゆら

もくじ

第一部

第四部

第一部

1　子供《こども》部屋《べや》のココ

十字架《じゅうじか》の山通り十四番地のルッケージ荘《そう》では、午後の陽《ひ》にあたためられて少しむっとなった子供《こども》部屋《べや》に新しい風を入れようと、女の子が窓《まど》をあけたところでした。

「ゆめを見ましょう、春のゆめ……」

女の子が口ずさむ歌は、棚《たな》にならべられたおもちゃの兵隊にも、ベッドにころがっているぬいぐるみにも、ガラスのケースに入れられたスペインの気どった人形にも、そしてゆりいすにすわったままのはだかんぼうの人形ココにも、もうすっかりなじみになった歌でした。

ぬいぐるみや人形たちはじっとしたまま、いく度もくりかえされる歌を聞き、心の中でそっとため息をついては、いつか自分たちが大きくなる春の日のことをゆめ見ているのでした。

「モーニカ！」

下の部屋からよぶ声がして、女の子はスカートをひるがえしました。そのとたん、かすかにチャランと音がしたのを、すぐそばにいた人形のココの耳が聞きました。

（ナニカオトシタワ、モニカ！）

けれど女の子はココの方は見ずに、子供部屋からかけだしていきました。ココのすわったゆりいすの先には、金色の小さな鍵《かぎ》がひとつおひさまを受けて床《ゆか》の上で光っていました。

（ヒロワナクッチャ、ヒロワナクッチャ）

ココは鍵《かぎ》を見つめながら、なぜだかどうしてもそれを拾わなければいけない気持ちがしたのです。かざり棚《だな》の上のガラスのケースの方に顔をむけると、スペインの人形は、紫色《むらさきいろ》の扇子《せんす》をほおにあてて、小さな口であくびをしているところでした。

（……ソウ、メズラシイコトジャナイワ、チットモ……）

とココは思いました。女の子がいろんな小さな物をポケットからおとしたまま気づかずにいることなど、しょっちゅうあるのでした。

ココのひざの上に財布《さいふ》をのっけたまま散歩に出たあとで「あたし泥棒《どろぼう》にあっちゃったみたい」と大さわぎしながら帰ってくることだってめずらしくないのです。ですから子供部屋の小さな住人たちは、女の子のそそっかしさにはもうなれっこになっていて、いちいち気にとめたりはしませんでした。けれどココは今、小さな金色の鍵《かぎ》がどうしても気になってしかたがないのでした。見れば見るほどそれは何だか、わざとココをよんでいるようにきらめくのでした。

ところで、人形たちは、もちろん自由に身動きすることはできませんけれども、もしも思いっきりの力というのを全部ふりしぼりさえすれば、ちょっとした動作をすることもできたし、何歩か歩くことだってできたのです。とうとうココは、思いっきりの力を出すことにしようと決めました。

ギシッ、ギシッ、ギイ、ココのすわったゆりいすがしだいに大きく前後にゆれて、ココはいすからすべりおちそうになりながら、うまいぐあいに床《ゆか》にとびおりるための拍子《ひょうし》をとりました。仲間たちの見るともなしに見ている少し眠《ねむ》たげなまなざしも、ココの夢中の横顔に気《け》おされて、思わずパチクリしたほどでした。

コトン！　ころばずに上手に床《ゆか》にとびおりると、ココは、一歩、一歩、交互《こうご》に足を前に出し、それからちょっと足を広げてまっすぐの背中《せなか》を前にたおすようにして身をかがめ、そしてとうとう鍵《かぎ》を拾いました。小さな鍵《かぎ》もココの手のひらに入ると、ずしりと重たい金色の塊《かたまり》でした。けれども拾ってしまうと、ココはちょっと首をかしげました。

（アタシイッタイ、コレ、ドウシタイノカシラ、モニカニワタシテアゲタイノカシラ？）

クローバーの形に鋳《い》られた鍵《かぎ》の頭に見入っていたココは、そのまん丸い目をあげて、部屋の中をぐるーりと見まわしました。……はるかに高い天井《てんじょう》からつりさがった白いガラスのシャンデリア、花模様《はなもよう》の壁《かべ》にかかった昔の風景を描《えが》いた額の絵、古いこげ茶色の机《つくえ》と衣裳《いしょう》だんす、何人もの仲間たちをのせたかざり棚《だな》、そして目の高さのところには女の子のベッドの白い脚《あし》……長い間に目の中に焼きついてしまった変わりばえのしない子供部屋のながめでした。そしてそれはココが知っているたったひとつのながめでした。

たしかにずいぶんと昔のこと、ほんの少しの間だけココはもっとたくさんの仲間といっしょに、どこか別のところにすわっていたことはあったのです。でもそれはもう、遠いかすかな思い出にしかすぎませんでした。

（コレ、イッタイ、ドコノカギナノ？）

カチンカチンと首を動かしながら、背《せ》の高いかざり棚《だな》を上から下へと目で追っていった時でした。そのかざり棚《だな》のいちばん下の段《だん》、何冊《さつ》かの本の横に、見なれない小さなおもちゃのたんすが置いてあるのが目の中にとびこんだのです。いつそこに置かれたのかココは知りませんでした。扉《とびら》には、赤と青と黄色の絵の具で、手まねきするようにからみつく唐草《からくさ》の絵が描《か》いてあります。するとココは、にぎっている金色の鍵《かぎ》がそのたんすのものにちがいないと、突然《とつぜん》思いいたったのです。それはちょうど、前から知っていたのに忘《わす》れていたことを、不意に思いだすのににていました。

ココは、一歩、一歩とすいよせられるようにかざり棚《だな》の方に近づくと、赤い唐草《からくさ》の上にあけられた穴《あな》に鍵《かぎ》をさし入れ、ガチャリと両手でそれをまわしました。

キリコロリンリン、キリコロリンリン……ゆめを見ましょう、春のゆめ……ああ、これはさっきの歌の節にちがいありません。金属の豆つぶが奏《かな》でるひとつひとつの音が、ぱっと広く開かれたたんすの扉《とびら》から外へと流れてゆきます。それはたんすの形に作られたオルゴールでした。

「アア、キレイナオト……」

うっとり目をとじ音の流れにたゆたっていたはだかんぼうのココは、やがてその中に星かざりのついた水色の小さな洋服が一着かかっているのに気がつきました。隅《すみ》の方には同じ色のレースのついた下着も一そろいかけてあります。そして水色の靴《くつ》も一足きちんと置かれていました。

キリコロリンリン、キリコロリンリン……さっきまでのざわざわした仲間たちのささやき声も、スペインの人形の豪華《ごうか》なドレスがガラスにさわるいつもの音も聞こえません。

ココはからだじゅうでオルゴールの音を聞きながら水色の洋服をとりだすと、胸《むね》の上にあててみました。肩《かた》のところでふくらんだ袖《そで》はココの肩《かた》にふわりとふれ、やわらかいスカートの裾《すそ》ははらりとひざをなでました。

「アタシノタメノ、オヨーフクミタイ……」

そしてココはしゃらしゃらと肌《はだ》にやさしい下着をつけ、水色の服に袖《そで》を通しました。小さすぎもしなければ大きすぎもしませんでした。

ココは胸《むね》にちりばめられた金色の星にそっと手をあてました。たくさんの星がちくちくと手のひらを刺《さ》し、ココはくすぐったくて、うふっとわらいました。それから小さな靴《くつ》をとりだすと、右と左をちがえないように用心しながらはきました。何もかもがぴったりとココのからだにあいました。

「ワァ……」

ココは熱くなってくるほっぺたを両手でおおいました。

「あたしもう、はだかんぼうのココじゃないのね！」

いいながらくるりと後ろをふりむいた時、仲間たちも、そしてココも、ハッと息をのみました。ココのしぐさはもう、あの、人形たちに特有のかたくてみっともないカチンカチンしたものではなく、なめらかな人間の女の子の動きそのものに変わっていたからです。

キリコロリンリン、キリコロリンリン……オルゴールの音色が窓《まど》から吹《ふ》きこむやさしい春の風にとけて、明るい午後の子供部屋にあふれました。ココのおかっぱの髪《かみ》は風になびき、水色のワンピースの裾《すそ》がつりがね草《そう》のようにふくらみながら、ほよほよとはためきました。

キリコロリンリン、キリコロリンリン……

いつかわたしが大きくなったら
白い小さなお舟《ふね》にのって
知らない国へと　ゆーらゆら……

ココは春風を初めてのもののように感じました。熱い思いが広がって、小さな胸《むね》は波うちました。

(……いこう!)

ふみだす足は羽根のように軽く、ココは半開きになっていた子供部屋のドアを通ると、もう後ろをふりむくこともせずにそこを出ていったのです。

おもちゃのたんすはとぎれとぎれに同じひとつのメロディを奏《かな》で、あとに残った人形たちはそれにつられて首をたれ、やがて静かになりました。

2　川　へ

冷たくとざされた青銅《せいどう》の門扉《もんぴ》の下をくぐりぬけてしまったココは、もうルッケージ荘《そう》の子供部屋《こどもべや》にかざられた人形ではありませんでした。ゆるやかにうねる坂道、十字架《じゅうじか》の山通りの中腹《ちゅうふく》に一人立ち、遠くはるかにのぞく赤茶の円屋根《まるやね》や塔《とう》の尖端《せんたん》を見ながら外の空気を思いきりすってはき出している、自由な一人の女の子なのでした。

ココは今、どんなところへでも歩いていけるのです。それにしても世界はなんと広かったことでしょう。二階の子供部屋から一段《だん》一段《だん》、階段《かいだん》をおりてくるのでさえ、そしてえんじ色の絨毯《じゅうたん》がしいてある居間を横ぎってくるのでさえ大変な仕事だったというのに、今見おろすこの坂道ときたら、いったいどこまでのびているのでしょう。

ココはほんの少しめまいをおぼえました。でも最後にひとつ大きく息をすると、ココは思いきってその坂道をおり始めたのでした。

石畳《いしだたみ》の坂をおりてゆくと、とじたり開いたりしている緑にぬられたたくさんの鎧窓《よろいまど》や、はためく洗濯物《せんたくもの》や、枯《か》れ蔦《つた》にすっぽりおおわれた古い家並《いえなみ》が下の方からあらわれました。けれどそうしためずらしいながめをもっとよく見ようとして近づいた時には、鎧窓《よろいまど》も洗濯物《せんたくもの》もただもう果てしなく重

ねた積み木のように重なって、見あげるココの隣《となり》にそびえているばかりでした。

やがてココは、暗くかげった大きなトンネルをぬけました。この先に何があるのかわかりません。けれどココは足のむくままそして風のさそうままに道をおりてゆきました。

白い教会の角をまがって「楡《にれ》の木《き》通り」という名の小道をゆき、左にそれてみると、ゆく手には、まだらの影《かげ》を芝生《しばふ》におとしながらゆれる木々の緑が見えました。公園があるのでした。すると古い建物の下ばかりをずいぶん長いこと歩き続けたココの心はにわかにおどって、足はひとりでに速くなりました。が、ようやく公園のそばまできてみると、ハッと立ちすくまずにはいられませんでした。そのむこうを、赤や青の自動車がびゅんびゅん音立てて通ってゆくのが目にとびこんだからです。

（あれが、自動車……？）

ルッケージ荘《そう》の子供部屋をたまにおとずれる男の子がいつもにぎっていた、あの自慢《じまん》のメルセデスなんて、今車の後ろで舞《ま》いあがった紙屑《かみくず》みたいなものでした。なんとまあ大きくて力いっぱい走りさっていくことでしょう！

首をふりながら車の列に見とれていたココは、ふと、その背景《はいけい》になっている長い長いれんが塀《べい》に目をとめました。塀《へい》の上には同じ形をした街灯《がいとう》が、おもちゃの兵隊たちのようにずらりと行儀《ぎょうぎ》よくならんで立っているのです。

ココは、緑の公園よりも車の流れよりも、その塀《へい》のことがひどく気にかかりました。

（あのむこうに何があるんだろう……）

次の瞬間《しゅんかん》にはもう、ココは一生懸命《いっしょうけんめい》、公園の脇《わき》を走りぬけていました。が、おしよせる車の列の前までやっとたどりついてみて、それ以上はどうしてもすすめずに足ぶみをしました。

（あのむこうに何があるんだろう……）

すいよせられる気持ちをおさえねばならず、ココはいらいらしました。と、赤い車がココの前でぴたりととまったのです。はっとまわりを見ると、ココと同じくらいの背《せ》の毛むくじゃらの犬が、ハイヒールの足といっしょに道をわたり始めたところでした。ココはあわてて犬の後ろにくっつきました。犬はココをふりむいてちょっとめずらしいものを見るような顔をしてから、

「おやおや、何がおもしろくて外になんか出てくるんでしょう」

とつぶやきました。ココは、返事もせずに犬を追

いこしました。そして、一気にかけて道をわたり、とうとう、ごつごつしたれんがの膚《はだ》にぴたりとからだをはりつけたのです。

(このむこうに何があるの? ねえ、何があるの?)

あらい息をつくココの目に、すました足どりで塀《へい》の横を歩きさってゆくハイヒールと犬の尻尾《しっぽ》とがうつりました。そうしてやがてしかたなく、小さな小さなココもまた、塀《へい》に身をすりよせながら、それをつたって歩き始めたのでした。

春の風が、過ぎた季節の落とした朽《く》ち葉《ば》をとばし、朽《く》ち葉《ば》の先はココのひざをくすぐってからまたとんでいきました。ココはそっと胸《むね》をおさえました。星かざりが気持ちよくつき刺《さ》さる手のひらに、ときんときんという心臓《しんぞう》の鼓動《こどう》がつたわってくるのを感じました。

塀《へい》におしあてた右肩《みぎかた》や右の腕《うで》がひりひりといたみだしたころ、どこまでもまっすぐ続くかに見えた塀《へい》の途中《とちゅう》に、まがり道があるのが見えたのです。ココはさっと塀《へい》から身をひきはがすとかけていきました。塀《へい》はゆるやかに右にそれ、そして急にれんが塀《べい》はとぎれて、太い鉄柵《てっさく》がそれにかわりました。ココは鉄柵《てっさく》の一本に両腕《りょううで》でしがみつきました。

キラキラキラキラと光るたくさんの水……ずっとずっとどこまでもつながる長い水……風に吹《ふ》かれてかぞえきれないダイヤの形をちらちらと浮《う》かべている緑の水……。果てしなく続く水は、でもたしかに、ゆっくり遠くから流れきて、ココの真下を通り、どこかへゆらりゆらりと流れてゆくのでした。

ココは肩《かた》を上下させながら、今にもはらりとすいこまれてゆきそうなほどに鉄柵《てっさく》の間から身をのりだして、はるか下の水の舞《まい》を見つめ続けました。

その時、「アルノー川」という言葉がココの背中《せなか》をすっとさわっていきました。ココのいることなどにちっとも気づかない、どこかの大人の話し声のきれ端《はし》でした。

（アルノー川？　ああ……、これが川なんだわ……）

ルッケージ荘《そう》の子供部屋には、「ぼくが川のむこうにいたころは……」というのが口ぐせの仲間が一人いました。「君たち見たことないだろう、川ってのは水だらけなんだぞ、ぼくはいつだって窓《まど》から見ていたんだぞ」とそのインディアンの人形は得意がって話したものでした。

「ほんとに、水だらけだわ……」

顔をあげると、川をかこむのびやかな風景も広がっていました。ゆるく蛇行《だこう》しながら流れくるその先には長い橋がわたり、そのむこうには、なだらかな山並《やまなみ》が横たわっていました。

ココは鉄柵《てっさく》から身をはなすと、またかけだしました。まがり道だと思ったのも、アルノー川にかかる広い大きな橋のひとつ、ありがと橋《ばし》だったのです。橋をななめに横ぎって別の側の鉄柵《てっさく》から同じように身をのりだすと、川の流れゆく先には、家をたくさんのせた象牙色《ぞうげいろ》の橋が見えました。

春の風《ふ》に吹かれた川は、その下をゆらありゆらありと流れていきます。春を楽しむ黒い小鳥たちもいました。青い空と緑の川のまん中で、すばやい舞《まい》を舞《ま》う小鳥たちは、ぴいぴいというよろこびの声をたえずあげていました。

……キリコロリンリン、キリコロリンリン……ゆめを見ましょう、春のゆめ……いつかわたしが大きくなったら……白い小さなお舟《ふね》にのって、知らない国へとゆーらゆら……。

知らぬまにココの口が歌っていました。外の世界はこんなに広びろと果てしなく、風はどこへでもそぞろに駆《か》けて吹《ふ》いてゆき、そして小さなココはそのまん中でときはなたれてただ一人なのでした。

「あたし、白いお舟《ふね》にのってゆられていこう！」

ココはまた走りだし、また鉄柵《てつさく》につかまっては川を見つめ、アハアハと息をつきました。と、象牙《ぞうげ》色《いろ》の橋の下から一艘《そう》のカヌーがあらわれて、それはどんどんココのいる橋の方に近づいてきたのです。

（まあっ、お舟《ふね》だわ！）

けれどココは、その、やけにひょろ長い形にも、懸命《けんめい》に櫂《かい》を漕《こ》ぐ大人の後《うし》ろ姿《すがた》にも、どうもなじめない気がしました。

（あたし、ああいうお舟《ふね》じゃないお舟《ふね》にのってくの……）

ココはそうしてまた、川のあちらこちらに目をうつしました。すると川べりに、今見た舟《ふね》よりはずっと小さめのボートが何艘《そう》もならんでいるのに気がつきました。高い橋の上からは、それらはちょっと見にはいろんな色のゴミのひとかたまりのようにたたずんでいたのでした。

よく目をこらすと、ボートのあたりには、ちょろちょろと動くものの姿《すがた》もありました。ココは心をおどらせながら橋の終わるところめがけて一目散《いちもくさん》にかけてゆきました。反対岸にゆきついて左をむくと、川にむかっておりてゆく一本の細い砂利《じゃり》道《みち》があります。ココは小砂利《こじゃり》のでこぼこの間を髪《かみ》と水色のスカートをはためかせてかけおりました。

赤や緑や黄色やらの、まちまちの大きさのボートが思い思いの方をむいて川岸でゆらめき、ボートの数ほどの褐色《かっしょく》のネズミたちが、ある者は石にすわり、ある者はボートに寝《ね》そべり、またある者たちは肩《かた》を組んで話していたり、キュウキュウと小さく鳴きながらすもうをとったりして午後のひとときをすごしているのでした。

ココは後ろで手を組み、ちょっと肩《かた》をすくめてネズミたちに近づくと、すぐそばで石に腰《こし》かけ雑《ざっ》誌《し》をめくっていた一匹《びき》のネズミに、思いきって声をかけました。

「お舟《ふね》にのせてもらえるのかしら？」

ネズミははっとふりあおいでココを見ると、丸い目をパチパチッとしばたたいて急いで雑誌《ざっし》をとじ、ちょっとどもりながらいいました。

「え、ええ。もちろんですとも。あ、あのぼくの舟《ふね》でしょうか。ぼくの、大型なんですけど……」

ネズミはココが首をかしげてにっこりしたままだまっているので、またあわてて続けました。

「あ、あのこの舟《ふね》は、ぜーんぶタクシーボートなんです。で、ですから、お客さんのいきたいところにのせてってあげますけども……」

ネズミはそのあとほんとうは、「お金をはらっていただければ、ですけど」といおうとしていい

づらくなり、そのかわりにちょっちょっと頭をかきました。ココの着ている水色のワンピースがとてもきれいで、それに胸《むね》のところにちりばめられたたくさんの星がまぶしくて、少し緊張《きんちょう》したからです。

ネズミがだれかと話しているのに気づいたほかのネズミたちは、それぞれ自分のしていたことをやめて、今ではみんなそろってココの方にとがった顔をむけていました。それでココは、いくつものいろんなネズミたちと顔をあわせながら、それが皆《みんな》それぞれのボートの運転手なのだということに気づきました。ココは、すぐそばにすわったままのさっきのネズミをもう一度見ると、

「あなた、何色《なにいろ》？」

とたずねました。

「はっ、い、色ですか。ぼくの？　そうですねえ。茶褐色《ちゃかっしょく》ってところでしょうか……。あ、ぼくの

じゃなくて、舟《ふね》の、舟《ふね》の色ね。舟《ふね》は、あの、赤なんです」

ネズミはまたちょっちょっと頭をかいて、てれくさそうにわらいました。

「赤なの……」

ココは残念に思いながら首をふりました。すると、

「おじょうちゃん、ぼくのはそのお洋服と同じ水色ですけど、のりませんかい！」

と声をかけてくるネズミや、

「いやあ、こういうおじょうちゃんはふつう、もも色がすきなことになってるんじゃ。ひとつわしのにのらんかい。小型だし、ちょうどいいじゃろ」

と近よってくる年配のネズミも出てきましたが、ココは首をふり続けてから、

「あたし、白いお舟《ふね》にのりたいの」

と答えたので、みんながっかりするやら肩《かた》をすくめるやらして、また自分たち同士ですきなことをし始めました。「白ねえ、ふうん」とつぶやくなり背《せ》をむけて、チェスの駒《こま》をひとりで動かす年とったネズミもいました。けれどチカチカまぶしい緑の川面《かわも》に浮《う》かぶいろんな色の舟《ふね》に目をむけてみると、それはどれもみな楽しいことの前ぶれのように見えるのでした。

（お舟《ふね》はどうしても白でなくちゃいけないのかしら、……そうよ、赤だって水色だってもも色だって、すてきじゃないの！）

そう思ってもう一度ネズミたちの方をふりむこうとした時、ココの目の隅《すみ》に一匹《ぴき》のネズミの姿《すがた》が

うつりました。それはちょっとはずれたところにとめてある、大きめの舟《ふね》にのったネズミでした。そのネズミは、もうさっきからだまってココの方を見ていたのでした。

ネズミは首に赤いネッカチーフをまき、さりげなく足を組んで自分のボートにもたれていました。にっこりわらいかけたそのネズミの毛は、風に吹《ふ》かれているせいなのか、ほかのどのネズミともちがって銀色に光り、それがはためくネッカチーフの赤とともに、いっそうすてきに見えるのでした。

ネズミは細めた目でじっとココを見ながら、短い前髪《まえがみ》をさらりと指でかきあげました。そのしぐさは、ココの胸《むね》を一瞬《いっしゅん》ぴくんとうったのです。そしてネズミがのっていたのは、まっ白い舟《ふね》でした。

（ああ、やっぱりお舟《ふね》はどうしても白くなくちゃいけないわ！）

とココは思いました。

「あなたが白いお舟《ふね》の運転手さんなのね!?」

ココは鈴《すず》のような声をはりあげてたずねました。ネズミはただこっくんとひとつうなずくと、もう一度わらいかけました。ココは、ああ、あのお舟《ふね》にのろうと胸《むね》の中でさけぶと、白い舟《ふね》をめざして砂利《じゃり》の上を走っていきました。

3 ヤス

ココをのせた舟《ふね》は、ゆっくりとアルノー川を漕《こ》ぎだしました。ネズミの漕《こ》ぐ櫂《かい》が水の面《おもて》にシャパッと白い波を立てると、小さなしぶきが時おりココの腕《うで》にとびました。春風はネズミの毛を銀色に光らせ、ココのからだを気持ちよくなでていきました。

(ああ……なんてすてきなのかしら、白いお舟《ふね》でゆくのって……)

ココはやわらかい陽《ひ》をからだじゅうで受けとめるかのように胸《むね》をそらせて、大きな息をしました。

「きれいなお洋服ですね」

櫂《かい》を動かしながら不意にネズミがいいました。

「胸《むね》の星がまぶしいな」

抑揚《よくよう》のないその声は、今までに聞いたどんな声ともちがってからりとかわき、不思議な波長《はちょう》でココの耳にこだましたのです。ココは胸《むね》の星をしゃらんとなでながら、銀色のネズミを見つめました。するとしらぬまに、しずくのような小さな言葉が、ぽとりとココの口からこぼれました。

「お名前をきかせて」

ネズミはふいっととがった横顔を見せました。

「ヤス」

ヤスのひげがつんつんと光り、ココの瞳《ひとみ》を刺《さ》しました。

（ヤス……）

ココは心の中でくりかえしました。

アルノー川はゆらゆらゆれ、二人ののった白い舟《ふね》はスーイチャップン、スーイチャップンとゆっくりすべってゆきました。それは、ああなんと気持ちのよい春の日の午後だったことでしょう！

「ベッキオ橋《ばし》くぐっていって、いいんですね」

ヤスがかわいた声でいいました。ココは一瞬《いっしゅん》きょとんとしてからくるりと後ろをむきました。ヤスが見ている橋のことだと思ったからです。

「あはっ、そっちじゃなくておれの後ろの橋ですよ」

前にむきなおりながらココはかすかなとまどいをおぼえました。自分のことをおれとよんだヤスの言葉が耳にざらっとひっかかったからかもしれません。それとも、そのいい方が、どこか乱暴《らんぼう》だったせいかもしれません。けれどヤスは、またすぐにいいました。

「ベッキオ橋、くぐりますよ」

そしてヤスは口の片端《かたはし》をくいとあげてココにほほえみかけました。するとたった今のとまどいはもうたちまち消え、ココは元気にうなずきました。

「お家《うち》がのっかってて、なんだかおもしろい橋ね」

ヤスはまさかと思いながら、少しためらうようにたずねました。

「……ベッキオ橋、知ってるでしょう？」

ココが元気に首をふるのを見て、この街を知りつくしているヤスは、おどろいてつい小さくヒューッと口笛《くちぶえ》を鳴らしました。それにベッキオ橋を知らないお客というのをのせるのも初めてのことでしたから。

それからヤスは櫂《かい》を前後に動かしながら、橋の上にならんだ象牙色《ぞうげいろ》の家はみな店になっていて、首かざりや指輪を売っていることや、それが街一番に古い橋だということや、昔、大公《たいこう》さまというのがいらしたころにはあの屋根の下につけられた高い廊下《ろうか》をぞろりぞろりと歩いて反対岸にいかれたことなどを、枯《か》れわらのようなその声で、たんたんと語ってココに聞かせました。

いろんなことを話しながらヤスは、目の前にすわった女の子が、いろんなことをいかに知らないかということをどんどん知ってゆきました。そしてそのたびに、ココには聞こえないくらいに小さく、ヒューッと口笛《くちぶえ》を鳴らしたのです。

同時にヤスは、ココが、ふつうの女の子ならだれでも持っているハンドバッグも持っていなければ、そのすてきな水色の洋服についたポケットがから、にちがいないことも見ていました。ココがお金なんかこれっぽっちも持っていないことに気づいたのです。ヤスはぬらっと鋭《するど》いまなざしをココにむけると、フン、と鼻を鳴らしました。

けれど、ヤスの話を身をのりだしておもしろく聞いていたココは、そんなヤスの鼻音さえさわや

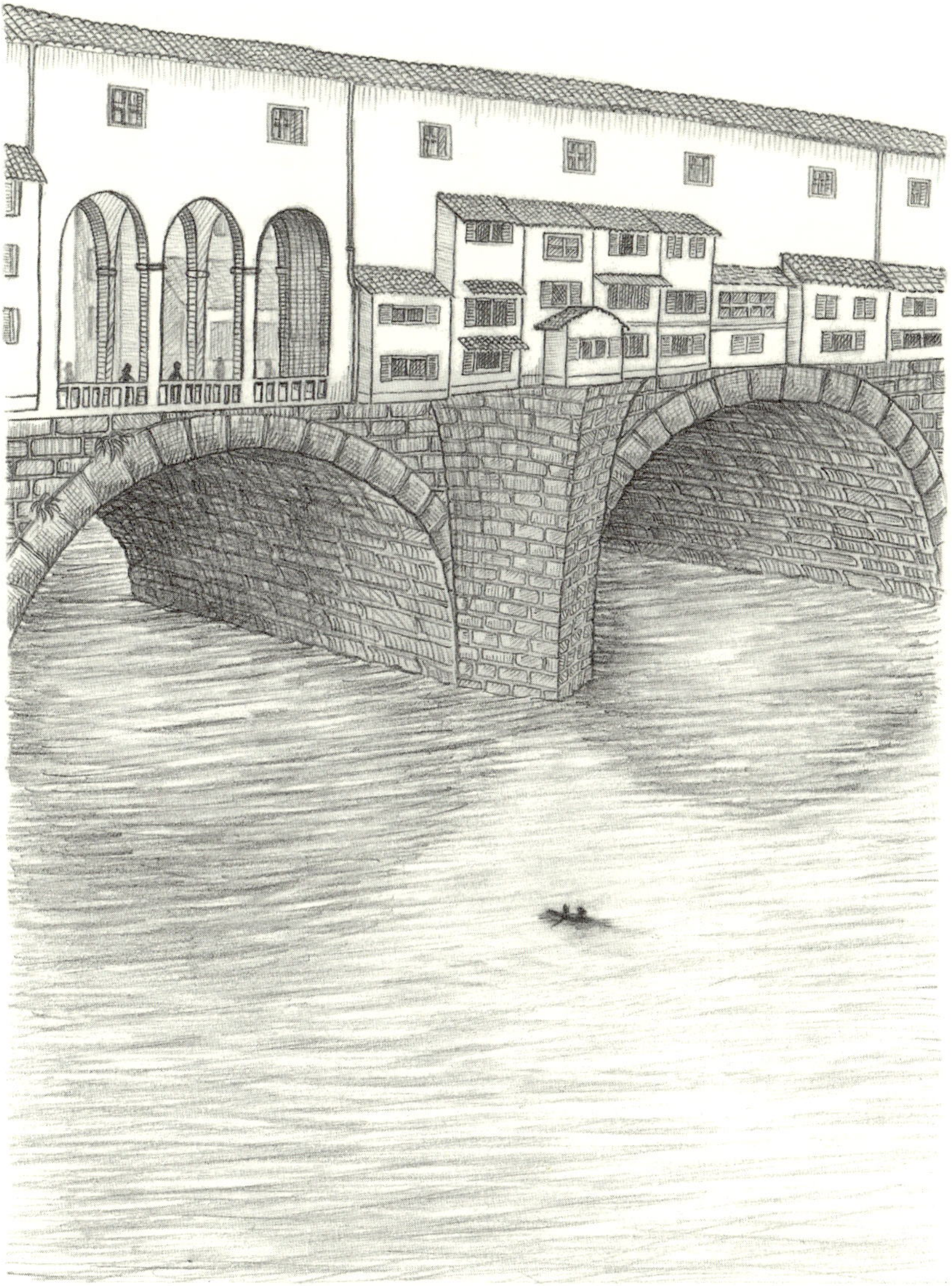

かに感じたのでした。ココにとってヤスは、なんといろんなことを知っているすてきなたのもしいネズミだったことでしょう！　そして、広い世界を旅する時にこんな友だちがそばにいてくれたらどんなにか楽しいにちがいないとココは思いました。

ベッキオ橋はもう目の前にせまり、やがて二人のボートは弧《こ》を描《えが》く橋げたをくぐってゆきました。しめったような昔むかしの石のにおいが、陰《かげ》りの中でココの鼻をつきました。

橋からぬけて少しすすむと、ヤスは後ろをふりむいてからいいました。

「あのあたりでちょっと休みましょうか」

ヤスは片方《かたほう》の櫂《かい》だけを大まわしに漕《こ》いで、川岸の方へとボートをすべらせてゆきました。その身のこなしには、ものなれた余裕《よゆう》と形のよさがあり、運転はたくみであざやかでした。ですから川べりで舟《ふね》がとまった時でさえ、まるで眠《ねむ》りにおちる時のようにいつということもなく、気づくともう深い静けさの中にたたずんでいるのでした。

櫂《かい》をはなすと、ヤスはどこからか長方形の銀色の物をとりだして、ココの方にちょっと肩《かた》をすくめてみせてから、それを口もとにあてました。鋭《するど》くふるえるため息のように細い細い音が流れ出ました。不思議な銀色の小箱はヤスの口もとを横にすべり、細い線のような音色は風にのって曲を奏《かな》で始めました。

きゅーき、きゅーき……ああ、その節は、あの心さそうゆめ見る春の歌……。

いつかわたしが大きくなったら、白い小さなお舟《ふね》にのって、知らない国へとゆーらゆら……。

ココはいつか目をとじて音の流れにただよいました。

けれどもヤスは得意のハーモニカを気持ちよく吹《ふ》きながらも、頭の中ではぜんぜん別のことを思っていたのです。

（おれとしたことが、きれいな洋服にまどわされたとは情けねえな。一文《もん》なしのちびがきをのせちまったとはね！　そろそろカーポのだんなのご機《き》嫌《げん》とりにもいかにゃあならねえってのに、魚のしっぽひとつ買えやしねえ。ネコをおこらすとあとがこわいからなあ……。頭がいたいぜ……）

同じメロディーを二回くりかえし終わると、ヤスはハーモニカをおなかのあたりの銀色の毛でちょっちょっとぬぐい、チョッキのポケットにしまいました。そしてゆううつそうに深く息をつきながら両手で頭をかきあげると、ぼおっとしたようにほおづえをつきました。けれど目をあけたココには、ヤスは手品師《てじなし》のようにうつりました。ルッケージ荘《そう》の子供部屋《こどもべや》で見た、どんな仲間よりもいきいきと輝《かがや》き、そして心なしか粗野《そや》なところのある、でもなんでもできるすてきなすてきなネズミ……。

「ねえ、知らない国へいったことある？」

ココがたずねました。ヤスは、どうしてそんなことをいいだすのかときょとんとしましたが、自分の奏《かな》でた曲がそんな意味の歌だったことをやっと思いだして、ほおを両手にのっけたままで気のない返事をしました。

「いかないうちは知らない国でもいってしまえばもう知らない国じゃなくなるから、今はなんともいいようがありませんよ」

ココはちょっと考えてからいいました。

「じゃあ、いかないうちは知らない国だったところに、いったことはあるのね？」

ヤスはくすんとわらっていいました。

「ありますよ、それくらい」

ヤスは、こんなちびっこい女の子の相手はもうめんどうくさくなっていました。けれどココには、知らない国へいったことがあるのにちっともいばらずに、「それくらい」などとさらりというヤスが、いよいよたいしたネズミに思われてくるのでした。

「知らない国へいきたいんですか」

そう邪険《じゃけん》に追っぱらうわけにもいかなくて、ヤスはとろんとした目とかわいた声でたずねました。

ココは、おかっぱの髪《かみ》がパッと広がるくらいに思いきり大きくうなずきました。

たぶんその時だったのです。ヤスの心に悪い計画が生まれたのは。それから二言《ふたこと》三言《みこと》、とりとめもなくおしゃべりをしながら、ヤスのその計画は胸《むね》のうちで少しずつ少しずつ大きく育っていきました。ヤスはとうとう身をのりだしていいました。

「国ってわけじゃないけれど、この近くに宮殿《きゅうでん》があるんです。ちょっといってみませんか」

ココは顔を輝《かがや》かせました。キュウデン！ その言葉の響《ひび》きはそれだけで胸《むね》をおどらすのにたりました。きっとすてきなところにちがいありません。でもそれよりもココには、ネズミのヤスといっしょにどこかへいくというのが、もうとてもうれしく思われたのです。

ココがあまりうれしそうに話にのってくるのを見て、ヤスの心はかすかにちくりとしました。けれど春風がびゅうと吹《ふ》きつけてヤスの赤いネッカチーフが耳もとでバタバタ音を立てると、ヤスの心にもう迷いはなくなりました。

「それではいきましょう」

身軽く舟《ふね》をおりてしまうとヤスはくるりとむきなおり、銀色の手をさしのべてほほえみかけました。そしてココはその手につかまると、もう一方の手でひょいとスカートの裾《すそ》を持ちあげて、期待に胸《むね》をふくらませ、白い舟《ふね》をおりたのでした。

4 宮殿《きゅうでん》へ

ヤスの背中《せなか》にココがしがみつき、ベッキオ橋《ばし》の橋ぐいをのぼったり、車の列のせまい隙間《すきま》や人ごみの中をはらはらしながらすりぬけたりしたあと、二人はやっと、白やもも色のつつじが咲《さ》きみだれる、花の森のような庭の中に入りこみました。

けれど、冒険《ぼうけん》の途中《とちゅう》の、心安まるほっとしたひとときと思うまもなく、ヤスはぴょーんとかけだして、あっという間にココの目の前から姿《すがた》を消したので、花の下にいたココは、きょとんとしたまま、べそをかきそうになりました。が、ヤスは繁《しげ》った葉っぱの陰《かげ》からちらっと顔を見せると手まねきしたので、ココは小鳥のように陽気になってヤスのいるところへとんでいきました。

つつじ庭園の中でヤスはいく度も見えなくなり、そのたびにココは心配におそわれ、そしてまた顔を輝《かがや》かせてとんでいくのでした。こみあった街中《まちなか》のめまぐるしさの後のこんな追いかけっこは、広い外の世界でかけまわって遊んだことのないココを、よけい大喜びさせました。

「ほら、もう見えてます」

ヤスはしまいにハアハアとかけてきたココの手をとると、しかたなさそうにならんで花の間を歩きました。

「おれ、おそく歩くの苦手なんですよ。前、サッカーなんかやってたし」

ココと追いかけっこをしていたつもりなんかこれっぽっちもないヤスは、歩調をあわせるのがまどろこしくてならないらしく、片一方《かたいっぽう》の手の爪《つめ》をかじったりしました。

(えっ、サッカー？　……ああ、サッカーっていったら、走りながら丸いボールをポーンポーンと蹴《け》りあげたりする遊びのことだわ……)

ココはヤスとならぼうとしてついスキップになりながら思いました。するとにわかに目の前の紅《べに》色《いろ》のつつじの花が丸くひとつに固まって大きなボールに姿《すがた》を変えると、ポーンと空にのぼってゆき、おちてくるところを、かけている銀色のヤスが片足《かたあし》で、もう一度ポーンと蹴《け》りあげる光景が浮《う》かびました。もも色のつつじも白いつつじも次つぎとボールに変わって緑の庭からとびあがり、明るい空からおちてきたところを銀色のヤスの片足《かたあし》に受けとめられては、また空へととんでゆくのでした。

「ああ、すてきだわ！」

と、ココはついさけびました。

「すてきだと思いますか、ベッキオ宮《きゅう》。それはよかったな」

とヤスが答えたので、花の森のサッカーのゆめはそこでとぎれましたが、ゆめからさめてみるとそこは、茶色いごつごつした石造りの建物の入口につづく階段《かいだん》の前なのでした。

目の前にどしりと置いてある大きな白い石の台を少しずつあおぎ見ていくと、いのししの顔がのり、その上には恐《おそ》ろしげな男の人がしゃがみ、さらにその上にはもっと恐《おそ》ろしげな男の人が棒《ぼう》きれを手に、しゃがんだ男の人をいじめている姿《すがた》が見えました。白い石を刻《きざ》んでつくった巨像《きょぞう》でした。

ココは、あまりの大きさとこわさに身がよじれる思いがしました。恐《おそ》る恐《おそ》る左側にある白い台の上も見あげていくと、こっちには巨大《きょだい》な男の人が一人、すまして立っていました。そしてこのふたつの巨像《きょぞう》のむこうには、同じように白い石でつくられたいくらか小さい人間の像がふたつ、門のように立ち、アーチの形をした暗く陰《かげ》った入口をはさんでいました。

「……あの中にも……入るの？」

と、ココはつないだままの手をぎゅっと握《にぎ》ってたずねました。

「あの中にもって、ここがその宮殿《きゅうでん》じゃないですか。ベッキオ宮といって、すばらしいところです。ほら、時計のついたあんな高い塔《とう》だってあるんだから」

ヤスは上にむけた顔をもとにもどしながら、ンンとせきばらいをしました。自分じゃそれほどすばらしいと思ったことがないものをほめるのは、苦にがしい気がしたからです。けれどとにかく今となっては、ココを中につれて入らなければならないのでした。ココの方を見ると、ココはいやそうにまゆをひそめて建物をながめまわし、握《にぎ》った手に力を入れているのです。

ヤスは短い前髪《まえがみ》をかきあげました。が、急に、ココをつれてゆくことなんかとても簡単《かんたん》だということに気づきました。

「入りたくないんならいいんだぜ。おれはひとりでいくから」

握《にぎ》った手をふりほどいて肩《かた》をそびやかし、階段《かいだん》を二、三段《だん》かけあがってからちらっとココをふり

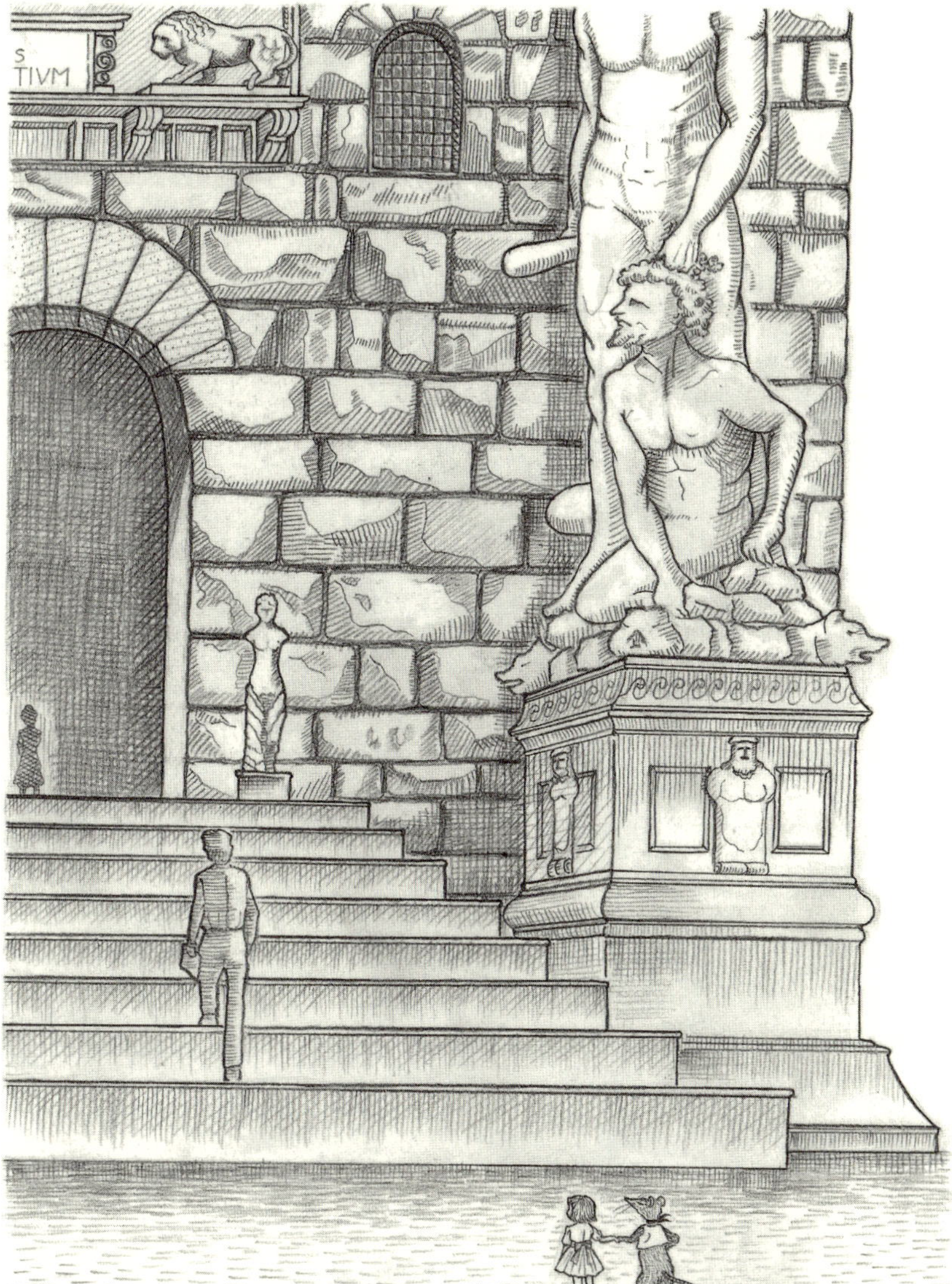
S
TIVM

むくと、ココはヤスの思ったとおりやっぱり階段《かいだん》をよじのぼり始めているのでした。

「あたしキュウデンへっちゃらよ！」

と一生懸命《いっしょうけんめい》さけびながら。そしてやっと追いつくと、元気よくまたヤスの手につかまるのでした。

入口をくぐってみると、外からはあんなに暗く陰《かげ》って見えたところは、美しい装飾《そうしょく》をほどこした高い高い円柱の立つ屋内の庭になっていました。

中央にはつつじの花にかこまれた、イルカを抱《だ》いたキューピッドの噴水《ふんすい》もありました。噴水《ふんすい》はさやさやと音を立て、ブロンズのキューピッドは晴れやかなえみを浮《う》かべてイルカと戯《たわむ》れていました。

そのそばでのんびり憩《いこ》う大人もいました。ココが見とれていると、ヤスが手を引いていいました。

「あそこでは時どきからだを洗《あら》ってますよ。さあいきましょう」

「えっ、ここがそのキュウデンじゃなかったの？」

ヤスはやれやれというように首をふりました。

屋内庭園を出て、いくらかゆるめの階段《かいだん》を、これでもかこれでもかと汗《あせ》をしながらのぼったあと、ヤスは右手のドアをギイッとおしあけました。はじめココは、また外に出たのかと思いました。が、なんとそこは、広い広い果てしなく広い、大広間なのでした。

遠くに見える壁《かべ》の上方には、馬やら兵隊やらの絵がぎっしり描《えが》かれ、あおぎ見るはるかかなたの、空かと見まごう天井《てんじょう》も、金色の額縁《がくぶち》でしきられたさまざまの絵でくまなくかざられているのでした。

壁《かべ》ぎわには宮殿《きゅうでん》の入口にあったような石の恐《おそ》ろしげな彫像《ちょうぞう》が何体か、ところどころに置かれています。

「ねえ、ヤス！　これがキュウデンっていうところなのね？」

　ココは息もできないほどにおどろいていました。

　ヤスは、わかっちゃいないなあというふうに肩《かた》をすくめてほーっと息をつくと、

「宮殿《きゅうでん》っていうのはこの建物全部のことでここは五百人の間っていうんです」

とめんどうくさそうに説明しました。

「五百人……」

　ココは五百という数をかぞえたことはまだありませんでした。

「……それって百よりも大きいの？」

「あたりまえですよ、さあ、早くいきましょう」

　きょろきょろし続けているココの手をヤスはまたぐいと引き、人目をさけるようにこそこそと広間の隅《すみ》をかけていきました。大人たちがたくさんいたからです。もっともこの人たちもまた、だれもがそりかえって天井《てんじょう》を仰《あお》いでいたので、豆つぶのような二人組が床《ゆか》をすべっていくのなど、目にとめたりはしなかったでしょうけれど。というのもこの人たちもここに住んでいるのではなく、豪《ごう》華《か》な宮殿《きゅうでん》を見物しにきていたからでした。

　ココはそっとふりかえりふりかえり、恐《おそ》ろしげな彫像《ちょうぞう》や戦いの絵におびえては、何度かぶるぶるっと身ぶるいしました。

それから二人は廊下《ろうか》を通り、また別の、これもまた絵にかざられた部屋を通り、また階段《かいだん》をよじのぼり始めました。ゆく手を見あげるとトンネルの形に弧《こ》を描《えが》く天井《てんじょう》には、はだかの子供《こども》だの、草をとばしたような不思議な模様《もよう》だのがびっしり描《えが》かれているので、ココは段《だん》の上に両手をついて、フーッと息をしました。

（キュウデンていうのは、なーんて大変なところなんだろう！）

それでもしかたなく、せっせ、せっせとココは段《だん》をつたってていきました。

「ねえヤス、まだ、とてもとても広いの？」

息をきらしながら、ココがとうとうたずねました。

「宮殿《きゅうでん》は、そりゃ広いけど、でももうちょっといけば……」

「もうちょっといけば、なあに？」

ヤスはちょっと言葉をつまらせてからいいました。

「友だちがいるんです。きれいな部屋の中に」

「わっ、お友だちがいるの？ ここに？」

ココは目をくりくりさせました。

「ねえ、お姫様《ひめさま》みたいな人？ それとも王子様みたい？」

ヤスは、思わずプッとわらっていいました。

「どっちにも全然にてません。でもお金持ちだし……それに、いいひとです」

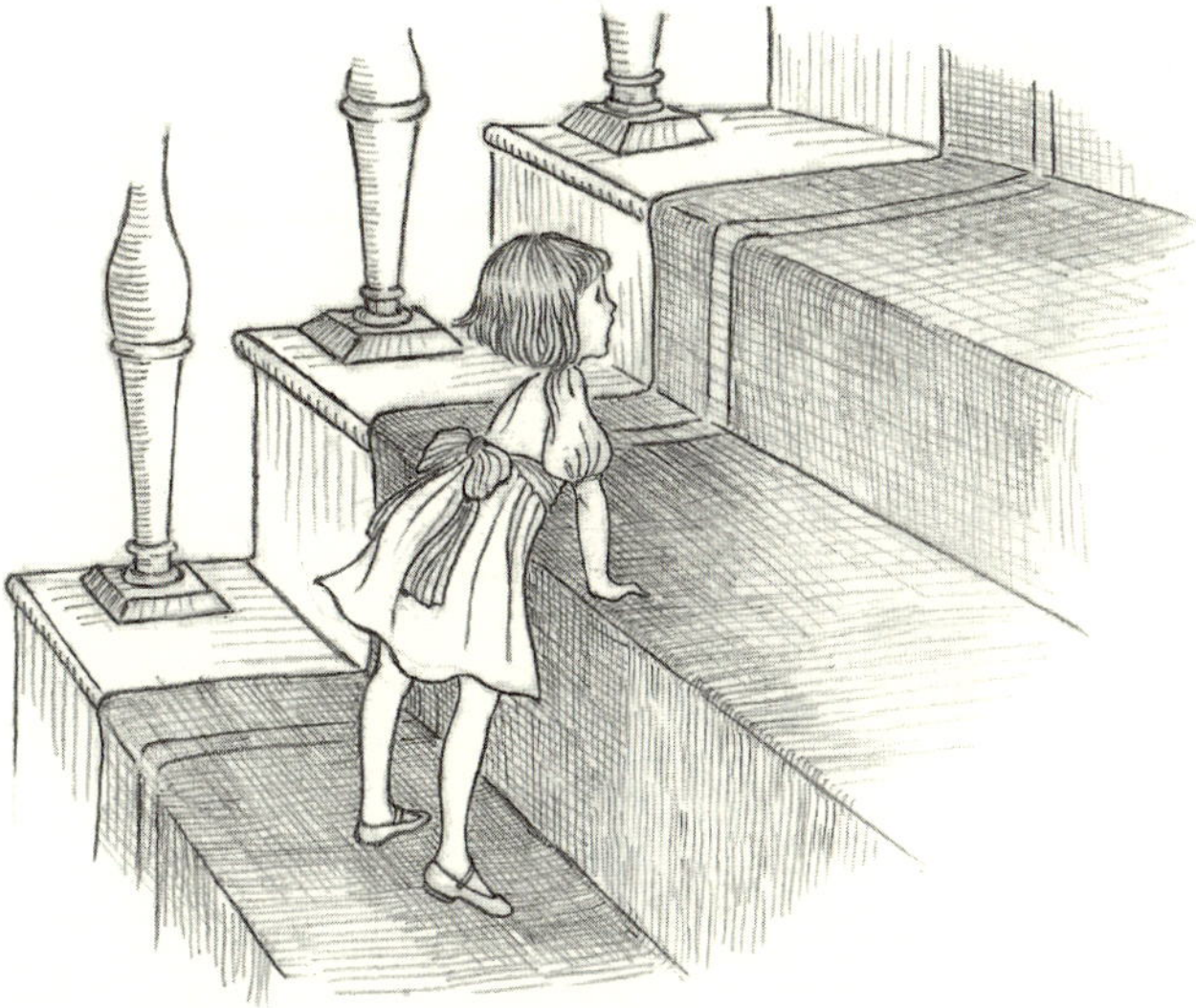

それからヤスはこっそりぺろっと舌の先を出しました。ココはまた急にうれしくなると、あらい息をはきはき、石の階段《かいだん》を元気にのぼっていきました。

ようやく階段《かいだん》をよじのぼりきると、左側にまがりかけたココの手をぐいと引き、ヤスは右にまがって「立入禁止」と書かれている立て札の下をぬけました。

「さあこっちです」

「あらまあっ！」

ココがさけびました。並木《なみき》の横を歩き始めたように思えたのでした。でも二人の歩いているところは並木道《なみきみち》などではなく、二階と三階が吹《ふ》き抜《ぬ》けになっている「五百人の間《ま》」にさしかけられたわたり廊下《ろうか》なのでした。端《はし》によると円柱の形をした柵《さく》の間からは、さっきと反対に、天井《てんじょう》は近めに、床《ゆか》ははるか下にのぞまれたので、大人たちは小人のように見えたし、それにくらくらとめまいをおぼえました。

ヤスはいらだちをおさえるように前髪《まえがみ》を何度もかきあげたあと、円柱の間から首を出して口をあけているココをうながし、二人はどんどん廊下《ろうか》をわたっていきました。そしてわたり終えたとたん、くすんだ緑色がすっぽり二人をつつんだのでした。

そこは緑色にぬられた細長い形の部屋でした。そしてそれは、ほんとうに何だか人をさびしくさせるような殺風景《さっぷうけい》な部屋なのでした。

鉄格子《てつごうし》のつけられたふたつの窓《まど》とその間の壁《かべ》を背《せ》にして置かれた男の人の胸像《きょうぞう》、そして木を組んで作ったごつい背《せ》の低いいすが置いてあるほかは何もないのでした。その上、テントのようにたれかかる形をした天井《てんじょう》には、青緑やにぶい黄色で鳥やら草やら羊の頭やらの絵模様《えもよう》が描《えが》かれて、何もない部屋に不安の影《かげ》をおとしていました。

ココはつい、小さなからだをすくめました。するとヤスは突然、ココの方にむきなおっていったのです。

「いすの上で待っててほしいんだけど」

「待ってるって、ヤスを？」

「うん」

「ここで、あたしひとりで？」

「そう」

「……この部屋、こんなに……緑なのに？」

ココはくい入るような丸い目でヤスを見つめてから首をふりました。

「じゃ目をとじてればいいよ。このいすの上で待ってるんだよ。すぐむかえにくるから」

とがった横顔を見せながらいうヤスのその口調は、少し強くなっていました。

「だってあたしもお友だちに会いたいし、それに……」

いい終わらないうちに、ココのからだがふわりと持ちあげられていました。

「待ってるんだよ」

いすの上にココをのせながらいったヤスの声は、いつものかわいた枯《か》れわらのような声よりもっとかわき、やさしさのひとかけらもさがしだすことができないほど単調に冷たく響《ひび》いたのです。何だか信じられなくてココはヤスの切れ長の目をのぞきこみました。が、するりと視線《しせん》をそらしたヤスの目をいくらのぞいても、すがりつけるやさしさのかけらなど見つけられるはずがないのでした。

ココは下くちびるをかむと、おかっぱの髪《かみ》の間でうつむいてだまってうなずきました。ヤスはその後はもう何もいわず、ふりむくことさえせずに、さらに奥《おく》の方へとすすんでいきました。

コンココン、コンココココン。茶色の扉《とびら》をノックするヤスの後《うし》ろ姿《すがた》がぽつんと見えました。それからヤスの何かもごもごした声が時おり聞こえたかと思うと、ほんの少し扉《とびら》が開かれ、ヤスはするりとその中に消えたのでした。そして重たそうにゆっくりと扉《とびら》がしまりました。

5　カーポとイラ

とんとんとだれかがココの肩《かた》をたたき、ココはパチッと目をあけました。目にとびこんだのは、見なれた花模様《はなもよう》の壁《かべ》ではなく、うすよごれたような緑色と胸像《きょうぞう》のおじさんのいかめしさでした。ココの頭は一瞬《いっしゅん》のうちにすっきりすみわたり、するとおどろきが胸《むね》いっぱいに広がりました。ココはそろっと横目を使いました。うす茶色の背《せ》の高い、めがねをかけたネコが立っていました。ココはぶるるっとふるえ、ピーンとからだをこわばらせて、知らないふりをしました。

（ヤス、ヤス、どうしよう！）

と心の中でさけびながら。

「あんたたか、五万ララのかわりは」

とネコがいいました。

（ネコが何かへんなことといってる……どうしよう……）

ココはガチガチする歯の間で声を立てずにつぶやきながら、まむかいで顔をしかめている胸像《きょうぞう》のおじさんと、じっとにらめっこしていました。まるで人形のように。

「これ、もうおりていいよ」

とネコがいいました。でもココはどきどきしたまま相変わらず知らんふりをしていました。ネコがちょっとひざをかがめていいました。

「なーにすましこんどるの。あんた、人形のまねでもしてんの？　うつらうつらしてたのに肩《かた》たたいたらおきたもんが、今さら人形のまねしたって、しゃあねえじゃないか」

「えっ、あたし寝《ね》てたの!?」

ココはさけんでからはっと口をおさえました。そおっと横目でネコを見ると、ネコはめがねの奥《おく》の目を糸のように細め、大きな口から出っ歯の歯を出してゲラゲラわらっていました。するとココはまだこわかったのにくわえて、ほっとするような何だかむっとするような、自分でもわからない気持ちにおそわれて、しかめつらをしながらはきだすようにいいました。

「あ、あたしあんたになんか……ついてかないわよ！」

ネコはくちびるをつきだしてプッというと、

「ヤスを待ってんの？」

とたずねました。ココはじろっとネコをにらみました。にらみながらココは、ネコとネズミってお友だちになれたんだったかしら、どうだったかしらと大急ぎで考えていました。ネコがいいました。

「ヤスは帰っちゃったよ」

ココは大きなまん丸い目をネコにむけました。するとその目がみるみるうちにうるみ、やがて丸い粒《つぶ》があふれてゆっくりほおをつたって水色のスカートにおちました。ぼろぼろ、ぼろぼろ、涙《なみだ》はとめどなく流れてきます。ネコはひとつめの涙《なみだ》がおちた時からとまどって口をおさえていましたが、やがて見かねてチョッキのポケットからハンカチをとりだすと、

「あ、あんた、そんなに泣かんでも」

といいながらココの顔をふき始めました。

「弱っちまうなあ、あんたそんなに泣かんでも」

「だっ……だって……」

胸《むね》がふたがれて、どうしようもないのでした。

「ヤ、ヤスは、むかえに、くるって、いったのに……」

ネコはあふれてくる涙《なみだ》をふき続けながらいいました。

「うんうん、くるくる」

そのとたんココは、ハンカチをじゃまそうにどけると、真っ赤な目でネコを見つめてさけぶようにいいました。

「ほんとお!?」

その声は鼻がつまって、ほんどおと聞こえました。ネコはやれやれというように最後にココの鼻

をふくと、うなずきながらちょっと目をそらしていいました。

「くる、んじゃないですかあ……。ただ、いつに……」

それから、ちらっとココをぬすみ見て、恐《おそ》る恐《おそ》る「……なるかは、わから……」といいかけて、ココの目からまた新しい涙《なみだ》がころがり出そうなのを見、「待った！」と大急ぎでさけびました。その声におどろいてココの涙《なみだ》は出ないでとまりました。ネコはほっとしたようすで胸《むね》をなでると、今度はハンカチで自分の額の汗《あせ》をふきました。

「あだたが、ヤスど、おどもだぢなど？」

とココが鼻声でたずねました。ネコは指先で自分をさすと、

「おれがあ、あいつとお？」

と、頓狂《とんきょう》な声を立てました。

「おどもだぢに、会いにいぐって……ひっく」

ココのほっぺたに小さく残っている涙《なみだ》の粒《つぶ》を見た時、ネコは、「けっ、冗談《じょうだん》じゃねぇ、あんなやつと友だちでたまるかよ」といいたいのをやめました。そしてかわりに首を前につきだして、うんうんとうなずきました。ココはそれを見ると、ようやく自分の手の甲《こう》で涙《なみだ》をぬぐい、ネコの方に両手をさしだして、

「ここから、おろして」

といくらか元気な声でたのんだのです。

いったのです。

「おれが？　あんたをだっこして？」

と、ネコはまた頓狂《とんきょう》な声でいいましたが、しかたなくココをだくと、とんと床《ゆか》におろしました。そしてのっぽのネコと小さなココは、二人ならんでさっきヤスが入っていった奥《おく》の方へと歩いていったのです。

ネコが、重たそうに木の扉《とびら》を引いてあけました。そこはだれもいないがらんとした部屋でした。でも上をむくと、高い天井《てんじょう》は金色の額縁《がくぶち》におさめられた豪華《ごうか》な絵でうめられているのでした。

ココは胸《むね》の星をおさえながらそっとネコを見あげました。ネコはぼーっとした長い顔をつきだすようにして前をむいたまま、立ちどまる様子もなく歩いていきます。そして二人はドアのない戸口をぬけました。するとそこはまたしても、天井《てんじょう》は絵でうめつくされているけれど、がらんとした何もない部屋なのでした。

（どこまでいくんだろう……）

ごくんと唾《つば》をのみこみながら、ココはただ、だまってのっぽのネコについていきました。そしてもう一度、ドアのない戸口をぬけてみると——。机《つくえ》やテーブルやいすやたんすがココの目にとびこんできたのでした。でもそれはルッケージ荘《そう》で見た机《つくえ》やたんすとはちょっとちがっていました。そういうものはココにとって、茶色い脚《あし》がやけに目立つ林のようなものだったはずなのに、今見える家具はココの目からはみだしていかないのでした。

それらはどれもみな、ぶつかったらいたそうなしっかりした造りの家具でしたが、でも、人間の使うものにしては、とても小さめにできているのでした。そしてその部屋には、だれかが住んでいるという感じが強くただよっていました。それは今まで通ってきた宮殿《きゅうでん》の、うつろな豪華《ごうか》さの中にはなかった感じでした。

ぐるーりと部屋の中を見まわしていたココは、ぎょっとして思わず身をすくめました。窓《まど》ぎわに置かれた赤いビロード張りのいすの中に、太って大きな縞々《しましま》模様《もよう》のネコが、腕《うで》まくらをしながらごろりと寝《ね》そべっていたからです。

そのネコは、太りすぎて実際よりもずっと小さくなった目でちろんとココを見ると、一方の手で、縞々《しましま》模様《もよう》の脇腹《わきばら》をぽりぽりとかきました。するとココの隣《となり》に立っていたのっぽのネコがココの頭のてっぺんをつつき、

「あいさつ、あいさつ！」

とささやきました。ココはぴくんと震《ふる》えてから、やがて、

「こんにちは」

とおずおず声をなげかけました。ゴムまりみたいにふくれたネコと口をきくのはいい気持ちがしませんでした。太ったネコは返事をするかわりに、ぴんと張ったひげを太い指でピチンとはじきました。のっぽのネコがあわてた口ぶりで、

「名前、名前！」

と、またささやきました。のっぽのネコの方をちょっと見あげてから、でぶネコに目をうつしたココは、それが同じネコなのにずい分形もちがえば表情もちがうのに妙《みょう》に感心しながら、それでも恐《おそ》る恐《おそ》る、

「ココっていいます」

と小声でいいました。するとようやく、

「ケッ！　ちんこいな」

とでぶネコは、からだのように太くてころころした大声でゆっくり口をきき始めました。

「わしはカーポ。名前くらいは聞いたことがあるやろな、ちっとは有名人やからな。ハッハッ。で、そこにぼけーっとつっ立ってるのっぽがイラといって、わしの召《め》し使《つか》いや」

ココは、（聞いたことないなあ……）と思いながら、しかたなしにひざをまげておじぎをし、そ

のすきにイラとよばれたネコの方を見あげると、イラはこめかみのあたりをひきつらせていました。

「こーれ、イラ！」

カーポはころがったままでイラをよぶと、

「ぼけーっと柱みたいにつっ立っとらんと、そのちんこいのにいすでも出してやらんか」

と命令しました。ココは、ちんこいのなどとよばれてむっとしたのも手伝って、ついうっかり、

「んまぁ……ごろんところがってるひとが……」

とつぶやきをもらしたので、イラがブフッと吹《ふ》きだし、カーポが太ったからだをぬぬっと持ちあげました。

「あんたねえ」

とイラが小声でいいました。

「あんた、あれは一応、カーポのだんななんだからさ……」

カーポは、「なーにが一応や」などとぼやきながら、それでもまたごろんところがると、

「ちんこいのにええ度胸《どきょう》しとるな。よいよい、ほれ、イラ、いすでも持ってこい」

とところころといいました。

イラはくちびるをとがらせてから首をひょこっと前につきだし、暖炉《だんろ》のそばにあった小いすをココの前に運んできて、ただとんと置きました。ココがそれに腰《こし》かけてしまうと、イラは、

「そいじゃ、今んとこもうご用はありませんね」

とぶっきらぼうにいってから、部屋の片隅《かたすみ》にある、本にかこまれた机《つくえ》にさっさとついてココに背中《せなか》を見せると、大きな本を開き始めました。小さな目でイラを追っていたカーポは、イラが本の間に顔をうずめるやいなや手近にある小さなテーブルからおかしをつまみ、

「ケッケッ、けったいなやっちゃな、イラは」

と同意をもとめるようにココに話しかけ、ぱくっとおかしを口に入れました。

「あいつの趣味《しゅみ》はな、べ、ん、きょう、や。ハッハッ」

カーポがわらうと、もう目はすっかりなくなって、丸いボールがゆれているように見えました。

イラはフンと鼻を鳴らしただけで、ふりむきもせずに本の間に顔をうずめていました。

カーポはまたおかしをつまむと、少し身をおこしてココに話しかけました。

「ところでちんこいの、あんたえらいちんこいようだが、どこのもんや？」

ココは、さきほどからカーポの食べているおかしが少し気になっていましたが、今またちんこいのという言葉を聞くと、おかしのこともイラが「カーポのだんななんだからさ」といったことも頭から消えさって、つい口をすべらせました。

「失礼しちゃうわねえ、ちんこいのちんこいのって。そんならあたしだってあんたのこと、でぶっちょのってよんでやるから」

そのとたん、ブフーッと吹《ふ》きだす音が部屋の隅《すみ》でしたのでびっくりしてそっちを見ると、イラがおかしそうに肩《かた》をふるわせているのでした。するとそれを見たカーポが、おかしをわっとわしづか

み、「アホッ！」とさけんでイラの頭めがけてなげつけ、それは全部うまくあたったので、イラは、ててて……と頭をおさえました。それからカーポはきまり悪そうに脇腹《わきばら》をかき、じろっとココを見てから話を続けました。

「おほん、おほん、……ええ……」

ココは今になって、あんなことをいっちゃってよかったのかしらと少しおびえていたので、

「あのう、名前は、ココ、なんですけど」

と、おずおず助《たす》け舟《ぶね》を出しました。

「そうそう、ココやったな。それであんた、どこのもんや？」

ココはやっとほっとしてから、さてなんといおうかと首をかしげて考えました。あっちの方のもんや、と指をさしてあげたくとも、もうどっちがどっちかなどとてもわからなくなっていました。

するとカーポがおかしをつかんだ手を口に持っていきかけてぴたりとやめ、

「あんた、人形だったとちゃうんかね」

と思いついたようにいいました。ココが、それがどうかした、という顔を見せると、カーポはさっきのおかしを口に入れてから、なんだか満足そうにしました。

「人形さんねえ……。そうか、そりゃ悪くない。いつもおとなしく部屋にすわっとったんやろが？外にも出ずにな」

ココはこくんこくんとうなずきました。カーポは目を細めてココを見ると、丸い腹《はら》を波うたせて

けろけろとわらってから、

「いやしかし人形にも、いろいーろあるもんやなあ。わしの友だちのフランチェスカちゃんという人形を見せてあげたいね。ちびっこいやせた子供《こども》とはえらいちがい、高貴《こうき》で美しく、ぷっくり太っていて、もう、わしにぴったりなんや」

と、目をとじて続けました。するとまた部屋の隅《すみ》で、ブフーッと吹《ふ》きだす音がしたので、カーポはかっと目を開くと、「アホッ！」とさけんで、またおかしをひとつかみ、ゆれているイラの頭の後ろにむけてなげつけました。おかしはまた全部命中し、イラの頭ではじけておちました。イラはくるっとふりむくと、カーポの見ていない隙《すき》を見て、べっ、と舌を出しました。

「まあとにかくだ。そうちんこくとも、何かの役には立つだろうよ。さて、そいじゃイラ、わしはちょっこらいってくるから、ココとやらにいろいろ教えといてくれたまえよ。ほいさ」

カーポはそういうと、よっこらしょと重たいからだをおこしかけ、一回は大きないすの中でまちがえてころがり、それからうまくいっていすをおりると、本棚《ほんだな》のある壁《かべ》にかけられた赤ちゃんを抱《だ》いた女の人の絵の前で、ちょいちょいと右手を動かしたあと、のっしりのっしり歩いて、ココが入ってきた戸口から部屋を出ていったのでした。イラがその後をめんどうくさそうに追い、やがて、

「いってらっしゃいまし！」という、さも心のこもらない声と、ばたんとドアのしまる音が遠くに聞こえました。

こうしてココは、宮殿《きゅうでん》に残されることになったのです。

６　一日目

ココは、天井《てんじょう》のまん中にかざられている糸車をまわす女の人の絵を見あげたり、壁《かべ》の高いところにぐるりとつながってならんださまざまの絵を見たりしていましたが、イラが机《つくえ》にもどってまた本に顔をうずめ始めると、かけよっていきました。

「イラさん、ヤスがむかえにきてくれるまで、あたしここにいなくちゃいけないんでしょう？」

イラはちろっとココを見てから口をきかずにうなずきました。

「それじゃしかたないから、イラさん、それまであたしと遊ばない？」

イラは突然《とつぜん》だらしなく口をあけ、めがねをずりおとしてココの方に顔をむけました。

「遊ばない、ってきいたのよ」

イラはせまい額をピチンと手のひらでたたくと、今度は頭をかかえました。

「あんたねえ、ああ！　あんたねえ、おれが今何してるかわかってんの！」

「ご本見てるんじゃないの？」

イラは大袈裟《おおげさ》にぶ厚い本の上にうつぶせると、

「それがわかってて、あんたねえ、『遊ばない』はないっちゅうもんだろうがあ！」

とわめきました。ココはどうしてこんなに大さわぎする用事があるのかわからないので、「じゃ、いいわ」というとため息をついて部屋の中をぐるぐる歩き始めました。イラはじろっとふりむいて下くちびるをつきだし、また気をとりなおして本を読み始めました。が、ココが壁《かべ》にかかった絵の前で立ちどまり、青っぽいマントを着た美しい人が何かなやみでもありそうに赤ちゃんを抱《だ》くのをながめて、

「この女の人、カーポのお知りあいなの？　さっき合図してたみたい」

と声をかけたので、ちらっとふりむいたイラは突然《とつぜん》ガバッといすから立ちあがり、

「あんたマリア様を知らんの!?」

と頓狂《とんきょう》な声をあげました。ココは絵の前で首をかしげながら、

「……くる途中《とちゅう》では会わなかったわねえ……」

とつぶやきました。イラはすっかりあきれて口をあけ、

（やんや、もの知らずな子だから安全ですよとは、ヤスのやつもよくいったねえ……）

と心の中で感心しました。そして思わず、

「しかしやってられねえなあ」

と声をもらしました。それを聞いたココはくるっとイラの方をむき、

「じゃあやっぱり遊ぼう？」

と丸い顔を見せたので、イラはなんだか人生につかれた気がしてへなへなといすにくずれおちたの

です。

それから、一旦《いったん》勉強はあきらめたイラは、ぶーつくいいながらもココに手まねきして部屋を出ました。

何もないがらんとした隣《となり》の「エステルの間《ま》」を通りぬけ、その先のここもまたがらんとした「サビーネの間《ま》」までまっすぐ歩いていって、そして壁《かべ》のまん中についている目立たないドアをあけると、ドアのむこうはあの殺風景《さっぷうけい》な「緑の部屋」ではなく、いろんな物がならんだ台所になっているのでした。

青い壁《かべ》にぶらさがったフライパンやミルクわかし、中央に置かれた丸いテーブル、その上のコショウ入れのブタ、戸棚《とだな》のガラスからのぞいているティーカップの列……。こうしたものがいっぺんに目にとびこんでココをわくわくさせました。

「これがカーポのティーカップ。砂糖《さとう》の数はスプーンに五つ」

イラはそのほか、おかしの罐《かん》のありかや戸棚《とだな》の中の整頓《せいとん》のしかたなど、細かいことをめんどうくさそうに教えました。ココは元気にうなずきながら、ひとつひとつおぼえていきました。

「じゃ、イラさん、あんたが初めにカーポになる？　あたしイラさんになってもいいわ。もう始めない？」

とココがいいました。

「なんのこっちゃ」

とイラがいいました。

「カーポごっこをするんじゃないの？　それともただのお客さんごっこなの？」

ココがたずねると、イラはハンカチをとりだして額の汗《あせ》をふきました。イラはもう何もいわないことにして、流しの前にココを引っぱってくると、中に積まれたままの皿をさして洗《あら》うしぐさをしてみせてから、おまえがやれというようにココを指さしました。

「あたしが最初にお手伝いさんになれってわけ？　あんたがお客さん？　いいわ、それじゃ台を持ってきてよ、とどかないから」

イラはぶっとしたまま、だまってふみ台を運んできて流しの前に置きました。

「ねえあんた、それとも、いわないごっこを始めたの？　そういう時は、『いわないごっこを始めない？』っていってから始めるもんじゃない。それがきまりってもんだわよ。まあいいわ、いわないごっこを始めたのね？」

イラはそれを聞いて、めずらしくうれしげに、そうだともそうだともというふうにうなずきました。ココがこの調子でおとなしくしていてくれたら、また安心して本が読めると考えたからです。

イラがいなくなると、ココは流しにたくさん水を入れ、洗剤《せんざい》を入れて、ケーキを食べたあとの残る皿を洗《あら》い始《はじ》めました。きゅっきゅっと洗《あら》っているうちに、流しの中には丸い泡《あわ》がいくつもぷくんぷくんと立ち、みっつ、よっつ、ぷかりと小さくとびあがりました。

すると、ふとココの目に、ボールを蹴《け》っているヤスの姿《すがた》が浮《う》かびました。しばらくの間忘《わす》れていられたのに、一度思い出すともうどうしても会いたい気持ちがふくらんでくるのでした。

（どうして何もいわないで帰っちゃったんだろう……ああ、あたし、何で眠っちゃったりしたんだろう……あたしが眠《ねむ》ってたから、おこしちゃ悪いって思ったのかしら……）

ココは目の前に広がる青いタイルをぼんやり見ながら、もうお皿なんか洗《あら》ってられないという気持ちになりました。

（今すぐここを出て、川をさがしてかけていったら、舟《ふね》を漕《こ》いでいるヤスを見つけられるものなのかしら……もし見つけたら、ヤスは何ていうかしら、『おれのいったとおり、どうして待っていなかったんですか』って、冷たくいうかもしれないわ……それにもし、見つけられなかったなら……？）

いろんなことを考えると、やっぱりヤスがむかえにきてくれるまでここで待っているのがいちばんいいことに思えてくるのでした。ココは肩《かた》で大きく息をつくと、あーあといいながら、そこらじゅうについている引き出しのひとつを力まかせに引っぱりました。するとスプーンやフォークといっしょに、ストローがあるのを見つけて、そうだ、しゃぼん玉をして遊ぼうと思いつきました。

カーポのティーカップと教えられたカップには、黄色い梨《なし》の絵がついていてココにも気に入ったので、ココは流しの中の泡《あわ》だった水をそれですくいとると、カップとストローを手に、イラのいる奥《おく》の部屋へと入っていきました。

イラはひょろ長い胴《どう》を丸めて勉強に夢中だったので、ココからは頭も見えず、イラもまた、ココがもどってきたことなどちっとも気づきませんでした。

ストローの先に水をつけてプーッと吹《ふ》くと、それはそれは大きな丸いしゃぼん玉になって部屋の景色をつやつやとうつしだしました。そしてぷっかりぷっかりとイラの方にとんでいき、イラの毛の先にちらりとふれるか、と思う寸前《すんぜん》にぷちんと消えました。

ココは、またひとつ、またひとつと大きなしゃぼん玉を部屋のあちこちにむけてとばしては、部屋の中のいろんな色の物がしゃぼん玉の中に丸くおさまって宙《ちゅう》を舞《ま》うのに見とれました。

どれもみな、ころりころりと楽しげにおどり、いつかはぷちんと消えて、一瞬《いっしゅん》、細かいしぶきをあたりにはなちました。時おりココの目の前には、かけてきてしゃぼん玉を蹴《け》とばす銀色のヤスがあらわれましたが、そういう時ココは急いで目をつぶり、それから頭をぶるっとふってほっぺたをふくらまし、思いきり大きなしゃぼん玉を作るのでした。

そうして、どれほどたった時でしょう。コンコンココン、コンコンココンというノックの音が遠くの方から聞こえました。ヤスかもしれないっと思ったココが手をとめるのと、とんでいたしゃぼん玉がみんな消えてしまったほどの風をおこしてイラが思いきりのびをしたのはまったく同時でした。ココが何かいうより先に、

「あのたたき方、カーポじゃねえか、なあんだもう帰ったのかあ！　ちくしょーっ」

とイラがぐちをこぼしたので、ココは、何だカーポかとがっかりしました。そしてがっかりしたあ

まり、

「なによ、それでもあんたカーポの召《め》し使《つか》いなの？」

とやつあたりぎみに声をかけました。イラは、

「なっ！」

といってふりむきました。するとストローをくわえたココが、片手《かたて》にカップ、もう片手《かたて》を腰《こし》にあてて立っているのでした。

「こんなところで何しててんねん！」

イラはいすから立ちあがり、ココの方に走ってきかけました。が、つるんとすべってひっくりかえったので、ココは急におかしくなってキャッキャッと大喜びしました。

「こ、こんにゃろ！　床《ゆか》に何かまいたな！」

イラはおきあがってココをつかまえようとして走りました。ココはカーポのテーブルのまわりをすばしこく逃《に》げまわり、イラはもう少しでつかまえるという段《だん》になって、もう一回すべってすってんところびました。コンコンココン、コンコンココンというはげしい音が続けざまに聞こえ、

「はいよはいよハーイヨ！」

と返事したイラは、石鹼水《せっけんすい》の上で足をつるつるすべらせながらやっとのことで立ちあがるとココをじろっとにらみ、部屋を出ていきました。

ぶつぶついうような声がし、やがてカーポがのっしのっしと部屋に入ってきました。と、そのと

たん、あっというまにすべって、どてーんとはげしく尻《しり》もちをつきました。それを見るや、あとについてきたイラが背《せ》をむけて、ブフーッと吹《ふ》きだし、カーポは、

「こっこっ、こやつーっ！」

とくやしそうにしながらおきあがろうとしましたが、太っているのでボールのようにころがるばかりでさっぱりうまくゆきません。イラはわらいをこらえるのにせいいっぱいなので、ココは、しょうがないわねというようにカーポのところへいって手をさしのべました。が、カーポはココの左手にある黄色い梨《なし》の絵のついたティーカップに目をとめて、

「わしのやあ！」

とわめきました。その声にあわててとんできたイラは、カップを見て血相《けつそう》を変えると、ココの手からぐいとうばって、どうぞどうぞと、まだころがったままのカーポにわたしました。カーポももうすっかり動転していたので自分のカップをしっかりつかむと、ココがとめる間もなく、ぐいぐいと中のものをのみ始めたので、とんでもないことになりました。

「ペペーッ、何じゃこりゃ、ペペーッ！」

そうしてカーポは太い手足をばたばたさせ、イラはおどろいてあわてふためき、カーポがどなり、イラがあやまり、カーポは回転し、イラは吹《ふ》きだし、カーポがわめき……と、もう大変なさわぎになりました。そしてココは、はなれたところでストローをくわえ、それを見物したのでした。

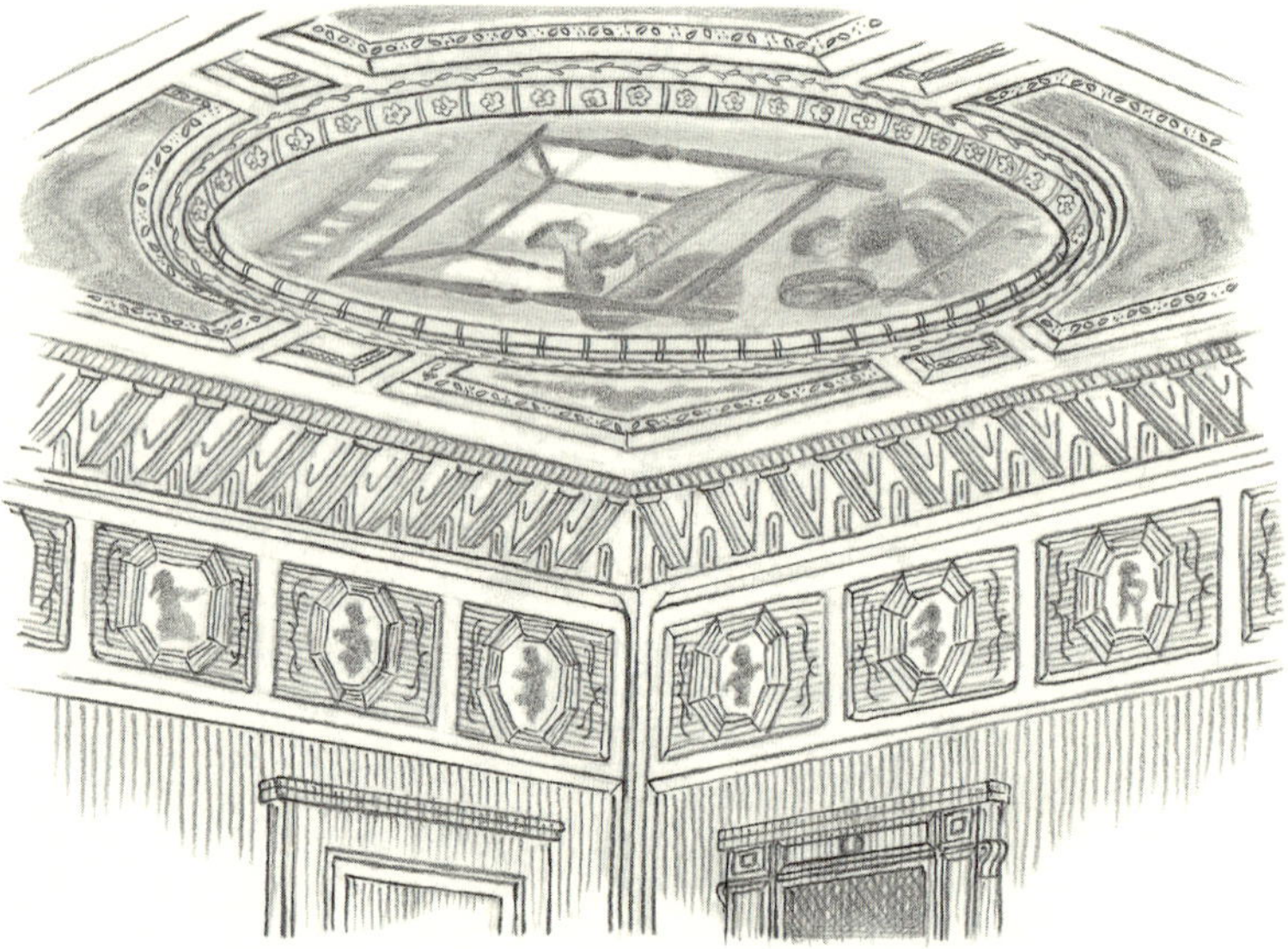

こんなふうにしてベッキオ宮《きゅう》での一日目もやがて日暮《ひぐ》れをむかえ、何かとどたどたした夕食をへて、やがていくらかおちついた夜のひとときをむかえました。けれどもヤスは、さっぱりもどってこないのでした。

眠《ねむ》る時間になると、イラがきゅるきゅるいわせて車輪つきの鉄ベッドを部屋の隅《すみ》についている納《なん》戸《ど》から引っぱり出してきました。大きくて豪華《ごうか》なかざりつきのはカーポ、何もついていないつるんとしたのはイラのベッドでした。そしてやっと見つけてきたらしい小型の補助《ほじょ》ベッドがココにあてがわれました。

ポンポンつきのナイトキャップをかぶったカーポは、眠《ねむ》る前には、またマリア様の絵の前にいき、両手をあわせ何かぶつぶつ唱《とな》えてから最後に右手を動かしました。そして、もうふとんの中で本を読み始めているイラと、ベッドにおきあがってほ

おづえをついているココにむかって、

「ふん、不信心者めらが！」

とどなってから、ふかふかのふとんにくるまって、すぐにいびきをかきました。

　イラのベッドのそばのあかりがまだともっているので、横になったココは、また見るともなしに天井《てんじょう》にかざられた丸い大きな絵を見ました。長いドレスを着た女の人たちが、ある者は機《はた》を織り、ある者は糸車をまわしていたりする姿《すがた》が描《えが》かれていましたが、何をしているところか少しもわからないままに、ココはただぼんやりと見つめているのでした。

　ごそごそ音がして、イラがココの方をむきました。ぼおっとほのかに明るい部屋の中で天井《てんじょう》を見ているココの横顔に気づくと、イラは、

「オデュッセウスは帰らない、ヤスもなかなかもどらないってわけか……」

とひとり言のようにいい、「それではおやすみ」と、ぱちんとあかりを消しました。

（オデュッセウスは帰らない、ヤスもなかなかもどらない？）

　ココは心の中でイラの言葉をくりかえすと、もう突然《とつぜん》すっかりくたびれて、いろんなことのあった今日の日を思いかえすこともできずに、ぐっすりと眠《ねむ》りにおちました。

7　二日目

次の朝、イラとココは青いタイル張りの台所でいっしょにコーヒーをわかしたり食卓《しょくたく》にジャムやバターをならべたりした後でカーポをよび、三人は朝食をとりました。

「ああ、金の出ることばかりで、それを思うと夜もおちおち眠《ねむ》れんなあ」

とカーポが細い目を太い指でこすりながら嘆《なげ》きました。ココもイラも同時に、ゆうべのいびきのことを思いだしましたが知らんふりしていました。

「こう金が出ちゃ、いくら金が入ってもさっぱり儲《もう》けにならん」

カーポはバターとジャムと蜂蜜《はちみつ》をべったりパンになすりつけると、ぱくぱくとよく食べながら嘆《なげ》き続《つづ》けました。

「お金なら、」とココがいいました。

「モニカって子の部屋にいってごらんなさいよ」

カーポの目がきらっと光ってココを見ました。

「たくさんあるし、いくら使ってもなくならないみたいだったわ。それにこのごろはもうあんまり使ってないみたいだったから、たのめばくれるかもしれないわ」

カーポは身をのり出してぐっとつばをのむと、

「あんたその場所、ちゃんとおぼえてるんか？」

と、声を低くしてたずねました。ココは残念そうに首をふりました。

「お家《うち》の形をした、子供銀行《こどもぎんこう》セットっていう箱に入ってたね、銀行のおじさんも紙でできてたけどさ、ちゃんといすにすわらせたりもできたし、お金はざくざくあったわよ……。残念だなあ」

「あかんとちゃいますか」

と、イラがすましてロをはさみました。カーポはがっくりきたのか、いすの背《せ》にごろんとからだをぶつけると、ななめにすわって横目でココをにらみました。

「だけどさ、」とココがパンにバターをぬりながら、またいいました。

「ああいう物って、じきあきちゃうもんよ。子供郵便局《こどもゆうびんきょく》セットの方がずっとおもしろいわよ、お手紙も出せるから。モニカだって『いくらお金あっても、つまんないわね』ってお友だちと話して、銀行セットしまってたもの」

「ハッハッハッ！」

と、突然《とつぜん》カーポが鼻を広げてわらいました。

「そりゃ、モニカちゃんとやらにはつまんなくとも、お金ってのはね、ネコ様には、あればあるほどいいもんなんだよ、アッハッハッ」

「ネコに小判《こばん》」

とイラがパンに蜂蜜《はちみつ》をつけながら、早口につぶやきました。

「どーゆー意味や、えっイラ、どーゆー意味や、ゆうてみい！」

とカーポが細い目をつりあげて、バターナイフをイラの目の前でふりかざしました。イラはとぼけていましたが、

「わしに学がないと思ったら大まちがいやで。そもそもおまえかてネコやろが、アホッ！」

とカーポにすごまれて、首をすくめて「ホッホ」とだけいうと、ぱくっとパンを食べました。

カーポはいすにふんぞりかえると、むしゃむしゃとパンを食べながら、

「このすばらしい宮殿《きゅうでん》を建てたお方も大金持ち、すばらしい絵を描《か》かせたお方も大金持ち、街じゅうにたーんと残っとる建物やろと彫像《ちょうぞう》やろと、みーんな大金持ちさんのおかげでできた仕事や。要するに、金の力やな」

と、満足そうに説きました。イラが面《おもて》をあげて、長めのぼおっとした顔であらぬ方を見ると、

「……しかし逆に、金が原因で争いになったことなどは、歴史の中にも、しょっちゅう……」

とぶつぶついい始めましたが、

「だーまれ！」というカーポの一声に、イラの言葉は簡単《かんたん》に消しとばされました。

「そうゆうことだからおまえは青二才《あおにさい》の域《いき》を出られんちゅうのよ。ぶ厚い本がただで手に入ったことが一回でもあったかどうか、そこんとこ、よーく考えてみいっ！」

イラは口をとがらしたまま目をふせていました。カーポはコーヒーをくいっくいっとあおると、

「物を知っとるっちゅうか知らんちゅうか、わかっとるっちゅうかわかっとらんちゅうか、まったくどいつもこいつも、ヤスのやつも……」

と文句をたれました。

「そうですよ、ヤスのやつ」

とイラが鉾先《ほこさき》がヤスにむけられたのにほっとして、めずらしく相槌《あいづち》をうちました。

「そうよ。むかえにきてくれないんですものね」

とココも仲間に割《わ》って入りました。するとカーポとイラがわざとらしく、おほんおほんとせきばらいをしたので、ココもつられて、なんとなしにせきをしました。

外に出たらさぞ心楽しいにちがいない、よく晴れた午前中、カーポとイラはそれが日々の習慣らしく、二匹《ひき》とも仕事に励《はげ》みました。

カーポは窓際《まどぎわ》のいすにごろりと腰《こし》かけ、たくさんの書類や何かのリストやノートやらをおかしとならべて脇《わき》のテーブルの上にのせ、ひとつひとつ手にとっては、老眼鏡をかけたりはずしたりしながらながめたり印をしたりしていました。

イラもまた机《つくえ》にむかってはいましたが、ぶ厚い本は読まずに紙の束に目を通しては、事務員さんのように、せっせと数字をたしたり引いたり、掛《か》けたり割《わ》ったりしていました。

カーポはしきりと、「支払《しはら》いの悪いやっちゃ」だの「しぶちんめ」だのとぼやき、イラは「帳尻《ちょうじり》があわんぜよ」だの「なんやこれ」だのとつぶやき、時おり、どちらかが思いだしたように「しかしよくまあ、ひとり言《ごと》をいうやっちゃな」とひとのことをあきれ、いい終わるとまた仕事に首をつっこんでぶつぶついい始めながら、おしなべて熱心に二匹《ひき》は働いているのでした。

部屋の中の物を勝手にいじってはならぬし、しゃぼん玉ももう絶対禁止とカーポからいわれていたココは、朝のかたづけをすませたあとはもう、ならんだ三部屋と台所の中とをただヤスのむかえを待ちながら、ぶらりぶらりと熊《くま》のように歩きまわっているばかりでした。

「緑の部屋」に通じる扉《とびら》のあけ方さえわかれば、別の部屋にいくことも外に出ることもできたでしょうけれど、ヤスの言葉を信じて待ち続けようと決めたココには、もうそんなことはどうでもよいことでした。

おそい午後になると、またカーポは出かけていき、イラはとたんにうきうきした顔でぶ厚い本を読み続け、つまずいたりころんだりしながらも、そこらへんをやっとほうきで掃《は》き終《お》えたココは、また一人でぼんやり、天井《てんじょう》の絵をながめました。

(オデュッセウスは帰らない、ヤスもなかなかもどらない)

ココはおまじないのように、ゆうべのイラの言葉を心の中でくりかえしてみました。三度もくりかえしてみると、ココは突然《とつぜん》ひどく悲しくなって胸《むね》をおさえました。すると、これまでに何度もさわって、手のひらがおぼえてしまったあの星のちくちくを、またココの小さな手のひらは感じまし

た。(いたいな……)とココは思いました。

「イラさん!」

たまらずに、ココはイラの丸まった背中《せなか》にむかって声をなげました。イラは、ずりおちためがねののった顔だけを後ろにぐるっとむけると、

「おれ、いわないごっこがいいな」

と早口でいって、にーっとわらってみせました。ココは顔をゆがめてイラのそばにとんでいくと、机《つくえ》にのせたイラの細い手に自分の手をのせて、

「ききたいことがあるのよ」

とイラの顔をのぞきました。

「あの天井《てんじょう》の女の人、檻《おり》の中に入って、何やってるの?」

するとイラは出っ歯を出してカッカとわらってからいいました。

「檻《おり》っちゅう人があるかいな、あれは機織《はたお》りの道具で、ペネロペが機《はた》を織ってんの。この部屋に『ペネロペの間《ま》』っちゅう名前ついてんの、知らんかった?」

イラはまた本を読みかけたので、ココはイラの手の甲《こう》をゆすって、

「じゃあ、オデュッセウスってだれなの?」

とたずねました。

「ペネロペのだんなさん」

とイラはうるさそうに答えました。ココは目をふせて、イラの梅《うめ》の花のような手先を見ながらしばらくじっと考えていましたが、

「帰ってくるの、待ってるの？」

とつぶやくようにたずねました。イラがうなずいたのは見あげなくてもわかりました。ココは「その人帰ってきた？」とたずねるのがなんだかこわくて、だまってそばをはなれました。

ぼおっとしながら窓《まど》の方に近づいて、よっこらしょと出窓《でまど》によじのぼったココは、その下に、建物にはさまれた細長い庭がのびているのを見ました。赤やもも色や白のたくさんの花々が葉の緑ととけて春の陽《ひ》を受けていました。ココは、胸《むね》の中がなぜかしらうっとりするのを感じました。

（あたし、あそこ、知ってる……どうしてだろう……）

目をこらして見おろすうち、今までの甘《あま》い思いが急に引いて、かわりにきゅうんと胸《むね》がつまるのをおぼえました。

（ああ、ヤスとかくれんぼして走ったり、手をつないでお花の間を歩いたりしたの、あそこだったんだ……）

そしてもう一度、鼻がつぶれるほどにガラスに顔をおしつけて下に目をこらしましたが、花々の間を小さく光りながらかけてくる銀色のヤスをそこに見ることは、やっぱりできませんでした。

（ペネロペさん、待ってるのって胸《むね》が苦しくない……？）

窓《まど》ガラスにもたれたココは天井《てんじょう》を見あげ、機《はた》を織る女の人にむかってそっとつぶやきました。

8　夜の出来事

もういく日かがすぎたある夜のことでした。

その日はカーポもイラも、朝から何だかそわそわしていて、午前中の仕事にもいつものようには身が入らない様子でした。仕事中の二匹《ひき》のひとり言はいっそう声高《こわだか》で、カーポはイラのひとり言が神経をさかなでするといってはおかしをなげまくったし、ふだんならたいして気にとめないイラも、大袈裟《おおげさ》にざぶとんを頭にまきつけたりして、どこかぴりぴりぴりしていました。その上カーポはひんぱんにマリア様の絵の前にひざまずいてはおいのりをし、イラは机《つくえ》の上のごみを、消しゴムのかすにいたるまでていねいに一粒《つぶ》一粒《つぶ》拾ってはすて、そういう時はどちらも何かの思いにとらわれているらしく、ココのとんでいる縄《なわ》とびの縄《なわ》が、あやまって尻尾《しっぽ》を打とうと、気がつかない様子なのでした。

そういう一日の終わりが近づいて、ココがあくびをし始めたころ、

「さあて、こうなったらあとはトランプやな」

とカーポは思いを決めたというふうにのびをしながらいいました。そしてどういうわけかココもまじって、三人はトランプをすることになったのです。

部屋の中央に運んできたカーポのテーブルをかこみ、三人はオレンジ色のあかりの下でカードに目をこらしていました。一日中の緊張《きんちょう》した気分は、熱中することできれいに消えたかのようでした。

「ふっふっふっ、イラめ、わしがひねたネコだと思っとるやろ」

とカーポは、イラの両手から一枚ぴょんと高くとびだしているカードの青い面をじっと見ながらうれしそうにいいました。

「ひねとるネコは、ぴょんととびだしたカードはとらんで、その隣《となり》のをとるもんやからな。ということは、隣《となり》がババっちゅうわけや。だがなイラ、残念ながらわしは、ひねとらんのよ、ハッハッハッ」

そしてカーポはぴょんととびだしたカードをぬきました。とたんにイラがブフーッと吹《ふ》きだし、裏《うら》をかえして見たカーポはハッとして、くやしそうに何回もカードをきりました。そしてどんなことがあってもババをとらせてやるぞという意気ごみを見せて、カーポはココにカードをさしだし、ココは眠《ねむ》たくもあったのでぴょんととびだした一枚《まい》をぬくと、ココが裏《うら》がえしてみるより先に、カーポはさもおかしそうに手に持ったカードで口をかくして、くっくっとわらいました。ババはしばらくココの手の中にありましたが、やがてイラが持っていき、またあっさりカーポがもらい、というふうに、このババぬきは終わるということを知らずにいつまでも続いたのです。

と、その時、コンコココン、コンコココンと遠くの扉《とびら》をたたく音が聞こえました。するとカーポとイラの耳がぴくんと立ち、一日中の緊張《きんちょう》がいっときにもどってきたかのように、二匹《ひき》は夢中になっていたトランプをばさっとテーブルになげすてました。イラがすっくと立ちあがるや、ころげるように「サビーネの間《ま》」の方へかけていきました。ヤスかもしれない、と思ったココも立ちあがりかけましたが、いすの肘《ひじ》に手をかけ、張りつめた面《おも》もちですわっているカーポに制されて、そのままの格好で耳をすましました。

しんと静まりかえった中でイラの声がしました。

「丑三《うしみ》つ時《どき》に」

「牛が鳴く」

と別の声が、とても遠くから答えました。

「モー、いいかい」とイラの声。

「マー、だだよ」と別の声。

「三べんまわって」とイラの声。

「ネーコの目」と別の声。

それからガチャガチャと音がし、だれかが入ってきた気配がしました。

ざわざわした話し声が少しずつ大きくなり、一匹《びき》の小柄《こがら》なネコと五匹《ひき》の強そうなネコが次つぎと「ペネロペの間《ま》」の戸口からあらわれました。カーポはいすから立ち、「チャーオ」「チャーオ」といいあいながらひとりずつと握手《あくしゅ》をしました。先頭の小柄《こがら》なめがねをかけたネコは、ココにも「チャーオ」と手をふってみせたので、ココもわけのわからないまま「チャオ」と小さく答えました。

「ご苦労だったな。それじゃ、もうひとがんばりよろしくたのむよ」

カーポは張りつめた太い声でいうと、今入ってきたばかりの六匹《ぴき》をうながし、自分もいっしょに部屋を出ていきました。イラが机《つくえ》の引き出しからジャランとした大きな鍵束《かぎたば》と懐中電灯《かいちゅうでんとう》をとりだすと、その後に続きました。

ココは何だかふつうとちがう、しかも真夜中の気配に胸《むね》がざわつきとまどいましたが、皆《みんな》のあとについてがらんとした部屋をかけぬけました。

「緑の部屋」へ通じる扉《とびら》があいており、暗闇《くらやみ》の中で五匹《ひき》のネコが、小柄《こがら》なネコの合図で大きな板のようなものを担《かつ》ぎあげるのが見えました。扉《とびら》の横に立ってそっと中をうかがうと、イラが、「緑の部屋」の壁《かべ》についた扉《とびら》の鍵《かぎ》を、鍵束《かぎたば》をジャラジャラさせながらあけているのでした。

（どこにいくんだろう……）

とココは思いましたが、今はどんな小さな声さえ、けっしてかけてはならないという思いが不思議とおこって、ココは息をのみ、じっと目をこらしていました。

扉《とびら》があけられると、懐中電灯《かいちゅうでんとう》を手にしたカーポがまずその中へ消え、続いて小柄《こがら》なネコと大きな板を担《かつ》いだ五匹《ひき》のネコが強そうとはいえ少しよろめくようにして見えなくなりました。そして最後にはイラが中に入り戸をしめかけたので、ココはわれ知らずとびだして後に続こうとしましたが、やっとココのことを思いだしたらしいイラが、扉《とびら》の間から首だけ出して、

「関係者以外立入禁止」

とあごをつきだしたとたん、扉《とびら》はすげなくココの前でばたんとしめられたのでした。ココが見たのはただ、扉《とびら》の隙間《すきま》からのぞいた長い廊下《ろうか》だけでした。暗い「緑の部屋」のとじた扉《とびら》の前で、ココは、何だかよくないことがおこなわれているような、妙《みょう》な胸《むね》のざわつきをおぼえたのです。

「ペネロペの間」にもどったココは、一人できゅるきゅるとベッドを出してくると、しずんだ気持ちで横になり、天井《てんじょう》のペネロペを見ながらまたヤスのことを思いました。

（どうしてむかえにきてくれないの？　ここは何だかへんなところよ……）

ヤスがむかえにきてくれますように、と、おいのりをしてみたかったけれど、壁《かべ》にかかったマリア様においのりするのは、カーポになったみたいでどうしても気がすすまないのでした。ココはしかたなくふとんを頭からかぶると、ぎゅっと目をとじました。

ココは眠《ねむ》りながら、一匹《びき》の小柄《こがら》なネコと五匹《ひき》のたくましいネコが、きらびやかな部屋に一列にならんでラインダンスを踊《おど》るゆめを見ていました。水色のナイトキャップをかぶったカーポが、その前で感情をこめて指揮棒《しきぼう》をふり、イラは頭にざぶとんをまいて、「どちらさんも、ちょっとご注意を！」とかけ声をしながら六匹《びき》のネコがいっせいにふりあげる足の下を、腰《こし》をかがめていったりきたりしているのでした。

「さあ、どちらさんもちょっとご注意を！」イラのかけ声がやけに大きいので、ココはぱちっと目をあけました。部屋は煌々《こうこう》と明るく、話し声がさかんにしていました。目をこすり、ちょっとおき

あがって足もとのむこうを見ると、六匹《ぴき》のネコとカーポがテーブルをかこみ、イラが赤ワインの入ったグラスを皆《みんな》にくばっているところでした。スパスパと煙草《たばこ》をふかしているネコも何匹《びき》かいました。

「まあ、とにかく一段落《いちだんらく》と」

と、カーポが太い足を組んでそりかえりながら、ころころとしゃべっていました。

「毎度毎度のことでも、気はゆるめられんからなあ。ご苦労、ご苦労。さあ、まあほんの一杯《ぱい》！」

どのネコもうちとけて、だれかがいった一言に皆《みんな》が、がはははとはなばなしくわらってこたえたりしていました。

ココは頭がぼおっとしてまた枕《まくら》に顔をうずめると、眠《ねむ》りと目覚めの間をとろとろとさまよい続けました。時おり、がははという声にぴくんとし、またその後は、心地よい言葉の波にのって、遠い眠《ねむ》りの沖《おき》へと流れていきました。

「ヤス」という言葉がココの耳を刺《さ》し、ココは眠《ねむ》りの沖《おき》から岸の方へおしもどされました。

「まあ、ヤスのやつはいいだろう」

といったのは、あのころころしたカーポの声でした。

「そりゃそうだ。あいつに酒をのませるわけにゃいかねえ。仕事もすっかり終わったわけじゃなし」

それは六匹《ぴき》の中の、だれかの声でした。

(ヤスがどうしたって?)

ココは耳をすまそうとつとめながらも、再びどうにもならない眠気《ねむけ》におそわれて、もうそれ以上、頭や耳をすっきりさせていることはできないのでした。

(ヤス! ……ヤス……!)

ココは眠《ねむ》りの淵《ふち》からヤスをよびながら、とうとうすっかり寝入《ねい》ってしまいました。

9　モロ

その翌日《よくじつ》はいつもと変わらない朝食で始まりました。カーポとイラはむしろふだんより陽気で、明るい冗談《じょうだん》をとばしあったりしてパンくずを吹《ふ》きだしていました。するとココも、ゆうべの出来事はもう全部初めからおしまいまでゆめの中のことのように思われて、もうずいぶんなれたこの暮《く》らしに、またとけこんでゆくような気がしました。

しかし午後になると、今日はどういうわけかイラもカーポといっしょに外出することになっていたらしく、ココを一人残していっていいものかどうかと二匹《ひき》でこそこそと話を始めました。

「でも、」とイラがカーポの広がった耳に口をよせていいました。

「きのうの今日ってこともあるかもしれませんよ」

カーポは丸い大きな頭を少しかしげてイラの声を聞きとると、今度はイラの耳に口をよせ、

「それはある、しかしな、ちんこいの一人じゃ所詮《しょせん》どこにもいけるわけじゃなし」

とささやきました。二匹《ひき》のこそこそ話は、最初から全部ココにも聞こえていましたが、たいした話とも思われず、

「いってらっしゃいよ、ちゃんとお留守番しててあげるからさ！」

と声をかけたので、二匹《ひき》は一瞬《いっしゅん》ぎょっとした顔をむけましたが、結局はその言葉に安心したようでした。

「鍵《かぎ》をかけて、だれがきても知らんふりしてるんだよ」

イラはそういうと、今初めて、こみいった鍵《かぎ》のしめ方とあけ方を説明し、ココは「緑の部屋」に続く重い扉《とびら》の前で手をふって二匹《ひき》を見送ったのです。扉《とびら》をしめたあと、背《せ》よりもずっと高いところにある鍵《かぎ》を見あげてココは肩《かた》をすくめました。

(イラさんが帰ってきてから、イラさんにしめてもらおうっと)

そしてココはスキップしながら台所へ入っていきました。

ほんとうはお皿でも洗《あら》おうと考えたのですが、おかしの缶《かん》のことを思いだしてひとつクッキーをつまむと、またスキップで部屋をまわり、何げなく「サビーネの間《ま》」の出窓《でまど》にとびのって外をのぞきました。

のぞいてみてあれっと思いました。窓《まど》の外のすぐ左手に、「ペネロペの間《ま》」の窓《まど》からはけっして見えなかった屋根つきの廊下《ろうか》が、宙《ちゅう》に浮《う》くようにしてむこうの建物とこの建物の間にわたされていることに、ココは初めて気づいたのです。象牙《ぞうげ》色《いろ》の、ところどころに窓《まど》もついているそのわたり廊《ろう》下《か》をじいっと見つめていたココは、急にぽとりと持っていたクッキーをおとしました。

「きのう、あの人たちが出ていったところだわ!」

そうさけぶとココは、「緑の部屋」に続く扉《とびら》を思いきっておしあけました。

午後の陽《ひ》のもとでここを見ると、悲しい思い出がいっぺんに胸《むね》にこみあげてきそうになりましたが、ぎゅっとくちびるをかむと、ゆうべイラがあけた扉《とびら》の前へ走りました。けれどとっ手が高いところにあるので、前に腰《こし》かけさせられていたあのいやないすをおしてくると、ココはそれによじのぼって立ち、ドアのとっ手をガチャガチャいわせました。が、それにはもうしっかり鍵《かぎ》がかけられているらしく、びくともしないのでした。がっかりしながらも、とっ手をにぎりしめているうちに、ココはへんな気持ちになりました。

（あたし、どうしてこんなことしてるのかしら？　カーポがだめっていったことって、したことなかったのに……）

それでもココは、そのむこうにいってみたい気がしてしかたないのでした。（どうする……？）とココは自分にたずねました。やっぱりいってみたいのでした。

ココは急いで「ペネロペの間」にもどると、思いきってイラの引き出しをあけて、イラがゆうべとりだした鍵束《かぎたば》をさがしました。イラがとても几帳面《きちょうめん》なことは前からもう十分知っていましたが、引き出しの中のかたづきようは、そのことをいっそうあきらかに語っていました。

鍵束《かぎたば》はすぐに見つかりました。そしてジャラジャラとぶらさげられたいろんな形の鍵《かぎ》の頭には小さな貼《は》り紙《がみ》がしてあって、それがどこの扉《とびら》のものかがしるされているのでした。もっとも読めない字が多すぎて、ココは不安になってきました。

（これ、ひとつひとつためさなくちゃだめかしら……）

その時、㊙と赤で書かれた字が目にとびこみ、ココはぴんときたのでした。なんだかいかにも秘《ひ》密《みつ》の感じがしたからです。ココは重い鍵束《かぎたば》を手に大急ぎで「緑の部屋」までもどると、いすによじのぼり、穴《あな》に鍵《かぎ》を入れて両手でそれをまわしました。ガチャリと音がしました。ココはとっ手をつかんで扉《とびら》を少しばかりあけると、いすをおりて、中にふみこんでいったのです。

陽《ひ》のさす明るい廊下《ろうか》をまっすぐに歩いてしまうと、ココは今まで暮《く》らした宮殿《きゅうでん》とはずいぶんちがうすっきりした建物の中にいました。そこはやけに白い壁《かべ》におおわれたポーチのようなところで、あたりを見まわすと、しっかりとじた扉《とびら》がふたつ左手に見えました。が、ココは通路がみちびくままにすすんでいきました。

ドアのないアーチ形の入口をふたつくぐって右へそれから左へと目を走らせた時、とびこんできたのが、もうあまりにも長いピカピカの廊下《ろうか》だったので、ココはすった息をしばらくははきだせずにいました。床《ゆか》の、白と灰色《はいいろ》の市松模様《いちまつもよう》が、先の方にゆくにつれてどんどん小さくなっていました。

(こ、ここは、どこ?)

先がかすんで見えるほどに長い廊下《ろうか》の両脇《りょうわき》には、ベッキオ宮《きゅう》に入る時に見たような、あのあまり気持ちのよくない白い石の像が、ずらーりと奥《おく》までならんで立っているのでした。ココは、まだぼうっと立ちすくんだまま、ずっと続くまっすぐの廊下《ろうか》をただながめていました。

その時、ずっと先にある石の像のかげで、何かが動いたのが見えたように思いました。それはも

う、ほんの小さな影《かげ》のようなもので、ココの目がまちがっただけなのかもしれませんでした。が、まもなくそれは石の像のかげから出てきて、廊下《ろうか》を歩き始めたのです。ココは髪《かみ》の毛《け》がすっかり逆立ったかと思うほどにおどろきました。

「ヤスーっ！」

ココはからだじゅうから声をふりしぼってさけぶと、長い長い廊下《ろうか》を走りだしていました。走りながらココは、のどのあたりに何か玉のようなものがひとりでにのぼってきて、息ができなくなりました。

「ヤス！」

と苦しい声でもう一度さけんだ時、涙《なみだ》があふれました。

ネズミは、ココがよびかけた時からじっと同じ場所に立ちどまって、ココがかけてくるのを見ていました。とうとうネズミの前まできた時、ココははっと手で口をおさえました。さっきの涙《なみだ》がほっぺたの上をつうと流れおちていきました。

ネズミは小さなまん丸い目を困《こま》ったようにココにむけて、

「ネズちがいじゃないかな。ぼくはモロっていうんだよ」

とやさしくつぶやきました。ココはしゃくりあげるのをこらえ、手の甲《こう》で急いでほっぺたの涙《なみだ》をぬぐうと、

「うん……。ネズちがいだったみたい。ごめんなさい」

とようやく答えました。モロという名のネズミは、このまま先へいこうかどうしようかと考えているふうでしたが、遠慮《えんりょ》がちに、

「ヤスってよんだの？」

とたずねました。ココはこっくりうなずくと、うつむいたままつぶやくようにいいました。

「……もう、百年も待ってる気がするの。あたしのことむかえにきてくれる約束なのに……」

モロは何か思いあたるふしのあるような顔をすると、

「ヤスって、あの、銀色のかい？」

とココの顔をのぞきこみました。

「そうよ、知ってるの？」

ココの大きな目がキラキラと光りました。する
とモロはふっと遠くを見てからいいました。

「あいつか……。あいつを待ってるのか……。あいつなら、もう待ってなくてもいいんじゃないの？」

「どおして……」

モロはすっかり青ざめてしまったココに気づくと、とても気のどくそうに下をむき、ぼそりとい

いました。

「あいつ……や、く、ざなネズミだもの……」

「や、く、ざって……？」

そのまま二人は何もいわずに、それぞれちがう方を見ながら立ちすくんでいました。ココの心の中で、もやもやするあせるような気持ちがふくらみました。そして、

（ここを出て、さがしにいってしまおうかな……）

と、初めてそんなことを思いました。

「ヤスのいるところ、知ってる？」

モロは丸い目をココにうつすと、かかえていた大きな本を持ちなおしてみたりしながら、

「でも……会わない方がいいんじゃないの？」

と、おずおずいいました。ココは思いきり首をふりました。モロがまたゆっくりした調子でいいました。

「会わない方が、きっといいよ。何があったか知らないけど、約束してたのにこないんだろ、そんなやつ、ほうっておきゃいいだけだよ。あいつ、や、く、ざなやつなんだから、ね？」

「うそ……」

とココはつぶやきました。ココのまぶたの裏《うら》に、アルノー川の川岸で白い舟《ふね》にもたれて風に吹《ふ》かれていた銀色のヤスの姿《すがた》がうつりました。そしてすべるように舟《ふね》を漕《こ》ぎながらベッキオ橋《ばし》の話をして

くれた、あのかわいた単調な声が耳の中に聞こえるのでした。

「うそ……。何か忙《いそが》しい用事があっただけよ……ねえ……ヤスのいるところにつれてってくれない？」

モロはしばらく何もいいませんでしたが、やがてとうとう、

「うん……わかった」と静かにいいました。

「でもあいつ気まぐれだから、昼間はどこにいるだろう……、でも、真夜中なら、案外、家にいるかもしれない……」

モロはそうひとり言のようにつぶやいたあとで、

「じゃあ、真夜中の十二時に、『おねんね通り』の廊下《ろうか》の下で。もっとも、そんな時間に出てこれるならの話だけど」

と、きっぱりココにいいました。

「だいじょうぶ。だけど、『おねんね通り』の廊下《ろうか》の下って？」

「ベッキオ宮と、この建物の間の細い道が『おねんね通り』。高いところにわたり廊下《ろうか》がかかっているから、その下だよ」

とモロは教えてくれました。ココはすっかりのみこんでうなずきました。

「真夜中の十二時に、『おねんね通り』の廊下《ろうか》の下ね」

そして二人は、あいさつをかわして別れました。

10 ペネロペ仕事

ベッキオ宮《きゅう》にもどったココは、やっとの思いで鍵束《かぎたば》を引き出しの中にもどしてしまうと、急に床《ゆか》の上にくずおれて、いすの中に顔をうずめました。

そしてどれくらいたったかわからないころ、

「鍵《かぎ》がかかっとらんやないか」

という声とともに、カーポとイラが部屋に入ってきました。二匹《ひき》はそれぞれ両腕《りょううで》に紙袋《かみぶくろ》をかかえ、重そうに顔をつっぱらせていましたが、やけに機嫌《きげん》がよさそうで、いすにふせたココを見つけてしまったあとはもう文句をたれるつもりもないようでした。

「ほれ、ちんこいの！　台所にきて手伝え！」

カーポは今では、機嫌《きげん》がいいとかえってココのことを「ちんこいの」とよんで、自分で喜んでいました。

「金が入るってのは、いいこっちゃな！」

カーポは腰《こし》をふってちょっと踊《おど》ったりしながら、いったいどこで手に入れたのか、紙袋《かみぶくろ》からいろんな物をとり出し、イラとココが、それを食料庫や冷蔵庫《れいぞうこ》の中にしまっていきました。流しにち

らっと目をやったイラが、

「まーたなまけたんか、あんた！」

と、積みっぱなしの皿におどろいて耳をぴくつかせましたが、買ってきたらしい新しい本をだきしめると、もう何もいわずニコニコして台所を出ていきました。

ココは、（そうだお皿でも洗《あら》おう……）と思いながら、ただぼんやりしているのでした。


夕食のかたづけがすんで、前かけで手をふいたりしながら、ココが「ペネロペの間《ま》」にもどった時でした。

「そうそう！」

とカーポが手をパンとうっていいました。

「わしのナイトキャップほつれとったの、ありゃなおしてもらわんことには、今に形がなくなるわい」

そしてカーポはイラにそれをとってこさせると、「今晩中《こんばんじゅう》にたのんだよ」といいつけていすの中にころがり、おかしをつまみながら『ミケによる福音書《ふくいんしょ》』というマリア様の出てくる本を読み始めました。

イラはカーポの幸福そうな姿《すがた》を横目で見ると、下くちびるをつき出してから、ほつれかけたナイトキャップを腹立《はらだ》ちまぎれに自分の頭にすっぽりかぶりました。そして思わず、

「でけえ頭！」

とさけんだので、ぬぐより先に何かがとんできてイラの頭にぶつかりました。

水色の毛糸がりるりるとほつれているのをなおす仕事はココがすることになりました。「かーんたんかんたん」とイラが鉤針《かぎばり》をココにわたし、「ほーらちょぃちょぃと、あとはおんなじ、あーかんたん」とずいぶん調子よく教えたと思うと、もうイラは自分の机《つくえ》について背《せ》を丸め、趣味《しゅみ》の勉強をせっせと始めているのでした。

ココはべろんと広いナイトキャップを手にすると、カーポの方を見ずにはいられませんでした。丸い大頭が本のかげからちょっとはみ出し、感心しているのかおかしをかんでいるのか、こくんこくんと小きざみに動いてました。

そしてしかたなく、イラに教わったとおり鉤針《かぎばり》を水色の毛糸にひっかけては、ひとつまたひとつと編み始めたのですが、ひとつ先の目にひっかけたり同じ目を二度ひっかけたり、毛糸が勝手にもつれたりしてやりなおし、ナイトキャップはなかなかできあがりそうにないのでした。それというのも、ココの頭の中の方がよほどもつれていたからでした。

（隣《となり》の建物、何なんだろう？　……そういやあたし、何しにあそこにいったんだっけ？　……あれれ、またまちがえた……そうよ、ゆうべのことを忘《わす》れてたわ……あそこ不思議な建物だわ、何なんだろう……モロってネズミは何してたんだろ？　……おっと、ここの穴《あな》じゃない……だけど、どうしてヤスに会わない方がいいなんていったのかしら？　……それにやくざなネズミってどういうこと？　……わあ、でも今日はヤスに会えるのよね！　ああ何だかめんどくさいなあ、このべろべろ帽子《ぼうし》！　……あれ、前よりちっちゃくなってる……）

そんなことをぐるぐると考えながら、それでも一生懸命《いっしょうけんめい》鉤針《かぎばり》を動かしていると、ココはふと、とても大事なことに気づきました。

（真夜中の十二時に「おねんね通り」の廊下《ろうか》の下、あたし、どうやっていくんだろう!?）

するとココの顔は、着ている洋服よりもカーポのナイトキャップよりも水色に青ざめて、おまけに目の前までがまっ青《さお》になりました。もう鉤針《かぎばり》を動かすこともできません。

モロとの約束を忘《わす》れていたのではありませんでした。ただ、あっさり考えていたのです、窓《まど》から顔を出せば、そこが「おねんね通り」だったし、真夜中の十二時なんて、まだしばらく先のことだと。けれど、どうやってここを出たらよいのでしょう？　たとえこっそり鍵《かぎ》をあけて「緑の部屋」までいけたとしても、まっ暗闇《くらやみ》にちがいない宮殿《きゅうでん》の中をぬけて外に出ることなどできるものでしょうか？　ココは次第に心臓《しんぞう》がどきどきしてきました。

「オホン、オホン」

カーポのせきばらいがしました。

「コーコ、あんたの仕事は、ほーんまのろくさやな」

イラがココの方をふりむいて、ひざにのったナイトキャップからのびている長い長い水色の毛糸を見ると、めがねがとぶほどにおどろいた顔をして、

「なーにやってんねん！」

とさけびました。

「そうや。今晩《こんばん》わしは何をかぶって寝《ね》たらいいと思とんのや」

とカーポは細い目をつんつんつりあげてココをにらみました。

「……何もかぶらなくても、寝《ね》られるものよ……」

とココがちょっと気まずそうにいいました。するとイラが、

「ふむ、一理《いちり》ある」

といったので、

「なーにが一理《いちり》や。二理《にり》やろと三理《さんり》やろとわしはかぶらんと寝《ね》られんのやで」

といいながらカーポはおかしをイラになげつけました。が、後ろむきでなげたので、イラがぱくっと口で受けて、べっと舌を出したのには気づきませんでした。

「ふんっとに、ペネロペ仕事もいいとこや」

カーポはそういいすてると、また『ミケによる福音書《ふくいんしょ》』を読み始めました。ココはきょとんとして、

「ペネロペ仕事って？」

とたずねると、勉強をし始めていたイラが、

「やってもやってもいつまでも終わらんちゅうこと」

といって本を見たまま天井《てんじょう》を指さしました。それからココをちらっとふりむき、

「織ってはぜーんぶほどき、織ってはぜーんぶほどき、いつまでたってもしあがらないってわけ」

といやみな顔つきで説明しました。織物がしあがったら、その時はオデュッセウスを待つのをやめて別の人と結婚《けっこん》すると約束していたペネロペは、昼間は機織《はたお》りをし、夜になるとそれをほどいて、けっしてしあがらないようにしていたのでした。天井《てんじょう》の絵は、この昔むかしの話をもとに描《えが》かれていたのです。

「ふーん……ずいぶんもったいないのねえ……」

カーポのナイトキャップがしあがろうとしあがるまいとどうでもよい気持ちだったココは、ぼんやりとペネロペの絵を見ました。

美しく織られた布がりるりるとほどけてもとの糸になっていく様を思《おも》い浮《う》かべると、何か小気味《こきみ》よい感じがしました。その時ふと、ある考えが浮《う》かんだのです。

（そうよ、この毛糸があれば……）

それはとてもいい思いつきでした。

（そうだわ、ペネロペのまねをすればいいんだわ！）

ココはすっかり心が軽くなると、もうまちがわずにせっせと鉤針《かぎばり》を動かしたのでした。

イラがあきれた顔をココに見せながらきゅるきゅるとベッドをおしてきて、二匹《ひき》は寝《ね》るしたくを始めました。カーポがマリア様の前でぶつぶつおいのりをした後、

「とにかく、ナイトキャップがないと眠《ねむ》れんたちなんや、わしは！　こんばんは、しあげてもらわんとな！」

といいはなってベッドにもぐりました。そしてそのとたんに、ぐわーっぐわーっといびきをかきました。それを聞いたイラは、プッと小さく吹《ふ》きだした後、またいつものようにベッドの中で本を読み続けました。でも、そのイラもやがてつかれたようにぶ厚い本をばたんととじ、枕《まくら》もとのスタンドを消すと、

「上の電気……あとでちゃんと……消して……」

といいながら、眠《ねむ》りにおちていきました。

真夜中の十二時までは、まだ二時間もありました。ココは静まりかえった部屋の中で自分も眠《ねむ》ってしまわないように注意をし、せっせせっせと編み続けたのです。時どきたれさがりそうになるまぶたをしかりつけるようにこすり、時には鉤針《かぎばり》の先で手やひざをチクリとつつきながら、一生懸命《いっしょうけんめい》編み続けたのです。どこかの時計が、ボーンボーンと十一回うつのが聞こえました。

ナイトキャップからのびている毛糸が五十センチほどになったところで、ココは初めて手を休めました。その時、ボーンと音がしました。時計が十二時をつげ始めたのです。

11　ぶどうの木通り八番地へ

ココはそっと立ちあがると、ナイトキャップを手に「サビーネの間《ま》」へ走りました。ボーン、ボーン……ゆっくりとうち続ける時計の音を聞きながら、ココは出窓《でまど》によじのぼって用心深くそれをあけ、宮殿《きゅうでん》の窓《まど》らしい白い円柱の窓《まど》かざりに、編まずにおいた毛糸の先をしっかり結びつけました。

それからぺろんと広いナイトキャップを窓縁《まどぶち》に置くと、両足を中に入れてしゃがみ、しっかり毛糸につかまりました。ボーンという音がして、もうそれきり聞こえなくなった時、ココはナイトキャップに入ったまま、窓《まど》の外にとびだしました。

りるりる……りるりる……ココの重みで、しあがりかけていたナイトキャップがくるくるとほどけていきました。そしてココは、ちょうどつりかごにのってゆっくりおりていくようにして、時おりベッキオ宮《きゅう》のごつごつした石の膚《はだ》にひっかかりながら、下へ下へとさがっていったのです。

とうとう地面に着いた時、かごのかわりになったカーポのナイトキャップは、またすっかり小さくなっていました。

「大成功だわ！」

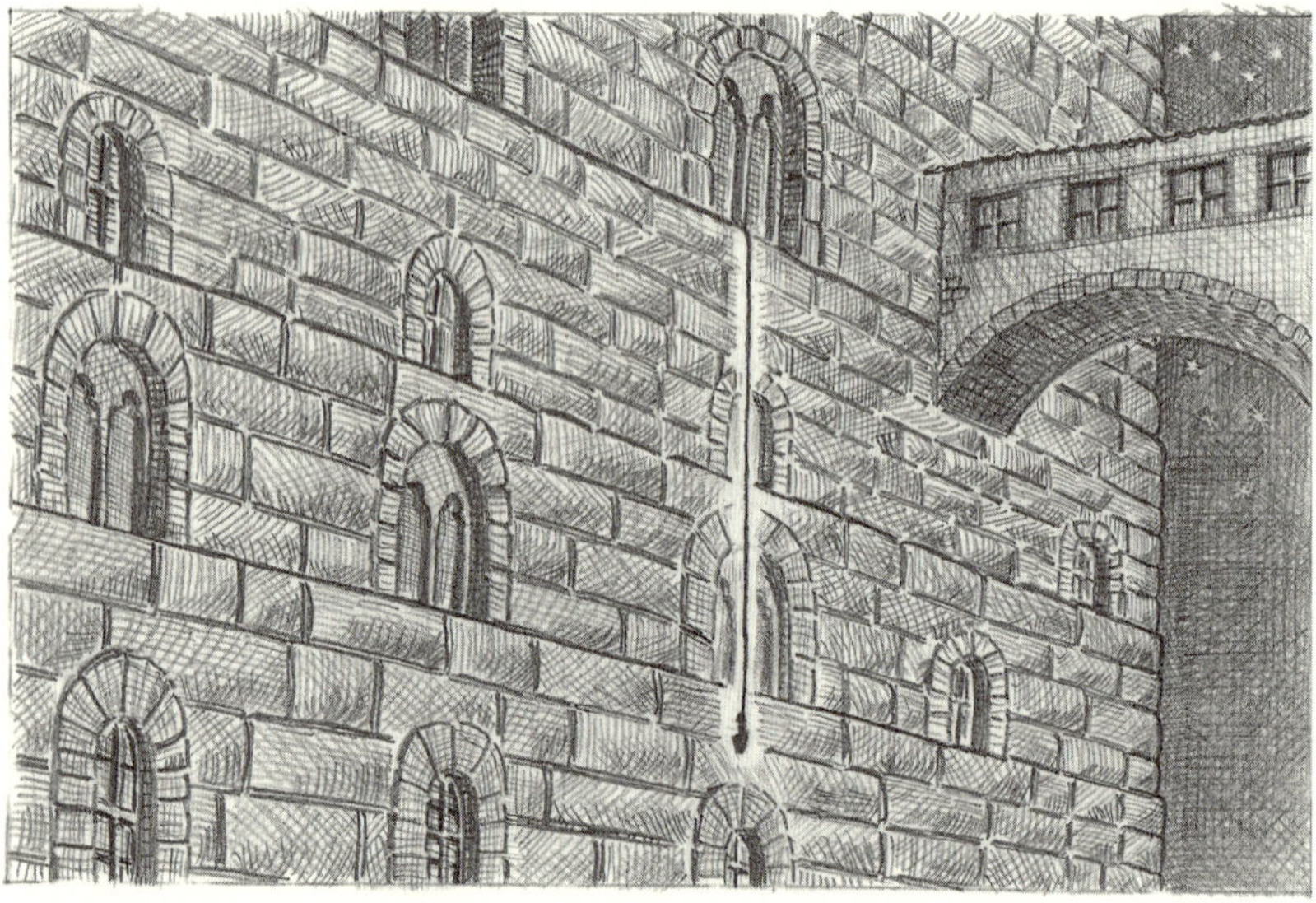

ナイトキャップからぬけだしたココは、満足して小さなさけび声をあげましたが、今つたってきた毛糸をずうっと見あげていくと、もうずい分高いところまで続き、しまいに暗くて見わけがつかないところまでも続いている様子です。するとココは今ごろになって初めて、からだの中がぎゅっとねじれるような恐《おそ》ろしさをおぼえました。

その時、「ここだよ！」という小さな声が聞こえました。ちょっと先で、黒く陰《かげ》って見えるモロが立って、手をふっていました。

「君、とんでもないところからきたみたいじゃないの」

ベッキオ宮の壁《かべ》づたいに「おねんね通り」を歩きだしたモロがいいました。

「ぼくは東からくるか西からくるかって考えながら左右をきょろきょろしてたのに、上からとはね！　またいったい、どうしてだい？」

「だって、あそこにいるんだもの。あたし」

とココもてくてく歩きながらいいました。モロがえぇっというような声を立てたので、ココは話し始めました。ヤスのボートにのって川をくだったこと、そのあとでいっしょにベッキオ宮をおとずれたこと、そしてカーポとイラという名のネコと暮《く》らしながらヤスを待っているということを。

「そういえば、外に出たのって、これが初めてだわ！」

とココは自分でもびっくりしたようにいいました。

モロはだまってココの話をきいていましたが、聞き終わると、「ハハーン……ハハーン」と、ひとりでわかったようなうなずき声をあげました。そしてあきれたように首をふったと思うと、それきりもう何もいわず、二人はならんで真夜中の道を歩いていきました。

カーポという名の金持ちのネコの親分がいて、金貸しのようなことをやっているらしいという噂《うわさ》は、モロも前から聞いて知っていました。けれどもモロをふくめてたいがいのネズミたちは、「たとえぼろをまとおうとも、ネコからなんか一銭《せん》も借りない」というネズミとしてのプライドを持っていましたから、カーポというネコがどこに住んで、どんな暮《く》らしをしてるかなどは、全然知りませんでした。

けれどどうもヤスは、そのカーポからお金を借りているらしいという噂《うわさ》も、皆《みんな》それとなく知っていました。そして、「あのヤスのやつなら、それくらいのことはするだろうさ」とたいがいのネズミたちはささやいていました。

（カーポってやつ、ベッキオ宮に住んでたのか！）

と、モロはあきれました。なぜならベッキオ宮はこの街が守っている貴重《きちょう》な古い建物のひとつで、いくつかの部屋をのぞき、だれでもが等しく見物できるように開かれているところでしたから、だれかが勝手に住みついていいはずがありませんでした。

（なるほど、立入禁止の部屋に住んでたってわけか、ちゃっかりしてやがんなあ！　……しかし、イラって名も聞いたことがあるなあ……）

けれどモロはイラについては思いだすことができませんでした。

モロは、頭の中でいろんなことを考えているうち、隣《となり》を歩いている小さなココが、なぜヤスにつれられてベッキオ宮にいき、そこで暮《く》らすはめになっているのかも、なんとなくわかってきたような気がしました。でも同時に自分のこの見当《けんとう》がはずれていればいいけれど、とも思いました。お金を返せないヤスがココをだまして、お金のかわりにとカーポの召《め》し使《つか》いをさせちゃってるんじゃないだろうかというのが、モロの見当《けんとう》だったのです。

（どうもあたってるような気がするな……）

とモロは心でつぶやきました。すると、歩く足がどんどん重くなってくるのでした。

「おねんね通り」をすぎ、左にまがって「ライオン通り」をしばらく歩き、「花の都広場」に入ると、モロの足はいよいよのろくなりました。もう少しで「花の都広場」が終わり、「ぶどうの木通り」

へのまがり角にいきついてしまうからでした。ヤスは「ぶどうの木通り」八番地の四階建てアパートの、屋根裏《やねうら》に住んでいたのです。

やっぱり会わない方が絶対にいい、とモロは思いました。せっかく宮殿《きゅうでん》をぬけだしてきたのだから、このままどこかへ逃《に》げちゃう方がいいに決まってる、と。

（どこかヤスの家じゃない家にいって、あいつ引っこしたんだねってことにしようか……）

その時、

「モロ、早くいきましょうよ、ねえ早く！」

とココがモロの腕《うで》を引っぱったのでした。

「ヤスのお家《うち》にいきましょうよ！」

（だますのって、よくないことかもしれないな……）

と、ココの顔を見たモロは思いました。

「ぶどうの木通り」は、くねっとまがった、せまくてなぜか悲しい感じのする道でした。小さな二人はその道を、とぽとぽとしずくのような足どりで歩いていきました。とうとう八番地の家の扉《とびら》の前まできた時、モロはココを見ていいました。

「ぼくは思うんだけど、こんな真夜中に突然《とつぜん》お客がやってきたら、ふつうびっくりすると思うんだ。迷惑《めいわく》かもしれないよね。だからさ、まず、ちょっと様子をうかがうってことにした方がいいんじゃないかって」

ついにここがヤスのいる家なんだと気づいたココは、急にどきどきしてうなずきながらうわずった声でいいました。

「そ、そうね、お鍋洗《なべあら》ってるかもしれないし、お手紙書いているかもしれないし……それにお勉強してるってこともあるかもしれないしね、そしたら悪いわよね……」

モロは、たぶんそのどれでもないような気がしましたが、ココがすんなり賛成《さんせい》してくれてとても助かったと思いました。ココとヤスとを会わせてしまったら、とんでもないさわぎになるかもしれないと考えたからです。そしてその中に自分が入り、ココの前でヤスをせめ立てるようなことをするのも気がすすみませんでした。

二人は人間が出入《ではい》りする扉《とびら》の前からそれて、壁《かべ》が三角にくずれているように見えるネズミ専用口《せんようぐち》の中にもぐりました。トンネルのようなところを四つんばいになってすすむのはココにとって気持ちのいいものではありませんでしたが、まもなくぼおっと明るいところに出、まっすぐ立てるようになると、そこはぼろぼろとはげおちたきたならしい壁《かべ》の隙間《すきま》で、上までまっすぐ梯子《はしご》がかけられているのがわかりました。あかりは壁《かべ》ごしにある部屋の電灯が、壁《かべ》のひび割《わ》れを通してうまいぐあいにさしこんでいるのでした。ココはモロのあとについて梯子《はしご》をのぼっていきました。

のぼりきったところに、ヤスの住む屋根裏《やねうら》の玄関《げんかん》がありました。話し声やら音楽やらが、ドアを通してざわざわともれ聞こえてきました。モロはココにちょっと待って、というしぐさをすると、身をかがめ、ひとりでそうっとドアを引っぱりました。ネズミの家ではふつう鍵《かぎ》をかける習慣はありませんから、ドアはモロが引いたぶんだけこちらに開き、その隙間《すきま》から、ぱっと目を射《い》るような明るい光が、一本の線のようにもれてきました。

中はたいしたさわぎでした。大きな赤いリボンをつけたメスのネズミが煙草《たばこ》を持ったまま音楽にあわせて腰《こし》をふり、厚化粧《あつげしょう》の別のメスネズミがテーブルの上にすわって、いやだあっとさけぶや足をばたつかせ、げらげらと歯を出してわらいました。また別の、紫色《むらさきいろ》のスカーフを腰《こし》にまいたメスネズミは、しきりとガムをかみ、プーッとふくらましてはまた口に入れてまたかみながら、これも何がおかしいのかやけにわらっていました。メスネズミは全部で五匹《ひき》いました。そしてヤスはそのまん中で、古いゆりいすにふんぞりかえってすわり、煙草《たばこ》をふかしていました。からになったお酒のびんが、ちらかった部屋のあちこちにころがり、光を受けて輝《かがや》いていました。

（まずいな……）とモロは思いました。

（こんなところ、あの子に見せられねえな……）

その時、ぐすんと鼻をすする音がモロの後ろでしました。はっとしてふりあおぐと、すぐ上にはココの顔があり、ドアの隙間《すきま》からじっと部屋の中を見つめているのでした。そしてココはだまって泣いていました。

12　モロがした話

きた時には気づかなかったのに、その夜は美しい星の夜でした。何もしゃべらず、あてもなく、二人はゆらゆらとどこまでも歩いて、とうとう長いれんが塀《べい》のところでいきどまりました。

「この上にすわって、ひと休みしようか」

とモロが初めて口をききました。そしてココを背《せ》にのせると、モロはいきおいをつけ、れんがのでこぼこを足がかりに塀《へい》をかけのぼりました。

二人の腰《こし》かけた塀《へい》の下を、アルノー川が流れていました。街のあかりを受けて黒い川面《かわも》はオレンジ色に光っていました。そして川と塀《へい》との間には小砂利《こじゃり》の細い坂道が走り、川岸には運転手のいないからのボートが何艘《なんそう》もならんでいるのでした。左手にはありがと橋《ばし》、右手にはあのベッキオ橋《ばし》がかかっていました。

（……ああ、ここ、この場所……）

ココは胸をおさえました。午後の陽《ひ》のもとで見る景色と今見る景色とでは、どうしてこんなにちがって見えるのかしらとココは目を細めました。冷たい風がココのおかっぱの髪《かみ》を吹《ふ》きつけていきました。

モロはならんですわりながら、何をどう話したらいいのか、とほうにくれていました。モロにとってココは、つい今日の午後に知りあったばかりの小さな女の子にすぎず、その気になれば、たずねることなどいくらでもありました。……年はいくつ？　ほんとの家はどこなの？　これからどこに送っていったらいい？　……でもモロは、アルノー川をじいっと見つめたままのココの横顔を見ると、話をきりだす勇気が出てこないのでした。

するとココが、はらっと顔をあげました。そして気をとりなおしたかのようないくらか明るい声で、

「ねえ、モロ」と話しかけました。

「どうして今日、あの長い廊下《ろうか》にいたの？」

それは、ひとのことなどとてもかえりみられずに自分のつらい気持ちの中にだけたたずんでいたココが、ようやくおちつきをとりもどし、隣《となり》にすわった親切なネズミに何か話しかけたいと思った時、最初に浮《う》かんだ言葉だったのです。

モロは、ココが口をきいてくれたのでほっとしたものの、どうしたものかとうなりました。というのは、その問いに答えようとすれば、ほんとうのところ今のモロにとって一番気にかかっていることを話さなければならなくなるからでした。モロが言葉をにごしていると、

「あの建物、何なの？」

とココがたずねました。モロは、あれれっと思いながら答えました。

「ウフィツィ美術館だよ」

ベッキオ宮《きゅう》の隣《となり》のその美術館は、たいそう大きく、貴重《きちょう》な絵をたくさん持っていることで世界中に知られていました。

「へえ、美術館だったの。それって、いっぱい絵のあるところよねえ。じゃ、絵を見にきてたのね？」

「う、うん、そうだね」

とモロは口ごもりました。

（絵を見にいったことにはちがいないもんな……）

それからモロは、「ところで君はどうしてきたの？」とたずねそうになり、もしかするとヤスのやつがあそこで待ってるよなんていったのかもしれないな、と思いあたってだまっていました。するとココが自分の方から話しました。ココは今、とにかく何かをしゃべっていたい気がしたのです。

「あたしがいったわけはね、きのうの晩《ばん》、そう、ちょうど今くらいの時間だったのかな……何となくへんなことがあったからなのよ」

そしてココは、たずねられるより先に、六匹《ぴき》のネコがあらわれたゆうべの出来事を、思いだせるままに話したのです。

しばらく話したところでモロの方を見たココは、くい入るようなおどろき顔にぶつかったので、かえってびっくりしたのでした。

「どうかしたの？」

ココは不安になって、恐《おそ》る恐《おそ》るたずねました。

「大きな板を担《かつ》いで、わたり廊下《ろうか》に入っていったんだね？」

とモロはココの問いには答えずにいいました。

「どんな板だったの？」

ココはちょっとの間考えていましたが、

「板かどうか、よくわからないのよ。だって黒い風呂敷《ふろしき》にくるんであったんだもの……」

と、いいわけするように答えました。けれどモロは、いやそれで十分だという表情を見せると、「そうか！　……そうか！」とくりかえしながら頭をかきむしりました。しばらくそうやって、ひとりでつぶやいたり、うなったりしたあと、モロはまっすぐココにむきなおっていいました。

「実は、こういうわけなんだよ」

その声があまりにもきっぱりしていたので、ぼうっととまどっていたココは、ついしゃんとすわりなおしました。

そしてモロは、次のような話をしたのです。

＊

北の街にあるボロネーズ大学というネズミ大学で、古い美術のことを勉強しているモロのところに、ある日厚い手紙がとどきました。それは、やっぱり古い美術のことを勉強しているネズミのウエムという友だちからで、ウエムはある友だちからへんな話を聞いたのでした。それは、その友だちの友だちが住んでいる家のおじさんが、売りに出された山の別荘《べっそう》を見にいった時の話でした。

別荘《べっそう》は古い時代の建物でしたが、さほど大きい物ではない上にあまり便利もよくないというので、手ごろな値段《ねだん》で売られていたのです。持ち主はまだ若《わか》い夫婦で、最近亡《な》くなった大おじさんからゆずり受けたものの、自分たちにとってはふさわしい別荘《べっそう》ではないと考えて売ることにしたというのでした。

そこを見にきていた人は、おじさんのほかにも何人かいて、「古い家具には、今の物とちがっておもむきがありますねえ」と話したり、「壁《かべ》にかかった絵はなかなかよいですねえ」と話したりしていたそうです。おじさんも絵には興味がないわけではなかったので、ぶらぶらしながら見ていると、以前にウフィツィ美術館で見たと同じ絵がかかっているので、「ほお、なんと上手な複製画だろう」と感心したのです。その時おじさんは、別荘《べっそう》を見にきていたお客のうちの二人の紳士《しんし》が、それぞれ「この別荘《べっそう》をぜひ私《わたし》にゆずってくれ」と若夫婦《わかふうふ》にしきりにたのんでいるのを聞きました。

おどろいたことにそのうちの一人が、別荘《べっそう》につけられた売《う》り値《ね》の倍の金額を出そうといいだしたのです。と、もっとおどろいたことには、別の一人が、私《わたし》は三倍を出すというのです。そして二人とも、ただもうこの別荘《べっそう》が感じがよくて、ぜひ自分のものにしたいのだといいはるのでした。

若夫婦《わかふうふ》は、はじめ、何を冗談《じょうだん》をという顔をしていましたが、二人が本気でほしがっているのを知ると、もう最初の値段《ねだん》でなど売る気になれず、ほかのお客さんたちに、「申しわけありませんが、お引きとり願えますか」と声をかけ、そのおじさんも、そこで別荘《べっそう》を出るはめになったというのです。もちろん、これは何だかへんな話だと、その時いた人はだれもが思ったそうです。

ところがそれからしばらくして、もっと奇妙《きみょう》なことがありました。おじさんが、また、雑誌《ざっし》の『別荘《べっそう》売ります』のページを見ていると、その別荘《べっそう》が再び売りに出されていたのです。そしてその値《ね》は、前に若夫婦《わかふうふ》がつけていた値《ね》とほとんど同じでした。不思議に思いながらおじさんは、また出かけていったのです。

すると何もかもが前と同じなのに、ただ、あの上手な複製画のかかっていた壁《かべ》にはちがう絵がかかっていたのでした。売り出していたのは、前にせりあっていた二人の紳士《しんし》のどちらでもなく、めがねをかけたおばさんでした。なんとなく気にかかって、「あそこの絵は、いつかえたんですか？」と、おじさんはそのおばさんにたずねてみたのです。するとおばさんはきいきいした声で、「私《わたし》が買った時は、もうあの絵でしたけどねえ」と返事したというのです。

その上きいてみると、おばさんがその別荘《べっそう》を買うことになったのは奇妙《きみょう》な理由で、占《うらな》いの人が、「山の中腹《ちゅうふく》にある別荘《べっそう》を買うと、かならずよい事があります」とつげた翌日《よくじつ》に、「ここを買いませんか」という手紙がきて、おばさんは持ち主と顔をあわせずに、郵便《ゆうびん》だけですっかり手続きをすませて、その別荘《べっそう》を手に入れたというのでした。そしてその時の値段《ねだん》は、今おばさんのつけている値段《ねだん》と同じだったそうです。「ちっともいいことなんかありませんでしたよ」とおばさんはいったそうです。

おじさんがこの話を奥《おく》さんに話してきかせているのを、天井裏《てんじょううら》に住んでいるネズミが耳にして友だちに話し、その友だちはウエムに話したのでした。そしてウエムはモロに手紙を書いてしらせてきたのです。

「どうだ、くさい話だと思うだろ。いくら上出来の複製画だからって、所詮《しょせん》複製にすぎんもの目ぁてに、二人の紳士《しんし》が金に糸目をつけずにとりあうわきゃあない。とすると、本物がかかっていた可能性が大きい。が、しかしウフィツィから絵が盗《ぬす》まれた話など、とんと聞かんだろう。ということは、ちゃっかり本物と贋物《にせもの》がすりかえられてだれも気づいてないのかもしれん。おれが自分でいってウフィツィにある絵を見てきたいところだが、南の街でやってる展覧会《てんらんかい》を見にいかんとならんし、用事がつまってるんで、おまえ、かわりにいってくれんか。おまえちょうど、春の休みでまもなく故郷《こきょう》に帰るんだろうし」

とウエムの手紙には書いてありました。ところがとんでもないことに、ウエムの友だちの友だちが住んでる家のおじさんという人は、別荘《べっそう》を買いたいなどといってるうちにぽっくり亡《な》くなってしまったために、問題の絵というのがどれをさしているのか、とんとわからなくなったというのです。ただ、マリア様が絵の中に描《か》かれている、ということ以外には。

そして、春休み、生まれ故郷《こきょう》のこの街に帰ってきたモロは、このことを手がかりに美術館をおとずれては、本物とすりかえられた贋物《にせもの》がかかっていないかどうかを自分のしている美術の勉強をもとにして、見わけようとしていたのでした。

けれどマリア様が描《か》かれている絵などはいくらでもあって、さすがのモロもまいっていたのでした。それにそもそも、亡《な》くなったおじさんの話からすぐに、美術館の絵が贋作《がんさく》とすりかえられたにちがいないと考えるのは、ちょっと単純すぎやしないか、そんな手のかかる、しかも大胆《だいたん》なことをする者がいるものだろうか、それにこの今の時代に、そんなとんでもない話があるものだろうかと、モロは少々うたがいだしていたところだったのです。

＊

「ということは、だ」

と、長い話をし終えたモロが、目をとじ腕《うで》を組みながらひとり言のようにいいました。

「贋作一味《がんさくいちみ》はやっぱりいたんだ。やっぱりすりかえられてたんだ。しかも、ゆうべも……。つまり、ひとつやふたつじゃない可能性が大きいってことだ」

じっと耳をかたむけていたココは、最初よくのみこめなかったその話の意味が次第にわかってくると、昔の人の描《か》いた本物の絵というのがいかにたいせつで、しかも高い値段《ねだん》がつくものなのかということにおどろきました。

「……でもね、モロ……」

とココは考えながらいいました。

「贋物《がんさく》が本物と、もしほんっとに同じだったらよ、どっちでもいいってことにはならないの？」

するとモロは、フンと鼻でわらうと目をあけて答えました。

「ほんっとに同じなら、そういえるのかもしれないね。だけどかならずどこかちがうし、それに第一、美術館にやってくる世界中の皆《みんな》が贋物《にせもの》を見ているかげで、だれか一人が本物の絵をこっそり持ってるなんて、それに盗《ぬす》んだ本物の絵で金儲《かねもう》けしてるやつがいるなんて、そんなのゆるせないよ」

ココはそのとおりだと思いました。本物と贋物《にせもの》をすりかえて、本物を売ってお金を儲《もう》けるなんて、たしかにとんでもないことでした。

不気味《ぶきみ》にわらいかけるようにゆれる黒々としたアルノー川を見ているうちに、ココは、しょっちゅうお金の話をしていたカーポのことを思いました。

(悪いひとだったんだ……)

モロもまた、カーポのことを思っていたみたいでした。

「カーポがなぜ金貸しなんかやってられるのか、これで読めたよ。そりゃ金が入るだろうな。何十万ララ、何百万ララってね！」

「金貸し？　……ララ？」

ココは何かに思いあたって、頭をもたげました。

「うん。もうかなり以前から、人間と同じお金を使ってるんだよ、ネコもネズミもね。たぶん人間は、だれも気づいちゃいないけど」

けれどココは、そんなこととは全然別のことを思っていたのです。ココは突然《とつぜん》思い出したのでした。イラと会った最初の時のことを。あの時イラは、たしかにこういったのでした。

「あんたか、五万ララのかわりは」

と。ココは今、すっかりすべてがわかったと思いました。

（……ああ……！）

ココは目をとじ、声には出さずに苦しいさけびをあげました。

その時、さわがしい声が遠くの方から聞こえました。よっぱらって機嫌《きげん》をよくした者たちが、つれだって川へおりてきたにちがいありません。きいきいした、はでないくつかの声が重なりながら夜の静けさをやぶりました。するとしばらくして、突然《とつぜん》、きゅーき、きゅーきというふるえる音が曲を奏《かな》で始《はじ》めたのです。それはあのなつかしい、胸《むね》をかきむしるような旋律《せんりつ》でした。

ゆめを見ましょう　春のゆめ
いつかわたしが大きくなったら
白い小さなお舟《ふね》にのって
知らない国へと　ゆーらゆら……

モロがそっとココの横顔をぬすみ見ました。ヤスのハーモニカのうまさは、どんなネズミでも知っていたからです。ココは風に吹《ふ》かれたおかっぱのかげで目をとじ、ぎゅっとくちびるをかんで何かを必死にがまんしているように見えました。

（ああ、この子はあいつのことがすきだったんだ）

とモロは思いました。

ハーモニカの音が消えた時、ココは目をあけ、アルノー川を見つめたまま言いました。

「あたし、贋作一味《がんさくいちみ》をつかまえるのに協力するわ。……そして、ヤスのことはもう忘《わす》れよう」

その時、はげしく風が吹《ふ》きあれました。ココの胸《むね》のあたりが突然《とつぜん》チカチカッと光を発して、一瞬《いっしゅん》明るくなりました。モロが目をしばたたいて隣《となり》を見ると、ココはもう、小さな小さな人形のような子ではなく、ほんとうの、一人の女の子に変わっていました。

第二部

1　カーポを追って

さわやかな春の朝、古い石造りの建物の間を、水色の服を着た小さな女の子が一人歩いていました。けれどよく注意してみると、女の子の横に一匹《ぴき》のネズミがならび、二人は話をしながら歩いているのでした。

「じゃ、うちあわせたこと、大丈夫《だいじょうぶ》だね」

たった今開いたばかりのベッキオ宮《きゅう》の前までくると、モロが少し眠《ねむ》そうな目をあげていいました。

「うん。あたし、かならず守るわ」

ココもまた目をこすりながら返事をしました。二人はこれからのことについて相談しながら、一《ひと》晩中《ばんじゅう》あの川べりにすわっていたのでした。

そして二人は今、まだ人もまばらな広場を背《せ》に、固く握手《あくしゅ》をして別れました。

再び見あげる石の像は、大きくなったココにとってもやっぱり巨大《きょだい》だったけれど、もう恐《おそ》ろしいとは思いませんでした。そしてココは、噴水《ふんすい》のある屋内庭園をぬけ、階段《かいだん》をのぼり、「五百人の間《ま》」を通り……というふうに、ヤスとたどったところを少しもまちがえずに歩いてゆきました。前にはあれほど長い道のりに思えた階段《かいだん》も廊下《ろうか》も、今では速足でスタスタとすすんでゆくことができるのでした。

「緑の部屋」に入ったココは、つきあたりのドアの前までまっすぐゆくと、ためらわずに、コンコココン、コンコココンとノックしました。食器のガチャガチャいうような音がした後、ほどなく、イラの声がいいました。

「朝にくるくる」

ココは、イラが「丑三《うしみ》つ時《どき》に」というものとばかり思い、「牛が鳴く」と用意していたので、一《いっ》瞬《しゅん》言葉をうしないました。するともう一度イラがいらだたしげに、

「朝にくるくる！」

とさけびました。ココは困《こま》って、何かくるくるしたもののことを思いだすや、

「こまネズミ！」

と答えました。するとイラが、

「ネズミ泣かせは」

と続けたので、ええいままよと、

「ネコジャラシ！」

と答えました。きょとんとしたようなイラの声がいいました。

「なんでネコジャラシがネズミを泣かせんとならんのよ？　あんた、あやしいもんとちゃうんか、え？」

ココは腰《こし》に手をあてててため息をつきました。

「あたしよ、イラさん。ココなの」

たまげたような声がして、ガチャガチャと鍵《かぎ》がはずされ、ドアが開きました。

イラはだらしなく口をあけ、めがねの上から、あろうことか、ココを見あげていました。ココもまた何だかへんな気持ちがしたまま、イラを見おろしていました。イラにまた会えたのは、ほんというとうれしかったのです。けれどあののっぽのイラを見おろしているというのもへんだったし、今それを思いだしたくはないのに「贋作一味《がんさくいちみ》」という言葉がひとりでに頭に浮《う》かんでしまい、わらいかけようにも、うまくわらえないでいるのでした。けれどもようやくココがきりだしました。

「なぜかわからないけど、背《せ》がのびちゃったのよ」

イラもようやく声を出しました。

「ハア……」

そして頭をかいたり首をふったりしながら、それでも追い出そうなどという気はないらしく、ココをまねき入れたあとでドアをしめました。

ココが成長してもどってきたことが、二匹《ひき》の不安と腹立《はらだ》ちをいっぺんに吹き消《ふけ》すことになりました。おきてみてココのいないのに気づいてからの二匹《ひき》は、ひょっとしてココが何かをかぎつけたのではあるまいかという不安を、まさかと思いながらもいだいていたのです。その上カーポは、ナイトキャップが「いいいようにされたこと」にからだが破裂《はれつ》するほどおこっていました。ですからカーポはぷりぷりふくれながら考えていたのです。ぬけだしたのがココのほんの気まぐれで、もしまたもどってきたならば、その時は、「ちんこいの！　わしのナイトキャップをいいようにしてくれたやないか、えっ、えっ！　えっ!!」とだんだん声をはりあげ、だんだんおっかぶさるようにして問いつめてやろうと。

けれどそのカーポも、入ってきたココを見た時は、食卓《しょくたく》のいすの中でコーヒーを吹《ふ》きだしながらゴムまりのようにはねあがったほどおどろいて、それで何もかも予定がくるってしまったのでした。そしていずれにしろ、ココがまたもどってきたということは、二匹《ひき》を安心させたのです。

ひとさわぎがおさまってしまうと、この日もふだんと何の変わりもない一日になりました。カーポもイラもそれぞれにひとり言をいいながら、せっせと午前中の仕事に身を入れ、ココは、前にはうまく使えなかったほうきで、パッパとちりを掃《は》いたりしたのです。けれどそうしながらココは、「しぶいじいさんや」だの、「金がかかる」だのとこぼしているカーポの言葉を聞いては、ひとつは、本物の絵を買おうとしているどこかのじいさんに、ひとつは贋《がんさく》物の絵を描《か》くということに、それぞれぼやいているのだな、と見当をつけたりしました。

ココはまた、なんとか隙《すき》を見て、カーポの書類を見なければならないと思いました。本物の絵を買った人の名前や住所が、きっと書いてあるのにちがいありませんでした。

けれどそんなことを考えているうちに、ココはどうしても眠《ねむ》くなって、へなへなとくずれるようにいすにすわると、もうそのまま、ほうきをかかえてぐっすりと眠《ねむ》りにおちていったのです。

目がさめた時、カーポはマリア様の絵の前で、ちょいちょいと手を動かしているところでした。なんと長いこと眠《ねむ》り続《つづ》けたことでしょう！　もう夕方近い時間にちがいありませんでした。部屋は窓《まど》からさす明るい光にあふれていました。ココはかかえたままのほうきを杖《つえ》に、とびあがるようにして立ちました。

（あたし、カーポのあとをつけるんだった！）

ココはモロと話しあった、いろいろな計画のひとつを思いだしたのです。

「それじゃ、わたしは出かけるぞ」

とカーポはイラに声をかけました。

「待って！」

ココがさけびました。さけんでしまってから、なんやねん、というようなまぬけたふたつの顔に見つめられ、ココは眠《ねむ》りこんでいた長い時間のことをくやしく感じました。イラのように几帳面《きちようめん》に、けっしてあやしまれない行動の計画を頭の中でねっておくべきだったのです。（しまった……）と思いながら、部屋の中をつうと走らせたココの目に、あの「いいようにされた」ナイトキャップの水色のポンポンが、カーポのテーブルの上にころんところがっているのがうつりました。それはもう、少しも帽子《ぼうし》の形をとどめないただひとつの球《たま》にすぎず、そのそばでは水色の毛糸が、だらしなくもつれていました。ココは思いつくままにいいました。

「新しいナイトキャップをこしらえてあげたいの。だから……おすきな色をおしえてくれない？新しい毛糸を買ってくるわ、あたし」

するとカーポは耳をたらし、まん丸い顔が少しばかりとがって見えたほどに鼻と口を前につきだして、「ほーお」といいました。

それから満足げに目を細めて腕組《うでぐ》みをすると、

「人間、ダテにとしはとらんもんやなあ」

とひとりでうなずき、まろやかな声で、

「それじゃあ、明るめの紫色《むらさきいろ》ででもこしらえてもらうとするか」

とたのみました。

ココのでまかせは大成功をし、ココは生まれて初めて本物のお金を手にすると、カーポといっしょに外に出ることになったのです。

「サビーネの間《ま》」の戸口で二人を見送りながらイラは、

「ネズミ泣かせは、ネ、コ、イ、ラ、ズ。今度まちがえたら、もうあけないよ！」

とココの背中《せなか》にむかって声をなげました。


ベッキオ宮の前で、手をふってカーポと別れるしぐさをすると、ココは急いで巨大《きょだい》な石の像の陰《かげ》にかくれました。そしてカーポが人ごみのする広場の中をのしのしと歩いてゆく様をじっと見ていました。

つつじの森のような細長い庭が左手にのびているのが目の隅《すみ》にうつりました。でもその美しさもココには悲しいだけだったし、つつじよりもあざやかな、さまざまの色の服を着た人びとの間に見えかくれするカーポを目で追うことはなかなかむずかしく、よそ見は絶対禁物《きんもつ》でした。それからやがて、ココも広場へと足をふみだしました。

そこは、おしゃべりと拍手《はくしゅ》とわらいとに満ちていました。絵葉書を売る人、楽器を奏《かな》でる人、トンボ返りをしてみせる人もいれば、そのまわりにはかならず、やせたり太ったり大きかったり小さかったりするたくさんの人びとが集《つど》いました。

広場の片隅《かたすみ》にならべられたテーブルでは、いく人もの大人たちがジュースやお茶をのみながら、のどかな午後をすごしていました。その横をこの美しい春の街を見におとずれた人びとをのせた馬車が、カポカポとひずめの音を立ててかけてゆきました。そして数えきれないほどのハトがいっせいに舞《ま》いあがって、キラリと羽根をひるがえしながら広場の空を横ぎったかと思うと、再び降《お》りたって、石畳《いしだたみ》にまかれたおかしのくずをついばんでは子供《こども》たちを大喜びさせていました。

子供のココが、そんな広場の中で、自分もまた思いきりかけたりわらったりしてみたいと思わないはずはありませんでした。けれどココがしたのは、ただ、縞々《しましま》模様《もよう》の太ったネコの後ろを、こっそり歩いてゆくことだけでした。

お茶を楽しむ人びとのテーブルの横を通りすぎると、カーポは広場に続いているお店のならんだ石畳《いしだたみ》の道へとすすみました。すてきな洋服をかざるウインドーにも、おもちゃのならんだウインドーにも目をくれず、のっしのっし歩いてゆくと、やがて左にそれて見えなくなりました。ココは小走りにかけました。

そこもまたさまざまの人がぶらぶらといきかうお店のならんだ通りでしたが、しばらくすすんだ時、ココはふと、その光景がかすかな思い出と重なったことに気づきました。ヤスの手に引かれてかけた日も、たしかこんなふうに、人や車がいっぱいいたっけ……。

ココが左右のながめに目を走らせているうち、カーポはもう、心もちせりあがった通りの中へとすすんでいました。そこは両端《りょうはし》にお店のならぶ、ベッキオ橋《ばし》なのでした。

陽《ひ》よけをおろしたウインドーからは、金色の細かい物がたくさん顔をのぞかせていました。ヤスが話してくれたとおり、首かざりや指輪にちがいありません。橋の上にきれをしいて、その上で売っている人もいました。そしてたくさんの人びとが、アイスクリームをなめながら、あちらからこちらへとつれだって散歩をしていました。そのうちのだれかが、歩いてゆくネコに、「へーイ！」などとかけ声することもありましたが、カーポは太い尻尾《しっぽ》でボンと追っぱらうようなしぐさだけ見せて、急ぐ様子もなくすすんでゆくのでした。こうして見ていると、ただのでぶネコとはやっぱりちがって、なかなか貫禄《かんろく》があるなあとココは思いました。

「おじょうちゃん。気をつけるんだよ」

という声がしました。ふりむくとそこには、いすにすわって絵を描《か》いている白髪《はくはつ》のおじいさんがいるのでした。けれどおじいさんはココのことなど見もせずに知らん顔して筆《ふで》

を動かしていました。(あれ、気のせいかしら)と思いながら前をむくと、カーポの姿《すがた》が右にそれたきり見えなくなったので、ココの足はまた小走りになりました。

橋をわたって右にまがると、石の建物の下をゆくカーポの丸っこい後《うし》ろ姿《すがた》が先の方に見えました。それがだれにもさえぎられずに、あまりよく見えたので、ココはかえってどきどきして、道にそっておかれている植木の陰《かげ》にしゃがみながら、少しずつ前にすすんでゆきました。と、不意にカーポが消えたのです。ココはきょとんとして植木の陰《かげ》から立ちあがると、今度はもう、せまい歩道の上を一目散《いちもくさん》にかけてゆきました。

(たしかこのへんで消えちゃったはずよ……)

と、ココはどれも固くとざされた大きく重たそうな二、三軒《げん》のドアの前を、息をハアハアさせながらいったりきたりしました。でもネコが入っていけそうな隙間《すきま》など少しもないのです。ココはすっかり途方《とほう》にくれて、一軒《けん》のドアにどさりとよりかかって腕《うで》を組みました。むかいには、重苦しい石造りの家いえが、せまってくるようにずらりとならんでいました。

(こういう時はどうするか? こういう時こそ、きちんとものを考えなくちゃいけないのよ)

ココは自分をはげましました。

(きちんと、きちんと……イラみたいにきちんと……。ええ、まず……)

そしてココが、さあ考えようとくちびるをかんだ時でした。急に、よりかかっていたドアが背中《せなか》からなくなり、ココはわあっといいながら後ろにたおれていったのです。

２　ヒロヤとカズヤ

「おっとっと！」というまだ若《わか》そうな男の人の声とともに、ココはひっくりかえるところを、ごつごつした手にあやうくおさえられました。

「おじょうちゃん、ドアによりかかってちゃあぶないよ」

とその人がいいました。やっと一人で立ちあがったココは、唾《つば》をのみこみながらふりむきました。そして目をパチクリさせました。さらりとした黒い髪《かみ》をわけ、めがねの奥《おく》から大きなやさしそうな目を見せている青いシャツを着た青年の横には、もう一人、緑のシャツを着たまったく同じ青年が立っていたからです。

ココがあんまりびっくりした顔をしていたのか、二人とも同じ顔でわらうと、青いシャツを着た青年が、

「ぼくたちね、ふたごなんだよ」

といいました。二人の顔をかわるがわるに見あげながらココが感心していると、

「ところで、そこ、もう通してもらってもいいかな」

とあとの一人が同じ声でいいました。ココが、半開きになったドアの間にさっきからしっかり立っ

ていたので、外出するらしい二人の青年はそこを動けずにいるのでした。ココはあわててどこうとしましたが、はっと思いついて、

「あ、あの、太ったネコ、きませんでしたか？」

とたずねました。二人は首をふりながら、

「やせたネコもこなかったけど」

と答えました。それでも、一人が、「どうかしたの？」とたずねてくれたので、ココはカーポの姿《すがた》形《かたち》やら顔つきやらしぐさの特徴《とくちょう》など説明し、このあたりで急に見えなくなったことを話しました。

話し終えると、

「なあんだ、それ、マルコーニさんちのカーポだよ！」

と二人は声をそろえていうのでした。そして、これから隣《となり》のマルコーニさんの家へいくところだから用事があるなら君もきたらいいよ、とつけたしました。

マルコーニさんちのネコと聞いてココがびっくりしたのはいうまでもありません。毎日ベッキオ宮《きゅう》で食事をし、ベッキオ宮でココとならんで眠《ねむ》っているのに、どこかの家のネコだなんてことがあるのでしょうか。けれどもその、マルコーニさんとかいう家のことをとにかく知りたいとココは思いました。でもいっしょにいくわけにはいきません。

ココは二人の顔を見あげたり、爪《つめ》をかんだり、胸《むね》の星をなでたりしながら、どうしようかとなやみました。

30

「カーポにご用があるんじゃないの？」

と青いシャツの青年がたずねました。ココは首をふりました。

「いっしょに遊びたいのかな？」

と緑のシャツの青年が首をかしげていいました。ココはもっと強く首をふりました。

「じゃあ……あのカーポ、何か悪いことでもしたのかな？」

とまた青いシャツの青年がいいましたが、何だかそのいい方は、大人が小さな女の子をおもしろがっている時の話し方ににていたので、ココはむっとして青年を見あげました。青年は、たしかにちょっぴりおかしそうにわらっていたけれど、でもそれはやさしいほほえみといってもいい感じのものだったし、大きな瞳《ひとみ》には困《こま》っている人の話をきちんと聞いてくれそうな、まじめな輝《かがや》きがありました。緑のシャツの青年も、同じようにほほえんで、同じ瞳《ひとみ》でココを見ていました。

（この人たちは、いい人だわ……）

とココは思いました。けれど、ヤスといい、カーポやイラといい、いいひとに思えたひとがけっしてそうではなかったことを思いだすと、ココは自信がなくなりました。が、（あたしはあの時ほど小さくないのよ！）と自分をはげましたのです。

「ききたいことがあるんですけど、ほんのちょっとよろしいでしょうか」

あらたまった声でココはいいました。

そして建物の中に入ると、ココは自分で用心深くドアをしめました。そこは、階段《かいだん》の上の方に何軒《げん》かの家があるアパートらしく、三人が立っていたところは、ひとつの壁《かべ》に郵便《ゆうびん》受けがならんでついているほかは何もない、がらんとした広間でした。ほの暗くしんと静かでひんやり冷たい感じが三人をつつみました。

いい人たちだ、と二人を信用したけれど、でも美術館の贋作《がんさく》のことや、カーポとイラとそれに自分がベッキオ宮に住んでいることなどにはけっしてふれずに、マルコーニさんのこととカーポのことをココは二人にたずねました。「わたし、けっしてあやしい者じゃありません」と前おきをして。

ココの質問をだまって聞いてから、

「マルコーニさんは弁護士《べんごし》さんでね、それにこの三十番地のアパート全部の大家《おおや》さんだよ」

と一人がいいました。

「それで、家賃《やちん》をはらいにいこうと思ってたところさ」

と別の一人がいいました。そして、マルコーニさんという人はとても立派《りっぱ》な紳士《しんし》で、奥《おく》さんとお手伝いのおばさんと三人で、隣《となり》の大きな家に住んでいること、――もっとも、正確にいえば、青年たちの部屋だけはマルコーニさんの家の上にあったので、青年たちにとってはほんとうはお隣《となり》ではなかったのだけれど、アパートのドアから見ればお隣同士《となりどうし》ということになっていました――弁護士マルコーニさんのもとへ、相談をしに時どきお客さんがおとずれるらしいということを話してくれました。

「カーポはさ、」と緑のシャツを着た方の青年が話しました。

「初めて見た時、ぼくらに興味を持ってずっとそばからはなれなかったのに、その次からはこっちがよんでも知らんふりでねえ、よく応接間のソファーにごろんとしてるよ、うまそうなもんつまみながら」

「うん。そうしながらまき毛のでかい人形のこと、ちろちろ気にしてるんだよ」

と、もう一人がちょっとおかしそうにつけたしました。そして二人がお隣《となり》をたずねるのがきまって夕方近い午後ということだったので、たずねるたびにたいがいカーポを見るというのは、ココにとってうなずける話でした。

「そうそう、」と一人がいいました。

「ヒロヤ、一回ほら、見たことあるよね、カーポがのしのし入っていったところ。ちょうどぼくらがお隣《となり》にいこうとしてた時、戸が少しあいてるからあれっと思ったら、足もとをカーポが通って先に入っていったじゃない」

「うん、あったあった、ふだんはしまってるけどね」

とヒロヤとよばれた方が答えました。夕方近くなると、お手伝いのおばさんがきまってカーポのためにドアを少しあけておくことになっているのでした。

「だけどいったいどうしたの？」

と一人がたずねました。いろんなことを親切に話してもらったココは、できることなら自分もいっそ、いろんなことを相談してしまいたい気持ちになるのをおさえて、ただ丁寧《ていねい》にお礼をいいました。

「でも」

とココはいいました。

「もしかするとお世話になることがあるかもしれません。それからこのことは内緒《ないしょ》にしてください。特にカーポには」

二人はそうすると約束してくれました。そして二人は、自分たちもまたけっしてあやしい者ではないこの街の大学生で、ヒロヤとカズヤという名前だということを教えてくれました。

ココはただ自分のことを、「ココといいます」という以外には何もいえませんでした。けれどもふたごの青年とココが、おたがいにうたがいをいだかなかったのはたしかでした。大学生の二人は、幼稚園《ようちえん》にさえ入るか入らないかくらいにしか見えない小さなココのことを、ちゃんとした一人の女の子として話してくれたのです。

そしてココは、何かあたたかい心持ちになって聖《せい》ヤコポ通り三十番地のアパートを出たのでした。それから通りすがりのおばさんに毛糸やさんの場所をたずねると、明るめの紫色《むらさきいろ》の毛糸を買って急いでベッキオ宮に帰りました。

その夜の十時半、もう二匹《ひき》が寝静《ねしず》まったころココはモロと相談して決めてあったとおりに、街から帰ってすぐに書いておいた手紙を毛糸でしばり、「サビーネの間《ま》」の窓《まど》からそろそろと下におろしました。

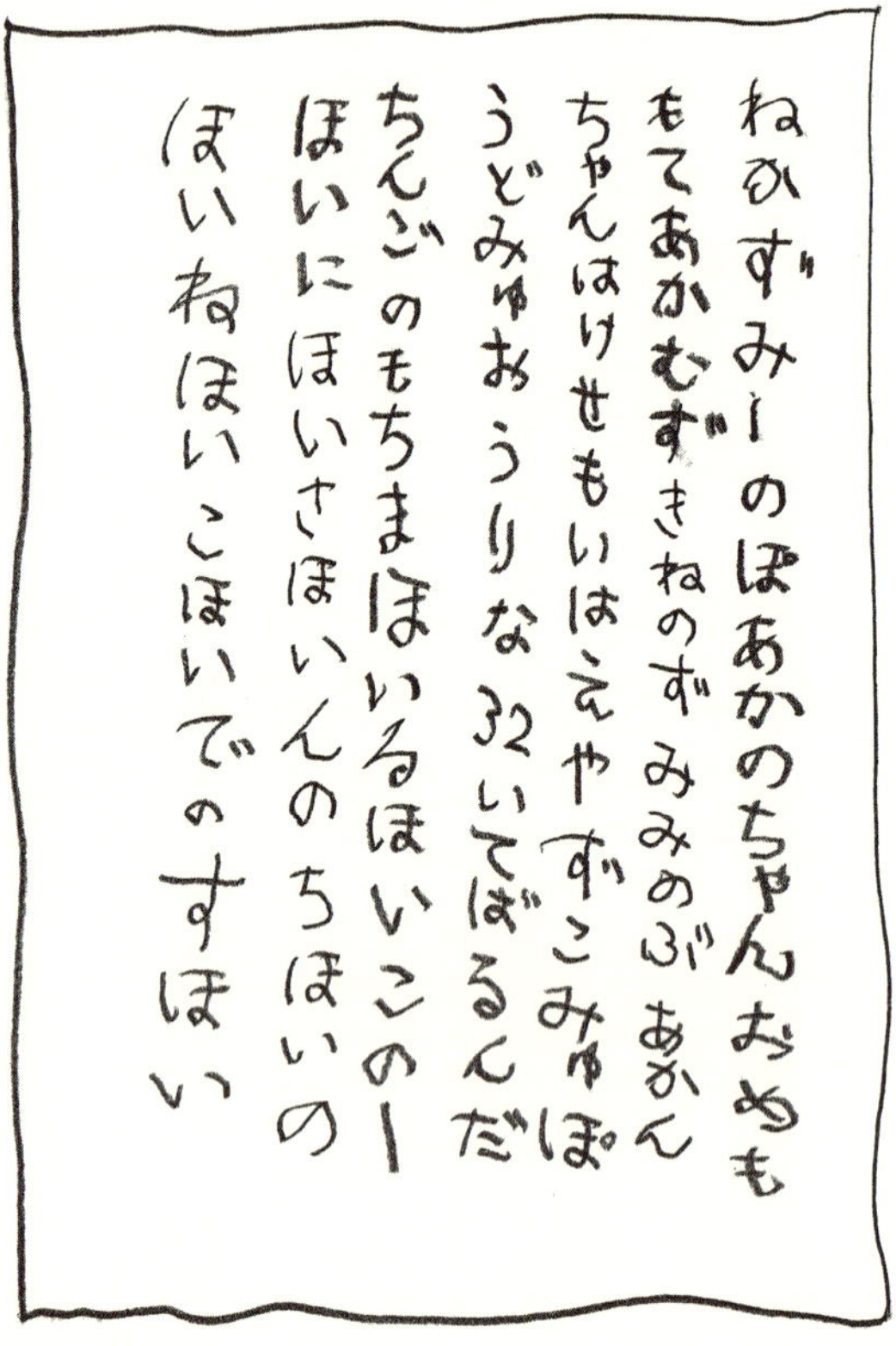

ココの手紙にはこう書いてありました。この書き方も、前の夜にモロが教えてくれたのです。それは、モロのおばあさんがモロだけにこっそり教えてくれた『古代ネズミ暗号』という方法で、「カーポの表むきの身分は、聖《せい》ヤコポ通り三十二番地のマルコーニさんちのネコです」ということが書い

てあるのでした。——この街では、通りをはさんで一方が奇数《きすう》、もう一方が偶数《ぐうすう》になるよう番地がつけられていたので、三十番地の隣《となり》は三十二番地でした。——

モロは、「ね・ずみ・の・あか・ちゃん・め・も・あか・ず・ね・ずみ・の・あか・ちゃん・け・も・はえ・ず・みゅ・う・みゅ・う・な・いて・る・だ・んご・もち・ほい・ほい・の・ほい・ほい・ほい・の・ほい・ほい・ほい・ほい・ほい・の・ほい」という言葉をぬかして手紙を読めばよいのでした。

ココが一晩《ひとばん》で編みあげた、明るめの紫色《むらさきいろ》のナイトキャップを満足そうにかぶっていびきをかいているカーポと、ふとんからちょこんと頭の後ろを出して大きな本を読んでいるイラをちらりと見ると、ココは、イラが納戸《なんど》からさがしだしてきた昔むかしお姫様《ひめさま》が眠《ねむ》ったかざりつきのベッドにするりともぐり、やっとのことで深い眠《ねむ》りについたのです。

3 再会

次の朝ココは、二匹《ひき》の目を盗《ぬす》んで「サビーネの間《ま》」へゆくと、ゆうべたらした毛糸を引きあげて、その先にくっついている紙屑《かみくず》のようなものを丁寧《ていねい》にはずしました。それにはこう書いてありました。

ねてずみがのみあかよちゃんんめだもあ
あかりずがねとずみうのぼあかく
ちゃんもけがもんはえばずね

「手紙読んだ。ありがとう。ぼくもがんばる」というモロからの手紙でした。そしてココは、この言葉に力づけられて、今日もまた、カーポが外出する時間を待ちました。けれど今日はカーポのあとをつけるのではなく、カーポがいなくなるのを待ったのです。そしてカーポがいないその間の、イラがお手《て》洗《あら》いか何かのために席をはなれる、少しまとまった時間がとりわけ重要なのでした。

ココはなんとかしてカーポの書類を見ようと考えていたのです。そのためにココは、カーポが、読み終わった書類をどこにどんなふうにしまうのかを、じっくり見ていなければいけませんでした。

以前のココはそんなことに少しの興味もなかったのですから、何も知らなかったのです。

ココは、カーポがもっと立派《りっぱ》に見えるようにと、あまった紫色《むらさきいろ》の毛糸で尻尾《しっぽ》かざりを編んであげながら、カーポが午前中の仕事をやめて書類をかたづけるところを、何げなさそうに見ていました。

カーポは、とんとんとテーブルの上で書類をそろえると、壁《かべ》ぎわに置かれた古めかしい木の長持《ながもち》——ココはてっきりふみ台か長いすだと思っていたので、以前は何度もその上にのっかって遊んだものでした——の、彫《ほ》りものがほどこされているふたをあけて、よっこらしょといいながら隅《すみ》の方にしまうと、またふたをして、ぶらさがった錠前《じょうまえ》に鍵《かぎ》をかけました。カーポが鍵《かぎ》を持った手を、頑丈《がんじょう》そうな木机《きづくえ》の下にひょいと入れたと思うと、手を出した時には、もう鍵《かぎ》は見えなくなっていました。ココは、ふんふふふーんと鼻歌を歌いながら、尻尾《しっぽ》かざりを編み続けました。

ぼったりぼったり近よってきたカーポが、

「しかし、女の子というのは育てがいのあるもんやなあ」

と感心したので、部屋の隅《すみ》の方から、ブフーッと吹《ふ》きだす音が聞こえました。カーポは素早《すばや》くテーブルに手をのばしておかしをつかむと、はっしとなげつけ、

「育てがいのない男や！」

とののしりました。それから、

「いい子になったもんや。これでわしのようにマリア様をおがめば、もっといい子なんだがなあ」

というと思いきり背《せ》のびをしてココの頭をなでたので、ココは、もう少しで何もかもばかばかしく

なって、尻尾《しっぽ》かざりをほうりだすところでした。

　悪いことをしているひとをつかまえる仕事は、きっといい事なのにちがいありませんから、ココはいい子になったのかもしれませんが、つかまえようとしている相手からそんなことをいわれたら、やっぱりつらい感じがしました。それに、わけがわからなくなるのでした。

（マリア様をおがんでるカーポ……。古い本を勉強しているイラ……。悪い事してるってことを、このひとたち、どう考えてるのかなあ）

　ココは尻尾《しっぽ》かざりの小さなポンポンをころんと爪《つめ》ではじきながら、（わからないなあ……）とため息をつきました。


　とうとう午後の外出の時間がきて、カーポが出かけた時から、ココにはイラの勉強ぐるいがにくらしく思えてしかたありませんでした。前にちらと聞いたところでは、イラは、「ダンチ」とかいう人の書いた本を研究し続けているのでした。

（ちょっとくらい、あきればいいのに！）

とココは思いました。けれどイラにとっては、午前中の仕事を終え、うるさいカーポもやっといなくなったこの時間がいちばんたいせつと見えて、ずらりとならんだ本の前で、しゃかしゃか書いたり忙《いそが》しくページをくったりして、あきる気配などありません。

　このぶんならばこっそり長持《ながもち》のふたをあけてみるくらい何でもないことかもしれないとココは思

いましたが、それでも万が一ということがありますから、その勇気はどうしても出ませんでした。

しかたなくココは、カーポのテーブルの上からおかしをとると、えいっとイラにむかってなげつけました。

「なーにをするねん」

とイラが顔中をしかめて後ろを見ました。

「へんな虫が歩いていったのよ」

とココが答えました。

「ムシ?」

そしてイラは、一生懸命《いっしょうけんめい》手を後ろにまわして短いチョッキの下からのびている背中《せなか》をかこうとしましたが、とどかないのでした。

「あら、イラさん!」

ココはわざとすっ頓狂《とんきょう》な声を出して近づくと、

「背中《せなか》にへんな虫がいっぱいいるみたい。やだわやだわ」

と、口をおさえました。するとイラは、

「おっ、かゆくなってきた……」

と身をよじらせたので、

「早くシャワーをあびてらっしゃいよ」

とイラをせき立てました。そしてやっとのことでイラは席を立ってくれたのでした。

ココは大急ぎで木机《きづくえ》の下にもぐると、首をまわしました。案の定、へりの裏側《うらがわ》には小さな釘《くぎ》にかかった鍵《かぎ》がありました。それをつかんだとたん、ゴチンと頭をぶつけましたが気にもとめずにはいだすと、ココは長持《ながもち》の錠前《じょうまえ》にさしこんでまわしました。重いふたを持ちあげるようにしてあけて、やっと書類をつかんだ時、

「タオルタオル！」

というイラの声がしたので、ココは目にもとまらぬ速さで書類をしまい、長持《ながもち》のふたをしていすにすわりました。

どたどたとイラが入ってきて、衣裳箱《いしょうばこ》からタオルをとりだし、またいなくなりました。その時ココの方を見るには見たけれど、もうめがねをはずしていたので、長持《ながもち》のふたから書類がはみだしていたことにはイラは気づきませんでした。

ほーっと息をつき、長持《ながもち》の前にもどったココは、はみだした書類にぎょっとなりながら、また大急ぎで書類を手にとりました。一番上の紙を見ると、見たこともないへんてこりんな字がいっぱい書いてあるのでした。

（……何これ？　……古代ネコ暗号かもしれない……）

と、ココが考えた時でした。

コンコココン、コンコココンと遠くでドアをたたく音がしたのでした。ココはひやっとして立ち

すくみました。手のひらに汗《あせ》がわきました。もう一度、コンコココン、コンコココンとノックの音がしました。ココはしかたなく大急ぎで書類をしまって鍵《かぎ》をかけ、木机《きづくえ》の下につりさげると、「サビーネの間」にかけていきました。

「昼にくるくる」

ココは教わっていたとおり声をかけました。

「こまネズミ」

とかわいた声が単調に返事をしました。ココの心臓《しんぞう》がドキーンと大きくひとつうちました。遠い遠いなつかしい、でも同時にもう聞きたくはない声——。

「……ネズミ、泣かせは……」

きれぎれにココがいいました。

「ネコイラズ」

それはどこかなげやりでいながら、人をひきつける響《ひび》きをひめていました。

「お待ちください」

ひきつった声で一言いうと、ココは台所から続いているシャワー室にいってイラをよびました。イラはびっしょりぬれてよけい細くなった顔だけをシャワー室のドアから出すと、

「合い言葉は正しかったんか？　じゃ、あけていいよ。あんたにあけ方教えといたろが。おれはもう、かゆくっていかんわ」

と早口でしゃべってまたシャワー室に消えました。

三カ所にとりつけられた鍵《かぎ》を順番にあけていったココは、なんともいえずもやもやする胸《むね》をおさえながらドアをおしあけました。

ヤスが立っていました。銀色の毛に赤いネッカチーフをまき、とがった顔には切れ長の目が光っていました。何日間も待っていたヤス……。でもあのそうぞうしい屋根裏部屋《やねうらべや》でお酒をのんでいたい、やくざのヤス……。けれど今こうして見ていると、それはココにとってやっぱり会いたくてならなかったヤスにちがいないのでした。忘《わす》れようと思ったはずなのに――。ココはくちびるをかんで、ただだまってヤスを見ていました。ヤスもまたココを見ていました。ヤスはおどろいていたのです。自分と同じくらいの背丈《せたけ》だったあのココが、どうしてこんなに大きな女の子に変わってしまったのだろうか、と。

「何のご用?」

目をふせながら、ココがとうとういいました。ヤスは、これもまた意外に思いました。ここにくるまでヤスは、ココにも会わなければいけないということを思いだすと、めんどうでチェッなどと舌を鳴らしていたのです。「どうして今までむかえにきてくれなかったの?」「今日はむかえにきてくれたの?」とうるさくいわれそうで、しかたなくその返事まで考えながら歩いてきたのでした。でも相手がそのことにふれないなら、こっちも知らんふりしていようとヤスは考えました。

「今、カーポいるかな」

とヤスはたずねました。ココはその言葉を聞いて胸《むね》がずきんといたみました。「むかえにきたんですよ」などというはずもないことはわかっていたけれど、せめて、「約束をやぶって悪かった」とか「元気？」とかいうくらいの言葉をなんとなく期待していた気がしました。

「今、いないわ」

とココは答えました。そのいい方がとても冷たく響《ひび》いたので、ヤスは、

（ああ、やっぱりおこってるんだ、この子）

と思いました。でも、あやまったりするのもおっくうでした。同時に、

（それともカーポかイラのやつが、おれの借りた五万ララのかわりに働いてもらってるんだって、この子にしゃべっちゃって、それでおこってるのかな）

という考えもヤスの頭に浮《う》かびました。

（でも、どっちにしたって、）とヤスは思いました。

（こんなに大きくなってりゃ、ここを逃《に》げだすのだって簡単《かんたん》だろうに、そうもしていないところをみれば、頭の中はちんこい時と同じってことらしいな。それともここの居心地がいいんかねえ……）

そんなことを考えながらもう一度ココを見ると、おこったようにすましたココの顔は、とてもすてきに見えたのです。ヤスは、今初めてココのことが、ほんのちょっとすきになりました。そしてふと、（この子と散歩にいくってのも悪くないな）と思ったのです。

「カーポはいないのか、残念だな」

とヤスはいいました。実際それはほんとうの気持ちでした。カーポがまだいつもの外出に出ていなければいいと思ってベッキオ宮《きゅう》にやってきたのですから。でもヤスは、それはもうどっちでもいい気がしました。そして、

「今、留守番してなきゃいけないの？」

と、そっとココを見あげました。ココはどきっとしました。

「どうしてそんなことというの？」

ヤスは口の片端《かたはし》だけをちょっとあげると、壁《かべ》にもたれていいました。

「散歩にいかないかな、と思って。おれと」

ココの心臓《しんぞう》がもっとはげしくうちました。そして、

(どうしてこんなにどきどきしてるんだろう、あたし)と思いながら、

(あんたみたいなやくざなネズミと、だれがお散歩になんかいくもんですか!)

とさけぼうとして、その言葉はなかなかココの口から出てこないのでした。ヤスは壁《かべ》にすっかりもたれかかって、とがった横顔を見せながら横目でココを見あげると、にっこりわらいかけました。

それを見た時ココは、

(あたしのことを、あの時と同じ何も知らない小さな女の子だと思ってるんだわ)

と思ったのです。するとなんだか、その分自分が大人のような気がしてきたのでした。ココは自分に話しかけました。

(あたしは大きな女の子なんだから、もうけっしてこんなネズミにだまされたりはしないわよね? 見てごらんなさいよ、このネズミの小さなこと! カーポからお金を借りてメスネズミとお酒をのんでる、ちっぽけなネズミ! するとよ、こんなネズミとちょっとお散歩にいったって、別にどおってことないわよね? もちろんいかなくたっていいけれど。でも、ちょっといったって、別にどおってことないわよねえ? どうせカーポの書類なんか、今日はもう見られないだろうし……)

そう心でつぶやいてみた時、ヤスさえこなければ計画どおりちゃんと書類が見られたはずなのに、とはどうして思わないんだろうと気がついて、ココはどきっとしました。あんなに苦労して、やっとのことでイラを追っぱらったというのに。

「ねえ、いこうよ」

とヤスがもう一度、かわいた声でさそいました。

その時、ガタガタと音がして、台所の方からタオルをかぶったイラがあらわれました。

「なあんだ、ヤスおまえか。カーポはいねえよ」

と、頭の毛をふきながらイラがいいました。

「ヤスといやあ、ココ、あんたヤスに会うのずいぶん久しぶりなんじゃねえか。そういやこのごろ、ヤスヤスってさわがなくなったけど」

（おとといの晩《ばん》、見たわよ）

とココは心の中でいいました。それからココは、すまして、

「ヤスとお散歩にいっていい？」

とたずねました。ヤスがにやっとわらったのにココは気づいていました。イラは顔をしかめてくちびるをつきだしましたが、だめという理由も思いつかないので、くちびるをつきだしたまま、まあいいでしょうというふうにうなずきました。

「ほんのちょっとよ。心配しないで！」

だれにともなくココはいい、扉《とびら》の外へ出たのでした。

4　またヤスと

もう何日ぶりのことだったでしょう。ココはまた白いボートにのってヤスとむかいあってすわり、風に吹《ふ》かれながら、アルノー川をゆらりゆらりとくだっているのでした。前の時にくらべてボートが窮屈《きゅうくつ》なことをぬかせば、あとはみな、あの日と同じでした。ヤスの漕《こ》ぐ櫂《かい》が静かな水にきれいな波紋《はもん》をつくり、スーイチャップン、スーイチャップンと小さな音を立てました。二人の上の空を、黒い小鳥たちがピーピーと歌っては素早《すばや》い舞《まい》を舞《ま》うのでした。そして、それはやっぱり気持ちのよい春の日の午後なのでした。

（こんなことがまたあるなんて、思わなかった……）

とココは思いました。櫂《かい》を動かすヤスを見ると、ヤスは銀色の毛をキラキラと輝《かがや》かせながら、口の片端《かたはし》をひょいとあげてココにわらいかけているのでした。ココはたまらずに胸《むね》をおさえました。何もかもが、いやそうではなくて自分のことが、わからなくなったのです。目をとじると、ついおとといの夜の、ぶどうの木通り八番地の屋根裏《やねうら》がまぶたの裏《うら》にうつりました。思いだしたくない、つらい光景！　そして、五万ララのかわりに自分を召《め》し使《つか》いにして、あんなふうにお酒をのんでいたようなひとと、どうして自分はまたこうやっていっしょにボートになんかのっているんだろうかと思うと、突然《とつぜん》どうしようもなく自分が情けなくなったのです。（いやだ！）ココは心でさけぶと、きっとヤスをにらみつけました。

「約束やぶって、悪かったと思ってますよ」

と不意にヤスがいうのでした。春風がひゅうとココの髪《かみ》を舞《ま》いあげ、水色のスカートの裾《すそ》がはたはたとひざのあたりでゆれました。その時、贋作一味《がんさくいちみ》をつかまえる仕事なんかやめて、あたしも屋根《やね》裏《うら》でメスネズミたちといっしょに遊んでいたい……というかすかな思いが、ココの胸《むね》を風のようによぎっていきました。ココはその瞬間《しゅんかん》、強くて甘《あま》い、とろりとするにおいをかいだような気がしたのです。

ベッキオ橋《ばし》の下をくぐり、ゆらりゆらりとすすんでいった二人は、やがて優雅《ゆうが》な形をしたトリニタ橋《ばし》の下をくぐりました。川幅《かわはば》がゆったりと広くなっているさらにそのむこうには、カッライア橋《ばし》が見えました。次つぎとあらわれる橋は、どれも皆《みな》、虹《にじ》のような弧《こ》を描《えが》く橋げたを持ち、川面《かわも》に映《は》えてゆれていました。美しい橋は、春のアルノー川によくにあいました。

時おり、大人の漕《こ》ぐ細長い大きな舟《ふね》が、ヤスのボートを力いっぱい追いぬいていきました。中にはココたちにむかって、「チャーオ！」と声をかけていく人もいましたが、ヤスは知らんふりしていたし、声をかけた大人もまた、ヤスのあいさつなんかちっとも期待していないみたいでした。ココだけがしかたなくほほえんでみせたけれど、ヤスと二人ですべってゆくこの気持ちのいい午後のひとときに、そんな大人は、やっぱりちょっとうっとうしいとココは思いました。

　そんなことをぼんやり思いながらうっとりと景色をながめていたココは、カッライア橋近くの川岸に、赤と白にぬられたたいそう大きなボートが一艘《そう》とまっているのに目をとめました。近づくにつれて、それはココののっているボートの倍も大きいのがわかりました。あるいはそれ以上だったかもしれません。そのそばには、小屋が建っていました。

「あれも、大人のお舟《ふね》かしら？」

とココがいいました。ちらりと後ろを見ると、ヤスは、

「いや、ネズミのです」と答えました。

「でも、あのボートを運転できるネズミは、そうざらにはいないけど」

「そうでしょうねえ、大きくてむずかしそうだもの」

とココはその舟《ふね》の横を通りすぎながらいいました。

「むずかしいっていうより、」とヤスが櫂《かい》を動かしたまま横目で舟《ふね》を見ながらいいました。

「金がかかるんですよ、借りるのに。そりゃ運転もむずかしいことはむずかしいけれど、金かけて練習すれば、だれにだってできるんじゃないですか」

「……運転したこと、ある？」

とココは遠慮《えんりょ》がちにたずねました。

「そりゃありますよ。たまにはね」

とヤスがさらりと答えました。ココは、ヤスならばさぞ上手にあのボートを運転するのだろうな、

その姿《すがた》はきっとすてきなんだろうな、と想像しました。そう思いながら、少しはなれてしまったそのボートの方をふりむいて見ると、舟《ふね》の横には、何かとても角ばった字が書いてあるのでした。

「ネコのぼうと化を断じてゆるさない・ネズミボート協会」

もそもそとココがそれを読んでいると、ヤスがいいました。

「暴徒《ぼうと》とボートをかけてるんです。しかし、いつまでもネコに反感なんか持ってないで、仲よくすりゃいいんですよ」

「ネコのぼうと化って……？」

よくわからずにココがたずねました。ヤスは少しもつかれを見せずに規則正しく長い櫂《かい》を動かしながら話しました。

「ネコがボートを漕《こ》ぎたがってるんですよ、最近。でも、アルノー川といえば、昔からネズミのなわばりだから、ここだけはわたさないって団結して反対してるんです。ボート協会なんて作って。だいたいネズミってもんは、代だい、ネコにすごい反感持ってるし。一度ネコに無理やりボートとられたネズミがいてけんかになったこともあって、このごろじゃよけいみんな、ネコに対してぎすぎすしちゃってるんです。だけど」とヤスは息をつきました。

「ネコなんて図体《ずうたい》がでかいだけで能なしだし、どうせろくな運転なんかできっこないんだから、すきなようにさせりゃいいんですよ。そうすりゃそのうちあきらめて、いい客になりますよ。ネコは金持ってるやつ多いんだし。バカだよなあ、ネズミも。うまく出さえすりゃあネコなんてこわくも何ともないのに」

ココは今初めて、そうか、ネコとネズミって仲が悪かったのかと思いました。そして、仲が悪いって、そりゃいいことじゃないわと思いましたが、そうかといってヤスが本気でネコと仲よくしたくてそんなことをいってるようには、どうしても聞こえませんでした。それどころか、聞いていていい気持ちのする話し方ではありませんでした。

（カーポからお金を借りてるから、こんなことというのかしら……）

ココは、片方の櫂《かい》だけを大きくまわしてボートのむきを変え始めたヤスの姿《すがた》を見つめながら、さびしくそう思いました。

それから二人は、今きた川を反対に、ゆっくりすべっていきました。ベッキオ橋の上のでこぼこした象牙《ぞうげ》色《いろ》の家並《いえなみ》は、わからないことだらけでもやもやとしたココの今の気持ちに、何だかにているようでした。


カーポはもう外出からもどっているにちがいないと話しながら二人がベッキオ宮《きゅう》に帰ると、案の定カーポは、ごろりといすの上にころがって、おかしをつまみながらもの思いをしているところでした。

「若《わか》いもんはいいのお。イラ、おまえも少しは女の子にもてて、散歩にでもいったらどうや」

ならんで立っているココとヤスをちろんと見ながらカーポがいいました。

「フン！」

イラは大きく鼻を鳴らしながら机《つくえ》につきました。

「ダンチもいいが、人生はそればかりやないでえ」

とカーポが、またおかしを口に入れながらからかい口調でいいました。

「ホッ！　フランチェスカちゃんと、何かあったんですかあ」

とイラが背中《せなか》をむけたまままいいました。カーポがはっしとおかしをなげつけました。

「このやろっ！　フランチェスカちゃんなぞと気安くよぶな！」

ココは、だれのことなのかぴんとこないまま、肩《かた》をすくめてくっくとわらいましたが、ヤスはそ知らぬふうにすまして立っていました。そして、

「いいですか、ちょっと」

と口をはさみました。カーポが小さな目をいくらか広げてヤスを見ると、ヤスは、

「お人ばらいをしてもらえますか」

と抑揚《よくよう》のない声でたのみました。

「ほほう、人ばらい……。人というと、」とカーポはココを指さして、

「これっきゃいないな、うん。ココ、台所にいって茶でもいれてくれんか」

といいました。

ココはいわれたとおり台所でやかんのお湯をわかしたり、カップをそろえたりしながら、どうせ

また金を借りにきたんだろうな、と考えていました。そして、カーポにお金を貸してほしいとたのんでいるヤスの姿《すがた》など見たくもないし、話しているところを聞きたくもないと思いました。

ココは、「あーあ！」と声に出してため息をつくと、鼻歌を歌いながら、ぶらさがったお鍋《なべ》の底をカンコンカンと順番にたたき、いやな思い出なんかみんな忘《わす》れられたらどんなにいいだろうと思うのでした。けれどヤスは、お金を借りにきたのではなかったのです。

紅茶《こうちゃ》カップを三つお盆《ぼん》にのせて「ペネロペの間《ま》」の方へ行こうとすると、もう話がすんだとみえてヤスが帰るところでした。ヤスはちょっと立ちどまって短い前髪《まえがみ》をかきあげると、

「もっと大きなボートにのせてあげますよ」

と小声で声をかけました。ココが何かいう前に、ヤスはココの方を見もせずに続けました。

「そうだな、いつもの船着き場に明日の夕方六時。気持ちいいですよ。それからこれはカーポとイラにはだまっててください」

そして初めてココの目を見あげると、にっこりわらって、「チャオ！」とあいさつしました。とうとうココは、何もいわないまま、ヤスの後《うし》ろ姿《すがた》を見送ったのです。その後を、見送りにたったイラが、おっくうそうな足どりで歩いていきました。

まだ湯気を立てている三つの紅茶《こうちゃ》カップをのせたお盆《ぼん》を手に、ココはわけがわからないまま、ぼんやり立っていました。

その夜はモロに手紙を書くのが、ひどく気の重い仕事に思われました。カーポの書類を見て、そ

れについて連絡《れんらく》しようと考えていたのにできずに終わってしまったというのが理由ではなさそうでした。それよりも、とてもしっかりしていて親切で、正しい行ないをしている真剣《しんけん》なモロが知ったら、きっとあきれるようなことを、今日自分はしたのだとどうしても思えてくるからでした。

(悪いことなんか、あたし、何もしていないわ……)

とココは自分につぶやいてみました。でもなぜか、何のなぐさめにもならないのでした。

『今日は何もできませんでした。ごめんなさい』

十時半が近づくとココは『古代ネズミ暗号』を使って大急ぎでそうつづり、水色の毛糸にしばって「サビーネの間《ま》」からおろしました。

５　モーターボート

次の日ココは、六時の待ちあわせなんか絶対にすっぽかそうと自分にいいきかせながら一日をすごしました。けれど、台所の仕事をしながらも、掃除《そうじ》をしながらも、尻尾《しっぽ》かざりの続きを編みながらも、どうしても気がそぞろでおちつかないのでした。

『そううまく、毎日収穫《しゅうかく》なんてありっこないんだから、気にすることはないんだよ』というモロの返事は、うしろめたいココの気持ちをなぐさめるどころか、よけい重たくし、ココはやりきれずに何度もため息をつきました。そのために、カーポが外出した後も、イラを部屋から追っぱらう知恵《ちえ》も元気もわいてこず、ただ編《あ》み棒《ぼう》を動かしてばかりいたのです。ヤスがあんなさそいかけさえしなければ、どんなに気楽に「贋作一味《がんさくいちみ》」をつかまえる仕事に身を入れられたことだろうと思うと、ココはしまいにむしゃくしゃしました。

とうとうカーポが外出からもどってしまい、同時に五時五十分を知らせる教会の鐘《かね》が鳴りました。

（あたし、いくなんて返事しなかったもの、すっぽかしたって、ヤスになんか悪くないわ！）

と心でさけんだその後で、しかしココは二匹《ひき》にむかって、「ちょっとだけ出かけてもいい？」とたずねていました。

ココは昨日ヤスと歩いた道を、何も考えずにとぶように走りました。その道が、以前真夜中につらい気持ちでモロととぼとぼ歩いた同じ道でもあることを思いだしそうになると、いきおいよく首をふってわざと忘《わす》れようとし、ココは、ただ、ヤスがまだ船着き場で待っていてくれることだけを願いながら走りとおしたのです。

砂利《じゃり》道《みち》の坂をかけおりてゆくと、赤と白の大きなボートが目に入りました。運転席にすわったヤスが夕陽《ゆうひ》をあびて金色に光りながらココにわらいかけていました。

「遅刻《ちこく》しちゃった!?」

ゼイゼイと息をしながらたずねると、

「別に気にしませんよ」

と、ヤスはいつもと少しも変わらない調子でいうのでした。

それは櫂《かい》を使わずに走るモーターボートでした。ブーンという音をたえず鳴らしながら、川をまっぷたつに切るようにしてすすむその舟は、ヤスの白いボートよりもずっと速く、ヤスの毛もココの髪《かみ》も、はたはたと後ろでなびきました。隣《となり》の席でハンドルを握《にぎ》るヤスは櫂《かい》を漕《こ》いでいる姿《すがた》とは全然にていなかったけれど、とがった横顔は風を受けてもっと鋭《するど》くとがり、わらいもしないで前方を見る目は、やくざなところなど少しもない真剣《しんけん》さに満ちていました。

黄金色《こがねいろ》に燃える太陽の方向に船はどんどんすすみ、あっというまにトリニタ橋《ばし》もカッライア橋《ばし》もくぐりました。橋が近づくたびに、橋ぐいに衝突《しょうとつ》するような気がして、ココはぎゅっと目をとじま

くぐりしたが、ヤスの運転は正確で、同じスピードのまま橋の下をブーンとくぐってゆきました。くぐり終えた時にはヤスも気分がいいのか、ヒューッと口笛《くちぶえ》を鳴らしたりしました。たまに通る、ふつうのタクシーボートの運転手やお客さんがうらやましげにこちらを見るのも、ココには何かくすぐったく、ちょっと得意な気持ちがしました。けれどヤスにとっては、そんなことは目の片隅《かたすみ》にも入らないようでした。ベスプッチ橋《ばし》も、かちどき橋《ばし》もくぐり、こんな遠くまできて平気かしらと思うほど、ボートは風をきり、どんどんすすんでいきました。はるか前方にはこんもりした山の緑も見えていました。

「気持ち、いいでしょう」

ほとんど口をきかなかったヤスが、風にかき消されそうな声でいいました。

「うん!」

とココも大きな声で返事しました。でもその声はすぐ後ろにとんでいきました。

「もう引きかえしますよ」

とヤスがいいました。そして、いうなりからだを寝《ね》かせてハンドルをきると、ブーンという音が急に高鳴り、ボートは少しかたむきながら白いしぶきをはでにあげて、方向転換《ほうこうてんかん》をしました。

(ああ、こんなに気持ちがよくていいんだろうか)

とココは目をとじて思いました。

「のせてくれてうれしかったわ!」

とココは声をはりあげました。ヤスはしっかり前をむいたまま、しばらく何もいいませんでしたが、ベスプッチ橋をくぐったあとで、

「むかえにいかなくて悪いことしちゃったし、喜んでもらえてよかったですよ」

と、やはり声をはりあげていいました。ココは何と思ったらよいのかわからないまま、風に吹《ふ》かれていました。

（そんな気はもともとなかったくせに……）

それでもそんなに悪い気持ちがしないことがココには不思議なのでした。夕暮《ゆうぐ》れの空をとびかう黒い小鳥や左右にならぶ石の建物や、彼方《かなた》にのぞくひときわ高いベッキオ宮《きゅう》の塔《とう》を見ながら、（このまま時間がとまればいいのに！）とココは思わずにいられませんでした。

カッライア橋とトリニタ橋をくぐり、最後にベッキオ橋《ばし》の下をくぐって、とうとう船着き場までくると、エンジンの音が自然に小さくなって舟《ふね》がとまりました。ヤスは何もいわずにココの方を見て、口の片端《かたはし》をあげてわらいかけました。そしてココは、「ありがとう」というと、大きなボートをおりたのです。するとヤスは、もうふりむきもせずにまたハンドルをきって、今きた川を気持ちよさそうにすべってゆくのでした。

「ヤスのやつは！　ふん、あんただまされたらあかんでぇ」

とめてあったボートにすわって煙草《たばこ》をふかしていた年とったネズミが、小さくなってゆくヤスのボートを目で追いながら、はきすてるようにいいました。ココもまた同じ方を見ながら、（もうだ

まされちゃったのよ）と心の中でつぶやいたのです。

それからココは、何だかベッキオ宮にもどる気にはなれなくて、ぶらりぶらりと歩きながらとうとうベッキオ橋の上まできました。橋の中ほどには、店と店の間に青銅《せいどう》の像のある小さな広場があって、そこからはアルノー川をずっと見わたすことができました。ココはいく人かの大人たちとならんで欄干《らんかん》に腰《こし》かけると、気持ちのよい風にからだをさらし、あたりの景色を見ました。

左右の岸にならぶ四角い石の家並《いえなみ》、ところどころからのぞく教会の屋根、ゆったりと川にかかるトリニタ橋、そして遠くかすむ緑の森が、沈《しず》む陽《ひ》の光の中でひとつにとけあい、それはもうこの上もなくのどかで美しいながめでした。ココはぼうっとしていました。どこにもいきたくないし、何も考えたくありませんでした。

ふと、むこう岸にならんだ家並《いえなみ》のひとつ、ちょうど古い教会の鐘楼《しょうろう》の下のあたりの、三階の白いバルコニーに人の姿《すがた》が見えたのです。そしてそれは、ぽつんとした小さな姿《すがた》ではあったけれど、あの、ヒロヤ、いやカズヤかもしれないふたごの青年のどちらかにちがいないのでした。今日は青いシャツも緑のシャツも着ていず、白いシャツを着ていましたが、黒い髪《かみ》をわけてめがねをかけたやせた青年は、まちがいなくあのやさしい、ヒロヤかカズヤだということがココにはわかりました。

（そうか、聖《せい》ヤコポ通りのアパートは、アルノー川沿《ぞ》いにあったんだわ！）

そう思いながらココは、うれしくなって思いきり手をふりました。けれどバルコニーに立っている青年は、こちらを見ているようにも見えるのに全然気づいていないらしく、そのうち反対の方を見たり空を見たりして、家に入ってしまったのでした。ココはがっかりしました。と、その時、トリニタ橋の下からヤスのボートがあらわれたのです。どきっとしながらココが見ていると、それはすぐにスピードをおとして左側にぐーんとまがったかと思うと、たった今青年が立っていたバルコニーの下の川岸あたりでゆれているのでした。ココは、えっ、と顔をしかめると、赤と白にぬられたボートをじっと見つめました。ボートは石の家にくっつくかと思うほどぎりぎりのところでピタリととまりました。そして小さな銀色のものが舟《ふね》の赤いへりをすべるのだけがほんの一瞬《いっしゅん》見えたのです。けれどその小さな姿《すがた》は、すぐにしげった草の陰《かげ》にかくれて見えなくなりました。

（なぜ!?）とココは心の中でさけびました。

（あそこはマルコーニさんのところよね……。なぜヤスはあんなところでおりたんだろう……）

そう思うと、もうじっと橋の上にいることなどできませんでした。ココは欄干《らんかん》からとびおり駆《か》け出《だ》しました。その時、

「大丈夫《だいじょうぶ》かな、おじょうちゃん」

という声を聞いたような気がしてココは顔をふりむけました。広場の隅《すみ》で白髪《はくはつ》のおじいさんが絵を描《か》いていました。けれどココの方をむく様子もなく、ただ筆を動かしているのでした。ココはひとつ首をひねると、もうそのまま、人ごみのする橋の上をすばしこくかけぬけ、船着き場めざして、もときた道を脇目《わきめ》もふらずに走っていったのです。

6　秘密《ひみつ》の入口

夕暮《ゆうぐ》れの船着き場には何艘《そう》かのボートがゆれ、客待ちのネズミたちがひと休みしていました。さっきココに声をかけた年とったネズミは、今は軽いいびきをかいて居眠《いねむ》りをしていました。

大急ぎに急いでいたココは、すぐそばで何か読んでいるネズミの肩《かた》をたたくと、

「お願い。ちょっとのせてほしいの、お願い」

と、迷惑《めいわく》かしらと考える間もなくたのみこみました。

「……あ、あれ？　あれれ？」

顔をあげたネズミが、一拍《いっぱく》おいてから高い声でいいました。

「お客さん、見たことある……あれ、でもそんなに大きかったかなあ……」

そういわれてネズミの顔を見ると、思いあたるふしがあるのでした。それはココが初めてこの船着き場にきた時、雑誌《ざっし》をめくっていた茶褐色《ちゃかっしょく》のネズミだったのです。

「お、お元気でしたか？」

とネズミは本をおくと、頭をちょいちょいとかきながらてれくさそうにいいました。ココは、「うん、あなたも？」とたずねながら、早く舟《ふね》にのりたくてそわそわしていました。

「お急ぎのようですねえ……でも、ぼくの舟《ふね》、赤なんですけど、いいんでしょうか……」

ネズミはとまどっている様子でいいました。ココははたと、もしかしてお金がいるのじゃないかしらと今になって思いついて、ぎくっとしました。するとネズミが、とてもてれくさそうにいうのでした。

「あ、あの、どうせ今ひまなんだし、よかったら散歩のつもりでのりませんか。ぼくの大型だから、ちょうどのれますよね？　あ、あの、お客さんてことじゃなくて」

ココは、ああなんて親切なネズミだろうと思いました。そして赤いボートにいっしょにのると、暮《く》れなずむアルノー川を、またすべっていったのです。

ネズミは何かにかココに話しかけましたが、ココはとても悪いなと思いながらも、ヤスのモーターボートのことが気になって、うまく返事ができないのでした。その上、さっきのったボートにくらべてなんとのろい舟《ふね》かしらといらいらし、そんなことを思う自分が、この親切なネズミに対してどんなに失礼にあたるだろうと知りながら、その気持ちをおさえられないのでした。

ベッキオ橋《ばし》をやっとくぐり、やっとモーターボートのそばまでくると、

「あの岸、あの岸につけてちょうだいっ！」

とココはさけんで、まっすぐ進もうとしていたネズミをおどろかせました。けれどネズミは気を悪くしたふうもなく、「うん、わかった！」というともう一生懸命《いっしょうけんめい》に櫂《かい》をまわしてボートを川岸につけてくれたのです。

ココはボートをおりながら、ヤスがこのネズミでこのネズミがヤスならいいのに、あれ、でもそんなのやっぱりへんだわ、などとわけのわからないことを思いました。そして、用がすむまで待ってましょうかといってくれるネズミを、ほとんど追っぱらうようにして帰ってもらいながら、ココはまたそんな自分が、ひどくいやな人間に思われたのでした。

石の家とアルノー川の間には、ほんの少しばかりの岸があり、背高《せいたか》の草がおいしげって黄緑色の葉がゆれていました。とりわけ一階のバルコニーの真下は、ざわざわする草のしげみになっていて、赤と白のモーターボートの先が、その中につき刺《さ》さるようにして草をかぶっていました。ボートの後ろの方にヤスの白いボートがのっていたのにも、ココは今初めて気づきました。

ココは、背《せ》の高さほどある草をかきわけバルコニーの下へ入っていきました。漆喰《しっくい》の壁《かべ》はぴんと冷たく固く、ヤスがいったいどこに消えたのか不思議でした。けれど壁《かべ》づたいに歩いていきながらきょろきょろすると、バルコニーをささえているななめの梁《はり》と漆喰《しっくい》の間に、ネズミが一匹《ぴき》はいっていけそうな穴《あな》があいているのがわかりました。

(ここから入ったんだ!)

と、ココはくちびるをかみました。以前のココならば、何とかすればその穴《あな》にもぐることはできたはずでした。けれど今は無理でした。家同士はたがいにぴったりくっついており、聖《せい》ヤコポ通りの方にぬける隙間《すきま》もまったくなく、ココはそのとりつくしまのない白い壁《かべ》の前で、すっかり困《こま》ってしまいました。

しかたなくバルコニーの下を出て壁《かべ》づたいに少し前へすすむと、そこだけは茶色い石をたくさん積み重ねたゴツゴツした壁《かべ》になっていました。ふつうの家には見られない扇形《おうぎがた》の窓《まど》がずっと高いところについていました。おそらく、さっきベッキオ橋から見た鐘楼《しょうろう》の下にちがいありませんでした。

「ああ、どうしようもないわ……」

ココは、れんがのようにたがいちがいに積まれた石を、のぞみもなく目で追ってゆきました。横へ、それから次第に上へ。と、何か、何ということもないけれど、どうもしっくりこないようなま、ち、が、い、があるような気がしたのです。それはたぶん、とても規則的なものの中にそれとほんの少しちがうものがかすかにまじっているといったような、ささいだけれども気持ちを逆撫《さかな》でする何、か、なのでした。

ココは何げなしに、もう一度同じようにして石のならびを目で追いました。ひっかかった原因がわかりました。それは、ほんとうならば二個の石の間の真上に別の石がこなければいけないのに、石の真上に石がのって、縦の線がつながっているからなのでした。

（どうしてここだけ、こんなふうに石を積んだのかな……）

そんなことを思いながら、すうっとその縦《たて》の線を目で追うと、それはココのひざのあたりから始まり、上まで続いているのでした。ココはじいっとその線を見つめました。すると、もうほんのわずか、その線には隙間《すきま》があるのでした。それから、縦《たて》の線の終わっているひざのあたりの石を今度はじっと横に追っていくと、そこにはたしかに、上の石と下の石の間の隙《すき》をみとめることができるのでした。どきりとしました。それからやがてとうとう、石と同じ色の蝶番《ちょうつがい》が、もう一本の縦《たて》の線の上についていることに気がつきました。

「これ、ドアだわ」

ココはきっぱりといいました。

ココは、何かとっ手のような物はないかと目を走らせました。すると案の定、ひざのあたりの石がつかみやすい形にけずられているのでした。ココは、橋の上からこっちを見ている人がいないかと一応あたりを見まわしてからとっ手を引っぱりました。それからおしてもみました。びくともしません。中から鍵《かぎ》がかかっているようでした。ココはがっかりしてしゃがみこみました。すると、とっ手のすぐ下に丸い穴《あな》があいているのが見えたのです。よくよく見ると、それは鍵《かぎ》の穴《あな》にちがいないのでした。

「ああ！　鍵《かぎ》があればなあ！」

ココは生えている灌木《かんぼく》の枝をおると、だめだろうとは思いながら鍵穴《かぎあな》にさしこみました。するりと入っていった小枝は、途中《とちゅう》で何かにぶつかり、それをおしながら入りこんでいくのがわかりました。その時突然《とつぜん》、ココの頭の中に遠い遠い昔の記憶《きおく》があざやかによみがえったのです。

それはルッケージ荘《そう》の子供部屋《こどもべや》の思い出でした。モニカがお母さんにしかられて子供部屋に入れられたきり、外から鍵《かぎ》をかけられたことがあったのでした。モニカはしばらく泣きじゃくってドアをガチャガチャいわせていましたが、とうとういいことを思いついたのでした。そしてココは、ゆ

りいすにすわったまま、モニカのすることをじっと見ていたのです。まずノートを一枚《まい》やぶって、ドアと床《ゆか》の隙間《すきま》からさし入れました。それから細い細い編《あ》み棒《ぼう》を鍵穴《かぎあな》にさしこんでおしました。そして、少しだけ子供部屋に残っていたノートのはしをモニカがするすると前に引きよせると、その上にはちゃんと鍵《かぎ》がのっていたのです。

もうココは、何か紙のかわりになるものをさがしていました。そして大きな草の葉を一枚《まい》とると、石と石の間からそうっとさし入れたのです。額からじわりと汗《あせ》が流れました。うまくいきますように……と願いながら、ココはすべてモニカがやったと同じことをやりました。そしてとうとう、さびかけた銀色の鍵《かぎ》を手に入れたのでした。

縦《たて》に長い重いドアを少しばかりあけて中に入り、またそれをしめてしまうと、真《ま》っ暗闇《くらやみ》がココをつつみました。湿《しめ》ったにおいだけが喉《のど》と鼻を刺《さ》し、ココはウッとせきをしそうになりながら、何ひとつ見えないところで懸命《けんめい》に手を動かしました。右側がいきどまりなのがわかりました。そろりそろりと前へすすむと、そこもまもなくいきどまりになり、ただ左側にだけ通路があるらしいのがわかりました。ココはひんやり気持ちの悪い壁《かべ》にさわりながら、そうっと少しずつすすんでいきました。

小さな歩《ほ》幅《はば》でちょっとずつ歩いているせいなのか、その通路はなかなか終わりそうにないのでしでした。息がつまってくるようでした。心臓《しんぞう》はどきどきしていたけれど、恐《おそ》ろしいとは今は思いませんでした。

（こっちにどんどんいくってことは、マルコーニさんちの方にいくってことだわ……）

ココは、どちらがベッキオ橋でどちらがトリニタ橋《ばし》のある方か、そしてどちらがアルノー川でどちらが聖《せい》ヤコポ通りなのかをまちがわないように、頭の中でたえずおさらいをしました。とうとう壁《かべ》につきあたりました。その壁《かべ》を両手でおさえ、カニのはうように横にすすむと、思ったとおり通路は右にまがりました。

（左にいくはずはないわ、アルノー川だもの）

ココは自分にいいました。まっ暗な通路を同じようにすすんでいくと、先がぼおっとかすかに明るく見えたので、ココははっとしました。もごもごこもった話し声も聞こえた気がしました。足音にはとくに気をつけなければいけませんでした。

とうとう通路のつきあたり、少し明るく見えたところまでくると、左手に下におりていく階段《かいだん》があり、階段《かいだん》のおしまいのところに扉《とびら》がついているのが見えました。光はそのドアの隙間《すきま》や鍵穴《かぎあな》からもれていたのでした。そこまでくると、話し声はずいぶん大きく聞こえました。知らない声がいくつかいっぺんに話していましたが、耳をすますと、あのかれたヤスの声も、たしかにまじっているのでした。ココはごくんと唾《つば》をのんでから、一段《だん》一段《だん》、階段《かいだん》をおりてゆきました。そしていちばん下までくると、ドアにぴたりと耳をおしあてました。

7 工房《こうぼう》の発見

「結局《けっきょく》、ボートは五日借りきったってわけか」

と、聞いたこともないような低い声がいいました。

「そうですね」

といったのはヤスでした。ヒューッとだれかが口笛《くちぶえ》をふきました。

「一日五万ララだから、五日で二十五万ララ！」

そこでいくつかのあきれたりおどろいたりする声が重なりました。カーポも大変だだの、金がかかるだのというつぶやきもまじっていました。

「それ以上ですよ」

とぶっきらぼうなヤスの声がいいました。

「豪華船《ごうかせん》一週間の旅を計画してたネズミたちは明日から借りるって、もう予約してたんですよ。こっちはそれを横どりするわけだから、そりゃボート協会の係員にも何がしかはらいましたよ」

一瞬《いっしゅん》しんとしてから、「どれくらい……？」と恐《おそ》る恐《おそ》るたずねる声がしましたが、

「まあいいじゃないですか」

とヤスがわらってごまかしたようでした。

「それは大した額じゃないですよ。……ネズミなんて貧乏《びんぼう》でかわいそうだな……あんなはした金に大喜びしちゃって……」

それはヤスのひとり言のようでした。

「豪華船《ごうかせん》の旅にしたって金持ちといわれてるネズミが十匹《びき》で借りようとしてたってのに、それをカーポはたった一日使うために、五日分もあっさりはらっちまうんだからなあ……」

「そりゃまあね」

とだれかがいいました。

「しかし、稼《かせ》ぐ金にくらべりゃそれもはした金さね！」

「今度の仕事はどでかいから、カーポもふだんより気前よく投資してることはたしかだな」

と別の声がいいました。

「まあとにかくあぶねえところだった。船にいなくなられちゃ、搬入《はんにゅう》は不可能だからな」

あの低い声がいうと、そうだそうだとみんなが呼応《こおう》しました。

「そうですね」

とヤスのなげやりな声がいいました。

「そうなりゃ、こっちにも金は入らねえし」

「ま、ネズミさんの遠足は五日のばしてもらうんですな」

と冗談《じょうだん》まじりにひとりがいいました。

「しかし、この絵ともあと五日でさよならかと思うと、せいせいするっちゅうか、さびしいっちゅうか、複雑ですな」

「二カ月以上、かかったからねえ」


ココはじっと息をひそめていました。けれど、重要な秘密《ひみつ》をついにかぎつけたという緊張《きんちょう》やおどろきにもまして、なぜか知らない悲しい気持ちで胸《むね》がいっぱいになっていたのでした。贋作一味《がんさくいちみ》の仲間でもあったヤス……、でも、ネズミたちからやくざといわれ、またたしかに悪いネズミにちがいないヤスの、深い深いところにひそんだ気持ちが、あのかれた声のどこかにさびしくしみでていたように、ココには感じられたのです。

ココは、ヤスのことを思ううちに、やがてお金のことや、お金を稼《かせ》ぐということや、お金持ちと貧乏《びんぼう》なひとのことなどを、ぼうっと考えずにいられなくなりました。すると、ちっともお金のない自分が、毎日おなかいっぱいに食べているのは、お金持ちのカーポのおかげなんじゃないかしらと思いあたって、突然《とつぜん》暗い気持ちになったのです。

ココはいちばん下の段《だん》に腰《こし》かけると、ほお杖《づえ》をついてうなだれました。そして、ほんの短い時間ではあったけれど、中の会話に耳をかたむけるのを忘《わす》れたのです。

「そろそろ手を貸してもらえますか」

とヤスがいい、

「よおし、わかった！」

といくつかの声がこたえました。そしてガタガタザワザワと、立ったり歩いたりするような気配が大きくなり、ココがはっとわれに返って立ちあがったその時、ドアがガチャリと音を立てて開いたのでした。

明るい光を背《せ》に、大きな何匹《びき》かのネコの姿《すがた》が黒く立っていました。いくつかの目だけがギラギラと光り、だまってココを見ていました。それから、ヤスがネコの間をくぐってからだをあらわすと、顔じゅうをひきつらせました。

ココの心臓《しんぞう》は口からとびだしていきそうに早く鳴り続け、喉《のど》はからからにかわきました。

「そこで、何してんだ」

鉢巻《はちま》きをした先頭の大きなネコが、肩《かた》をごろっといからせると、とうとう、身の毛のよだつような冷ややかな低い声でゆっくりいいました。ココは気をうしないそうになりながら、壁《かべ》につかまり、ほんの少しあとずさりして、

「カ……カーポのお使いで……きたの」

と答えました。自分の声とは思えないほどに高くてふるえていました。ネコは片耳《かたみみ》をぴくんと動かし、首をかしげて、

とくりかえしました。すると後ろの方にいたネコの一匹《ぴき》が、
「カーポの使い？」

「ああ、そうそう、この子カーポと住んでる召《め》し使《つか》いだよ」

といったのをココがそろっと見ると、それは何日か前のあの夜に、「チャオ」といってあらわれた六匹《ぴき》のうちの一匹《ぴき》らしいことに気づきました。続いて、ああそうだそうだ、という声がしました。

「しかし、おっきくなったなあ！」

とだれかが感心したようにさけんだので、ココは恐《おそ》ろしさのてっぺんからかすかにすくわれて、顔をゆがめてほほえんでみせました。が、先頭のネコは、まだじっとココから、そのきついまなざしをそらさずにいるのでした。

「とにかく、」と、そのネコが氷のような声でいいました。

「用というのを聞かせてもらおうじゃないか」

ココは再び身の毛のよだつ恐《おそ》ろしさに逆もどりし、頭にはすっかり血がのぼっているのでした。

一同はまたしんとなりました。ココは、足がふるえて、立っているのもやっとでした。

「……カ、カーポが、話が、あるって……」

と、ココはもうあと先のことも考えないままつぶやくようにいいました。

「話？」

と、ネコが不審《ふしん》げにいいました。

「だれに」

「だれにって……だれでもいいんじゃないの……？」

冷たい壁《かべ》にはりつけたままのココの左の手にじわっと冷汗《ひやあせ》がわきました。

「いつ、こいって？」

と、ネコは低くたずねました。

（ど、どうしよう、どうしよう！）

ココは心の中で悲鳴のようにさけび、くらくらする頭のままにいいました。

「今晩《こんばん》……、真夜中に……」

ネコがやっとのことでココから目をはなし、腕《うで》を組むと、

「真夜中にこいだと？　こりゃただごとじゃないぜ。非常道《ひじょうみち》を使えってことだろうか？」

とひとりでつぶやくようにいいました。そして、

「えっ、非常道を使えってことか？」とココに念をおしました。ココは非常道というのがわからないまうなずきました。

「急に仕事の変更《へんこう》かねえ……」

とほかのネコたちも首をかしげました。

「だけど真夜中ってのは解《げ》せませんねえ……」

非常道というのは、手っとり早く聖《せい》ヤコポ通りに出られる早道、つまりマルコーニさんの家の中

を通って玄関《げんかん》から出る方法のことでした。もっとも、そこを堂々と通って家の人にとがめられないのはカーポだけでしたから、めったなことではネコたちは使わないのでした。

「しかし、」と、また先頭のネコがココを見ました。

「カーポがあんたに入口を教えたのか？」

そしてあごをつきだして鐘楼《しょうろう》の下の入口のことをしめしながら、じわりと一歩ココに近づきました。ココはぐっと後ろに身を引いて、あいまいにうなずきました。

「じゃあ合鍵《あいかぎ》を持ってきたんだろうな。ちょっと見せてもらおうか」

「カ、カーポ、くれなかったわよ！」

「おかしいぜえ、合鍵《あいかぎ》もわたさずに入口を教えるってのは……。鍵《かぎ》がかかってたろうが。えっ？」

ネコが背《せ》のびをし、ココの顔の真下でギラギラする目を光らせました。ココは目をつぶり、ただもうはげしく首をふりました。

「あいてましたよ」

と不意にヤスが口をはさんだので、みんなびっくりしました。

「さっきおれが通りがかった時、扉《とびら》が少しあいたままになってたの見ましたよ」

とヤスはいうのでした。ココは、まん丸い目を大きくしてヤスを見ずにいられませんでした。けれどヤスはココの方を見ずにネコにむかっていいました。

「とにかく早くボートをかくしにいった方がいいんじゃないかな。それから、カーポのところへはおれがかわりにいっときますよ」

そして自分の何倍もあるような大きなネコたちの方を切れ長の目でスッと見ると、ヘイというように手まねきし、ココの立っている横を見むきもせずに自分から歩きだしました。するとネコたちもガヤガヤとそれにつきしたがい、最後に、先頭に立っていたネコとココだけが残ったのでした。が、すぐに、

「テツさーん、ビニール持ってきてくださーい！」

という声が暗い通路の方から響《ひび》きました。テツとよばれたそのネコは、「お、そうだ」などとつぶやいて急いで部屋の中に引きかえしたので、ほーっとすくわれたココは、その短い時間のあいだに、偶然《ぐうぜん》、広く開いたドアから部屋の中をすっかり見わたすことができたのでした。

電気をともしたその広い部屋は、部屋というよりは、まさに「仕事場」、いや「工房《こうぼう》」とよぶのがふさわしいところでした。梯子《はしご》やら脚立《きやたつ》やら机《つくえ》やらバケツやらが場所をふさぎ、雑然としていました。けれどもココをおどろかせたのは、そこに首をつっこんだ時に目にとびこんできた大きなふたつの絵だったのです。

それはふたつともまったく同じ絵のようでしたが、ひとつはもうしあがっていて、なぜか表面には格子《こうし》の線が引かれており、もうひとつは、ちょっとばかり白っぽいところの残るまだできあがっていない絵なのがわかりました。それは、何頭もの馬や兵隊や、赤や白の槍《やり》がごちゃごちゃとつき立った、全体に朱色《しゅいろ》がかった絵でした。その前には脚立《きやたつ》が立ち、そばの大きな台には白い小鉢《こばち》やら

皿やら何本もの筆を立てた筆立てやらが置かれていました。

奥《おく》の棚《たな》の前でココに背《せ》をむけていたネコが、大きな緑色のビニールをとりだすのが見えたので、ココは急いで首をひっこめると、自分も階段《かいだん》をのぼって暗い廊下《ろうか》にふみだしました。そうしながらココは、今見てしまったもののせいで、からだがカーッと熱くなり、細い通路の壁《かべ》に肩《かた》をしたたかにぶつけようともまったく気づかないまま、ふらふらとすすんでいったのでした。後ろの方で戸がしまる音がしたと同時に、通路はいっそう暗さをましました。いく手のドアの隙間《すきま》からもれる光をたよりに、ゼイゼイあらい息をしながらココが歩いていくと、まもなくテツがココに追いついて、

「あんた、カーポからすっかり聞いてるのか？」

とたずねました。ココは、とっさにどう答えたらよいかわからなかったけれど、

「もちろん！」

と口が勝手に答えていました。


ネコたちは草陰《くさかげ》にうまく姿《すがた》をかくすようにしながら、力をあわせて、岸辺のモーターボートを少しずつ少しずつ土の上に引きあげていました。そしてマルコーニさんの家のバルコニーの下までようやく引きあげると、緑色のビニールをすっぽりかぶせ、さらにその上に草をのせたりして、周囲からは、ボートのあることなどまったくわからないようにしてしまいました。

川岸では、ヤスの白いボートがぽつんとひとつゆれていました。

8　ゆれる心

紫色《むらさきいろ》に染《そ》まった街を流れるアルノー川は、紫色《むらさきいろ》の不安が色こくたちこめて不気味《ぶきみ》でした。ヤスの漕《こ》ぐ櫂《かい》が、チャプッ、チャプッと紫色《むらさきいろ》の水をはねあげ、すすり泣くようなその音がココをいっそう不安にさせました。

「なぜ、あんなことしたんですか」

ヤスがそっぽをむいたまま、ぽつりとたずねました。吹《ふ》いてくる風はすっかり冷え、ココはからだをすくめました。ココが何もいわずにいると、

「何を知ってるのか知らないけど、もう、興味もたない方がいいんじゃないですか」

とヤスは単調に続けるのでした。おこっているようにも聞こえました。

「それにあのテツってネコは恐《おそ》ろしく乱暴《らんぼう》なやつだから、さっきなんかほんとはあぶなかったですよ。それに鋭《するど》いし。……とにかく、カーポの使いだなんてのはうそなんでしょう？」

そしてヤスは切れるようなまなざしをココにむけてにらみました。ココはいっそ、わっと泣きふしてしまいたい気持ちにかられながらじっと身をすくめたまますわっていました。

モロのいう収穫といういうことを考えたなら、今日の仕事は大収穫《だいしゅうかく》にちがいありませんでした。実際

に絵が描《か》かれていた場所も、運び方も、次の仕事がもうまもなくおこなわれることも、ココは知ってしまったのですから。けれど同時に、相当とんでもないことになってしまったというのも事実でした。近いうちにカーポがココのしたことを知るだろうというのは疑《うたが》いようのないことでした。けれども今、ココの気持ちを苦しめているものは、たぶんそれだけではありませんでした。

(もうこれっきり、ヤスとお散歩にいくことなんかないだろう……あたしはヤスにきらわれてしまった……)

そのことが、ひどくひどく悲しいのでした。(でも)とココは考えるのでした。

(贋作一味《がんさくいちみ》にも入っていたようなほんとのやくざネズミにきらわれたって、ちっともかまわないじゃないの……)

それでもココは、さっきのあの恐《おそ》ろしいテツの質問ぜめから自分をすくってくれたのがこのヤスなのだということを思うと、ぽっとうれしい気持ちがして、そしてよけいわけがわからなくなるのでした。

船着き場に着いた時、舟《ふね》をおりかけたココにむかって、ヤスがふと思いついたようにいいました。

「それとも、モーターボートがとまってるのを見て、あそこがおれんちだとでも思っただけなの？」

ココは動きをぴたりととめてふりむくと、一瞬《いっしゅん》とまどってから、小さくうなずきました。するとヤスがやっとのことでわらい顔を見せ、

「なあんだ、そうか！　それならそういやいいのに」

と、安心したようにいうのでした。

「おれんちは、ぶどうの木通り八番地の屋根裏《やねうら》ですよ。何なら今度遊びにきたらいいよ。もっとも、入口がせますぎるかもしれないけど」

すっかり暗くかげって見えるヤスの細い顔には、ココが初めて見るようなやさしい笑《え》みが浮《う》かんでいるのでした。ヤスはボートの中から綱《つな》をとりだしながら、

「それなら、見たり聞いたりしたことは、全部忘《わす》れた方がいいですよ。だれにも話しちゃいけないし」

といってココに手をふりました。ココもまたにっこりわらって手をふったのでした。うれしさがこみあげてきて、もうちょっとで涙《なみだ》が出そうになりました。


ココと別れたヤスは、もうすっかり暗くなった岸にボートをつなぎながら、

「まいっちまったなあ！」

と舌をうっていました。ココをモーターボートにさそったのは、ココをちょっと気に入ったヤスがココを喜ばせたいとほんとうに思ったからなのと、五万ララのかわりに召《め》し使《つか》いにさせてしまったことへのせめてもの罪《つみ》ほろぼしの気持ちからでした。けれど、ネコには絶対ボートを貸さないネズミボート協会にモーターボートを借りにいく時と、絵を運搬《うんぱん》する時以外にそれを運転してはならぬ

と、ヤスはカーポからきつくいいわたされていたのでした。それでも運転がすきでならないヤスは、ボートを借りるたびに、もうどうしても運転がしたくて、きまってアルノー川をとばしていたのです。自分のお金で借りるには、それは高すぎるのでした。もっとも一度そんなことをしたことがあり、そのためにヤスはしばらくのあいだ、たいそうお金に困《こま》ったのでした。

(とにかくだ。)とヤスは思いました。

(あの子が工房《こうぼう》にきたことがカーポにばれると、モーターボートを見つけたからだって話になるだろうし、するとおれがあの子をのせたことも、いっぺんにばれちまうわけだ……)

そして、ココが工房《こうぼう》にきたことがカーポに知られないように、何とか算段《さんだん》をしなければいけないとヤスは頭をなやませたのです。しかし、大勢のネコの口を封《ふう》じることはできるだろうか、いや、できないだろう。それなら、カーポにつたわってしまった時、カーポがそれを信じないようにさせる手だけはぜひともうっておかなけりゃ……などと考えだすと、ヤスはボートのふちに腰《こし》かけたまま頭をかかえずにいられませんでした。が、はっと顔をあげると、

「しかし、あの石のドアがあいてたなんてことあるのかなあ……、それになぜ、カーポの使いだなんてうそついたんだろう……、あいつほんとに工房《こうぼう》をさぐるつもりできたんじゃねえんだろうなあ、おい」

と、ヤスはアルノー川の川面《かわも》にむかい、不安げにいいました。そして、「でも、そりゃねえだろうな。まっさか、あの子がね!」とひとりで答えたのでした。

ココがベッキオ宮《きゅう》にもどると、二匹《ひき》はぷりぷりしながら、台所で夕食をとっていました。

「女の子がこんな時間まで何やっとんのや！」

と、マスのバタ焼きを口に入れながら、カーポがとげとげしくいいました。

「召し使いがっていうべきじゃないすか」

と、イラはレモンをしぼりながらつんつんした目でココを見ていいました。

「そや。ここんとこ増長《ぞうちょう》しとるんとちゃうか、増長《ぞうちょう》！」

カーポがいうと、

「いえてる、いえてる！」

とイラが相槌《あいづち》をうちました。

ココは手も洗《あら》わずに自分の席につくと、水がついである自分用のグラスをちらっと見てから、白いワインの入ったカーポのグラスをつかんでごくごくっとのみました。二匹《ひき》はあまりのことにぽかっと口をあけ、それからカーッとなって何かいおうとして大きく息をすった時、一瞬《いっしゅん》先に、

「広場で人形劇《にんぎょうげき》やってたから、見てきたのよ」

と、ココがはきすてるようにいったのでした。ココがワインをのむのも、こんな口のきき方をするのも初めてのことでしたから、二匹《ひき》はいよいよびっくりしてしまい、いおうとしたことを忘《わす》れてしまいました。それからココは、

「あたし……食べたくない……」

というなり、顔をおおって泣き始めたのです。一度泣き始めると、涙《なみだ》はあとからあとから流れてきました。……暗い階段《かいだん》で耳をすましていたこと……見つかった時のあの恐《おそ》ろしかったこと……そしてヤスのこと……いろんなことがめまぐるしくまぶたに浮《う》かび、ココはもう何もかもほうりだしたいような、どうしてよいかわからない思いで胸《むね》がふさがれてしまったのです。その上、人形劇《にんぎょうげき》を見てきたなどというウソが平気で口から出てしまうようになった自分のことも、ひどくいやでした。ココは顔をおおったまま、はげしく泣き続けたのでした。

カーポが小さく、「ベッド出してきてやれ」とイラに命令する声が聞こえました。そして、「人形劇《にんぎょうげき》を見て昔を思いだしとんのや。わしにはな、人形の気持ちがよーうわかるんや」とささやくのも聞こえました。

ココはベッドの上にうつぶせになってもなお、ひっくひっくとすすり泣いていました。

「ひょっとして泣《な》き上戸《じょうご》なんとちゃうかなあ」

と、様子をのぞきにきたイラが、ひとり言をいって台所にもどっていきました。実際、さっきのんだワインのせいでココの頭ががんがんしていたのも事実でした。

泣《な》き疲《つか》れたココは、片方《かたほう》のほおをふとんにおしあてたまま、何も見ていない目をパッチリとあけて、ぼうっとしていました。「今度遊びにきたらいいよ」といった時のヤスの笑顔《えがお》を思いだすと、とろりと甘《あま》い香《かお》りにつつまれる思いがしました。

（……いっそ、このひとたちの仲間になっちゃおうかな……）

とココはつぶやきました。仲間になるならどんなに楽なことでしょう。カーポもイラも、ほんとの仲よし友だちになるだろうし、それにヤスの屋根裏部屋《やねうらべや》に遊びにいくことだってできるでしょう。贋作《がんさく》という秘密《ひみつ》をこのひとたちといっしょに持ち、いっしょにお手伝いし、お金をもうければ、いろんな物を買うことだってできるはずでした。

（別のお洋服だって）とココは突然《とつぜん》思いました。

（……そうだわ、あたし、この水色のお洋服ひとつしかないんだわ）

ココは街で見た、何人もの女の人が着ていたいろんな色の服のことを思いだしました。（おリボンだって……）ヤスの部屋にいたメスネズミがつけていた大きな赤いリボンがとてもはなやかに目の裏《うら》に浮《う》かびました。そうです。仲間になると決めてしまえばなやむことなどひとつもないのでした。楽しいことはどんどんふえるし、びくびくすることだってもうないのでした。

（もうない？　びくびくすること……）

とココはくりかえしてみました。

（あるわ）

それはモロに会うことでした。それにヒロヤとカズヤ、それから親切なタクシーボートのネズミも……。そのひとたちのことを思うと、ココは胸《むね》がきりきりといたみだし、ベッドの上に思いきり顔をうずめたのでした。

9　真夜中の広場で

ココはきゅるきゅるという音で目をさましました。二匹《ひき》が寝《ね》るしたくをしている気配がしました。おそらく十時をまわったころなのでしょう。ぐーうっとおなかで音がしました。でも立ちあがって台所につまみ食いをしにゆく元気が出ず、うつぶせになったままでとろんと目をあけていました。ぬいとりのされたもも色の布がからだの下にしいてあるのにようやく気づいて、ベッドカバーの上に身をなげだした何時間か前のことを、ココはにがい気持ちとともにやっと思いだしました。

（ああ！　もう、わけがわからないわ！）

そしてもう一度、ベッドに顔をうずめた時でした。

「おお、もうこんな時間やったんか。どうもやけに眠《ねむ》いと思った」

とカーポのつぶやく声がし、

「ほんとだ。そろそろ十一時ですよ。しかしよく眠《ねむ》っているなココは！」

と答えるイラの声がしたのです。

（えぇっ！　大変だ！）

とココは思いました。モロが手紙を受けとりに、もうとっくに宮殿《きゅうでん》の下にきているにちがいありませんでした。そう思った時になってココは、モロを暗い夜空の下に立たせたままにしておくなんてとてもできないという強い気持ちにつき動かされてからだがいらいらしてきたのです。

　もうココは、悪いひとたちの仲間になろうかと一度は考えたことさえ忘《わす》れていました。けれど、今ごそごそと動きだすのがよい方法ではないのはあきらかでした。

　ココはじりじりしてくる気持ちをおさえて眠《ねむ》ったふりをしていました。そうしているうちに、はっとたいせつなことを思いだしたのです。ひょっとすると今晩《こんばん》、あの恐《おそ》ろしいテツがここにくるということもあるんじゃないだろうか、と。ヤスが「かわりにいっときます」といってはいたけれども。そして今晩《こんばん》こなかったとしても明日の午後になれば、ココが贋作工房《がんさくこうぼう》をおとずれたことがカーポに知れてしまうのは目に見えているのでした。カーポがマルコーニさんの家に出むくたびに、あの工房《こうぼう》に顔を出しているだろうということは、今となってはココにも簡単《かんたん》に想像がつきました。

（おそかれ早かれ、ばれちゃうんだわ……）

とココはもうとっくに知っていたはずのことを、あらためて今思ったのです。

　カーポのいびきが聞こえました。あとはイラがさっさと本をとじて電気を消してくれるのを待つばかりでした。ココは寝《ね》たふりをしながらあせりでからだが熱くなりました。

　とうとう電気が消え、それからすぐに規則正しい寝息《ねいき》が聞こえました。ココはそっとおきあがると、まっ暗闇《くらやみ》の中を手さぐりで歩き始めました。壁《かべ》をつたっていた手が急に何もない宙《ちゅう》の中へすべりこんだので、そこが隣《となり》の「エステルの間《ま》」への入口なのがわかりました。「エステルの間」も同じようにしてそろそろとぬけているうちに目が暗闇《くらやみ》になれて、「サビーネの間《ま》」へ入ってゆくのはそうむずかしくなくなりました。けれど、途中《とちゅう》ぐうとおなかが鳴ってしかたないので、ココはそっと台所に立ちよりました。そして食卓《しょくたく》の上のカゴの中からパンをひとつつかんだ後は、もう大急ぎで「緑の部屋」への扉《とびら》にかけより、手さぐりで順序《じゅんじょ》どおりに鍵《かぎ》をあけていきました。

広い広いまっ暗闇《くらやみ》の宮殿《きゅうでん》を足音も気にせずかけぬけ、ある時は階段《かいだん》をかけおり、ころびそうになったり大理石《だいりせき》の像にぶつかりそうになったりしながら、ココはとうとう噴水《ふんすい》のある庭に入り、ベッキオ宮《きゅう》の玄関《げんかん》にたどり着きました。が、冷たい銅《どう》の扉《とびら》は、しっかりととじられているのでした。ココはひっくと息をのみました。外の光をとり入れるように考えられたこの庭の中は、広場にともされたあかりを受けてほんのり明るみ、あたりを見まわすことができました。

（ネコたちだって入ってきたんじゃないの、真夜中に……）

ココは顔をゆがめながらキョロキョロしました。横の壁《かべ》に鉄格子《てつごうし》のついた窓《まど》があり、ガラスが割《わ》れているのが見えました。ネコには通れてもココには格子《こうし》の幅《はば》はせますぎました。（だけど、あんな大きな絵だって運んできたじゃない……）あせる思いで、でこぼこした扉《とびら》にからだをおしあてると、二枚《まい》の扉《とびら》にまたがって横たわる鉄棒《てつぼう》が目に入りました。

「ああ……なあんだ！」

ココはほっとして顔をゆるめると、その棒《ぼう》をぐいと横にずらしました。そしてココはとうとう外へ出たのです。

真夜中の広場は、あちこちにともされた街灯のせいで、不思議なオレンジ色をしていました。散歩している人さえまだいました。

建物の角を左手にまがって「サビーネの間」の下へいこうと思いながら、ココが入口の階段《かいだん》をおりかけた時でした。すぐ目の前を、うつむいて腕組《うでぐ》みをしたモロがとぼとぼと歩いているではありませんか。

「モロ！」

モロはふりむいて、「ココ！」というなりかけてきました。ココも胸《むね》をなでおろし、階段《かいだん》をかけおりました。

「よかった、会えて！」

「どうしたのいったい、ぬけだしちゃって！」

モロはまん丸い目で食い入るようにココを見あげました。ココは何からいおうかと大きく息をすい、胸《むね》をおさえながら、

「いろんなことが、いっぱいあって……ああ、とにかくここじゃないところで……」

とはきだすようにいいかけた時でした。黒い影《かげ》が、すうと二人の間におちたのです。ココは残りの言葉をのみこみ、恐《おそ》る恐《おそ》る横を見ました。

大きなネコが二匹立っていました。一匹はテツでした。

（やっぱりきたんだ……）

ココの顔がすうっと青ざめていきました。ぬらりと光るナイフのようなあのまなざしが、ココの瞳《ひとみ》をまっすぐつき刺《さ》しました。

「カーポ、待ってるんだろうな。えっ？」

テツが地面も凍《こお》りつくような冷ややかな声でココにたずねました。

「ヤスにまかしとくのは心配だからな」

（……もう、あとには引けないんだ……）

とココは思いました。

「そのことで、あたし、待ってたのよ」

そういった自分の声が、意外にもふつうに響《ひび》いたので、ココはいくらかおちつきをとりもどしました。

「カーポ、もう眠《ねむ》っちゃったの。急に熱が出て、お薬のんで眠《ねむ》ってるのよ。だからおこしてほしくないんですって。ごめんなさい、わざわざきても

らったのに」

うまくいえた、と思ったとたん、こめかみから汗《あせ》が流れました。

「ネツ？」

テツは探《さぐ》るように、疑《うたぐ》り深《ぶか》い目でじっとココを見ました。

「非常道《ひじょうみち》を使ってくるようにとまでいっておいて、熱出してるだと？」

そしてベッキオ宮の三階の窓《まど》を見あげました。

「ほらね、寝てるでしょう？」

とココも見あげていいました。そこは広場に面した壁《かべ》につけられた、「ペネロペの間《ま》」の小さな窓《まど》でした。

「だけどよお、テツぅ、」ともう一匹《ぴき》のネコが腕《うで》組《ぐ》みをしたからだをくねらせていいました。

「この時間といやあ、ふだんのカーポは眠《ねむ》ってて不思議はねえんだよなあ……」

テツはもう一度、キラリと光る目を三階の窓《まど》にむけ、

「あんた」

とココの方に一歩近よりました。ココはぞぞっと寒くなりました。

「おれたちを、だましたわけじゃねえんだろうなあ」

ココはふるえているのをかくすために大きく息をついて腰《こし》に手をあてがうと、

「じゃあいってらっしゃいよ！　雷《かみなり》がおちても知らないけど」

とわざと大きな声でいいはなちました。テツは少し考えてから、ふんっと鼻を鳴らしました。それから、ちょっとはなれたところにからだをずらしてネコたちとココの様子をだまってうかがっていたモロの方に目をむけました。そしてモロとココとを交互《こうご》に鋭《するど》い目で見てから二人にいいました。

「ここで何やってんだ、えっ」

　ココは、ああもううそのタネもつきたと思いました。

　するとモロが突然《とつぜん》、ふらふらとココの方によろめくようにやってきて、みゅうみゅうと鳴きながら、ココの片手《かたて》の中のパンを、くれというように指さしするのでした。ココははっと思いついてパンをちぎると、

「はーいはいはい、ネズミさん」

と声をかけました。そしてテツの方に顔をむけてまたうその力をしぼりだし、

「かわいそうなネズミさんなの。だからね、時どき、夜、パンをあげてるのよ」

と笑顔《えがお》を作りながらいいました。

「ハン！　乞食《こじき》ネズミか！」

ともう一匹《ぴき》のネコが、さもばかにしたように鼻にかかった声でいい、モロの頭を指先でつんとつつきました。モロは大袈裟《おおげさ》にみゅうみゅう鳴きながらよろめきました。そして、頭を左右にふらふらとゆっくりふりながら、

「ねてずみんのま、あかりちゃん、ひめろもばあかい、ずちねばずみんのち」

と、おかしげな節まわしで歌を歌ったのです。

(古代ネズミ暗号だ!)

と思ったココは、突然《とつぜん》のことにどきどきしました。書かれた字を読むのなら簡単《かんたん》でも、耳で聞く練習はしていず、モロが何をいいたいのか少しもわかりませんでした。

「ペッ! 気味悪《きみわる》いネズミだなあ、いかれてんのか?」

とさっきのネコがもう一度モロをつつきました。モロは、ぼうっとしたココがぼうっとしたままにちぎってくれるパンを、いかにもおなかがすいていたというようにむしゃむしゃ食べながら、とろんとした目つきで、

「ねてずみんのま……あかりちゃん……」

と歌うのでした。モロが同じ歌をくりかえしているのがわかると、ココは、とにかくこの歌をおぼえなければいけないと思いました。そしてパンをちぎりちぎり、一生懸命《いっしょうけんめい》頭の中でくりかえしました。でもそうしながら、テツにはこのお芝居《しばい》がばれてしまいそうで、こわくてしかたなかったのです。

テツはモロの様子をじっと見ていましたが、モロがあわくって口に入れたパンを喉《のど》につまらせて、目を白黒させながらドンドンと小さな手で自分の胸《むね》をたたくのを見て、

「ハ、ハ、ハ!」

とわらいました。それから、

「それくらいにして帰んな。腹《はら》をこわすぜ」

とモロに声をかけたのでした。モロはかりかりっと頭をかくと、

「へイ、だんな、どうも」

などと、テツにぺこりと頭をさげ、ココにむかって、「まいどありがとさん」とお礼をのべると、パンくずのついた口もとを手の甲《こう》でぬぐいながらふらふらと立ちさったのでした。

そしてほんのり明るい広場をよろめくように歩きながら、「ねてずみんのま……」と、よっぱらいのように大声で歌い続け、その声はやがて小さくなり、とうとう聞こえなくなりました。

ネコたちととり残されたココは、突然《とつぜん》恐《おそ》ろしくなりました。自分のほかにはもう、たよりになるものはいないのでした。夜中の広場を散歩する大人たちはいく人もいて、楽しそうなのに、でも、ココとは何の関係もない遠い世界の人びとなのでした。

「ネコちゃんと深刻《しんこく》なお話かい？」

ゆきずりの大人が一度声をかけていきましたが、でもその後で、自分のいったことに喜んで一人でわらうのが聞こえただけでした。ココは胸《むね》の星をかきむしりながら、ひとりぼっちで立っているのでした。

「今日のところは引きあげるとするか」

と、とうとうテツがきりだしました。そして二匹《ひき》は、「どうもくさいな」といいたげな様子でちらりとココを見てからきびすをかえし、ついに広場を歩いていったのでした。ココは、肩《かた》をいからせ

てモロとはちがう方向へ歩きさっていく二匹《ひき》のネコの後《うし》ろ姿《すがた》がすっかり小さくなってしまうと、へなへなとその場にしゃがみこみました。まだ胸《むね》がどきどきしていました。

（こんな思いは、もう、たくさん！）

ココは思わず顔を両手でおおったのです。けれど、もう後にひくことはできないのでした。ココは、モロの歌った歌をゆっくり口ずさみ頭の中でひとつひとつ字を拾っていきました。そしてとうとう、その暗号の意味をさぐりあてたのでした。その歌には、「てんまり広場一番地」という言葉がかくされていたのです。

「いかなくちゃ！」

ココはさけぶなりいきおいよく立ちあがると、石畳《いしだたみ》の上をかけだしました。

モロが歩いていった方へと広場を横ぎっていきながら、ココは一度だけふりむいて後ろを見ました。高い高い塔《とう》のそびえるいかめしい石造りのベッキオ宮が、広場を見おろすように建っていました。

「さよなら！」

ココは声をかけると、もう後ろは見ずに、真夜中の街の中を走ったのでした。

10　モロとマツと

たった一人でこんな時間に外を歩くのは、やはり恐《おそ》ろしい気持ちがしました。女の人のわらう声が聞こえるとなぜか少し安心したり、男の人のどなるような話し声にはこわさをおぼえたりしながら、でも今はこうしててんまり広場にいく以外に残された道は何ひとつないのだと、ココは自分をはげましたのです。

途中《とちゅう》、ココはまだ開いているアイスクリーム屋の前で退屈《たいくつ》そうに立っている、黒いつやつやした大きな大きな犬に出会いました。そばでは主人らしいでっぷりした大人が、クリームをなめなめ別の大人と立ち話をしています。

「大変ね」

とココが声をかけました。犬はとがった耳を動かし、じろりとココを見ると、安心した声で、

「ネコやネズミになりたいぜえ」

とぐちをこぼしました。それからココがてんまり広場へゆく道をたずねると、犬は、「まかせなさい」と胸《むね》をたたいて、とても親切に教えてくれました。そればかりか、

「いっそ、ちょっとおやじをまいて、案内したげようか」

とまでいってくれたのですが、それにはおよばないとココは丁寧《ていねい》にことわりました。犬にさよならをしながら、

（あたしはひとりぼっちじゃないわ）

とココは思い、再び勇気がわいたのでした。

犬に教わったとおり、シャッターのおろされた店のならびをどこまでも歩き、やがて大理石《だいりせき》で造られたこの街いちばんに大きくて美しい花のマリア様教会の横を、ココはてくてくと歩いていきました。「どでかい円屋根《まるやね》ののっかってるあたりで、ひょいっと右を見ると、せまいせまあいてんまり広場が、ちょこんとあるのさ」という言葉にしたがって、天にもとどきそうな円屋根《まるやね》と右側の家《いえ》並《なみ》をかわりばんこに見ながらゆくと、やがてたしかにそこには、せまいせまあい広場があるのでした。広場をかこむ建物の石壁《いしかべ》には、「てんまり広場」と書いてありました。

「ココ！」

とよぶ声にそちらをむくと、広場の暗い隅《すみ》の方からモロがかけだしてきました。

「ああよかった、無事にきてくれて！　ほんっとに心配したよ！」

モロは肩《かた》を上下させ、胸《むね》をおさえていいました。

「ネコたちはうまくまけたんだね？　古代ネズミ暗号を解いてくれてほんとによかった。あの広場のどこかにかくれて君を待っててあげたかったんだけど、今日は友だちがくることになってたからどうしても家に帰らなければならなかったんだ、ごめんよ。このちっぽけな広場にくるのはむずか

しかったろう？　友だちに会ったあとでむかえにいこうかと思ったけど、どの道からくるかわからなかったから動きがとれなかったんだよ」

興奮《こうふん》しながら一気にまくし立てるモロの顔を、つい目を細めて見おろしながら、ココは、

（ああ、なんていいひとなんだろう）

と胸《むね》が熱くなりました。そして、どんなに恐《おそ》ろしいめにあおうとも、こういうひとと力をあわせていられるのは幸福なことだと強く感じたのです。

ココは、モロがあっさりと一番地のいかめしい扉《とびら》をおしあけたのにおどろきました。人の住んでいる大きな建物の玄関《げんかん》は、しっかりとじているものと思っていたからです。ココのおどろきに気づいたとみえて、モロは、

「ここね、学校なんだよ」

と教えてくれました。中に入ってすぐの石の階段《かいだん》をのぼっていくと、つきあたりの広場に面して茶色の扉《とびら》がいくつかついていましたが、あかりのもれている扉《とびら》はひとつだけでした。

「今、友だちが中にいるんでね」

とモロがいいました。そして「物置」と大きく書かれた下に、小さな「モロ」という表札《ひょうさつ》のかかった扉《とびら》を片手《かたて》でおしあけて立つと、「せまいところだけど、さあどうぞ」とココをまねき入れました。

小さいけれどもきちんとかたづいた明るい部屋が、ココの目の前に広がりました。ココは、いっときもおちつくことのなかった今日一日分のつかれや苦しみが、やっといやされてゆくような気が

しました。ふと、

「あれ、あれれ？」

という聞きおぼえのある声に目をうつすと、ソファーに腰《こし》かけたネズミが後ろむきにココを見ていました。

「まあ、あなただったの！」

ココは思わず走りよりました。それはだれあろう、あのタクシーボートの親切な運転手のネズミだったではありませんか。

「知りあいだったの!?」

入ってきたモロが頓狂《とんきょう》な声をあげたのも無理のないことでした。

それから三人は、モロのわかしてくれたミルクをのみながらむきあってすわりました。マツという名のそのネズミは、昼間はタクシーボートの運転手をし、夜は袋貼《ふくろは》りの仕事をしてお金を稼《かせ》ぎながらひとりで絵の勉強をし、モロがこの街に帰ってくるたびに、時どきモロをたずねて、モロから絵のことをならっているのでした。でも今晩《こんばん》は、てんまり広場一番地の入口でモロと会うなり、部屋で待っていてくれるようにいいわたされて、あとはただぽつんとひとりソファーにすわっていたのでした。

「いったい何があったんですか」

マツはカップを両手ではさみ、きょとんとした顔でモロとココの顔を見ました。そしてモロは、

「マツにも力になってもらおうとは思っていたんだ」

と前おきすると、贋作事件《がんさくじけん》のことを語り始めたのでした。

ウエムからの手紙の話を身をのりだして聞いていたマツは、聞き終えるなり、

「そ、そりゃ、絶対に、盗《ぬす》まれて売られたんだ、まちがいないよ！」

と青ざめてさけびました。

「ひどいことをするなあ、許せないよ！」

モロは深くうなずくと、

「そして犯人がだれかは、ほぼ確実なんだ」

といいました。

「ええっ、ど、どいつですか！」

マツが肩《かた》をいからせてさけんだあと、

「ほぼ、じゃなくて、確実だったのよ、モロ」

とココが口をはさみました。

「描《か》いてるところ、見たの。あたし」

これ以上広がらないくらいに目を大きくして自分を見ている二匹《ひき》にむかって、ココは今日のことを語りだしたのでした。ふつうなら口もまわらないくらい興奮《こうふん》して報告したとしても不思議ではないくらい大変な話なのに、ココの声はとてもおちついていました。ヤスとモーターボートにのったことから話さなければならないのは、ほんとうはとてもつらいことでした。でも、それをぬかすことは許されず、ココはうつむきながら、順を追って何もかも話していったのです。

マルコーニさんの隣《となり》にある鐘楼《しょうろう》の下から工房《こうぼう》につながる通路があること、あと五日でまた絵がすりかえられるらしいこと、ネコたちに見つかってしまったこと、馬や兵隊がいっぱい描《か》かれた戦いの絵を見たこと、そしてヤスもその仲間で、絵を運ぶ時にモーターボートの運転手をしていることなどを、ぽつりぽつりと、でもしっかり話したのでした。

「ちっきしょう！」

とマツがくやしそうにさけんでテーブルをドンとたたきました。

「こともあろうにネズミボート協会のボートを絵を運ぶのに使ってるなんて！　しかもネコが！　くそお、ヤスのやつめ、まじめに働きにこないと思ったら、そんなことして稼《かせ》いでたのかよ、くそお、あ、あいつあれでも、ネズミかよ！」

からだをふるわせてヤスのことをおこるマツを見て、ココは何だか自分が責められているようなつらさをおぼえずにいられないのでした。

モロは腕《うで》を組んで目をとじ、だまって聞いていましたが、やがて目をあけ、

「とにかく、ヤスとモーターボートにのったのは、大収穫《だいしゅうかく》というべきだよ、ココ」

とほんの少しほほえんでいってくれたので、ココはいくらかすくわれる思いがしました。

「ぼくのボートにのった時、いってくれりゃあ！」

とマツが残念そうにいいました。

「ぼくがネズミの穴《あな》から入って見つからずにさぐってきたのに！」


モロは、すんでしまったことはしかたないさと立ちあがると、これからの行動の計画を練ろうと隅《すみ》におかれた勉強机《べんきょうづくえ》の上から紙と鉛筆《えんぴつ》をとってきました。そして三人は、自分たちのとるべきいちばんよい行動について、頭をよせ、真剣《しんけん》に話しあったのでした。

今日は十六日でしたから、五日ボートを借りきったという話から考えて、次の仕事は二十日の夜にちがいありませんでした。とにかくそれだけは、どんなことがあってもくいとめなければならないというのが、今となっては最もだいじなことでした。そしてできることならこのさい、ネコたちの悪事をすっかり暴《あば》いて何もかもを明るみに出したいものだとモロとマツは考えました。けれど、工房《こうぼう》が見つかったと知ったネコたちが何らかの動きに出ることはまちがいありませんでした。ココがネコたちにおそわれる危険《きけん》も十分あるし、ひょっとすると、さっきのモロの芝居《しばい》もうそとばれて、モロもねらわれるかもしれませんでした。相手は大勢だし、第一、ネコなのでした。

「ウエムがきてくれりゃいいが！」

とモロはくちびるをかみました。モロは、アルノー川の川べりでココと一晩《ひとばん》話したすぐその朝のうちに、ウエムに手紙を出していました。けれどまもなくウエムからきた絵葉書は、その手紙を受けとっていないことをしめしていました。ウエムは旅の途中《とちゅう》にいて、そこからモロへ「近いうちにいくからよろしく」と書いてよこしたのです。

「ネズミの仲間をさそいましょうか」

とマツがいいました。でもモロはしばらく考えて首をふりました。絵がすり替《か》えられるという事件は、モロやマツのような、絵を勉強しているネズミにとってはひどく重要なことでも、ふつうのネズミには、おそらく人間さんの問題にすぎないだろうし、そういうネズミたちを、この危険《きけん》きわまりないネコとの戦いにまきこむのは気がすすまなかったのです。

「ぼくの学友が集められればいいんだけど、今はあいにく皆《みんな》、故郷《こきょう》に帰ってばらばらだ」

とモロは重たい声でいいました。すると、

「たしかに、」とココが口を開きました。

「こんなだいじなこと、人間が知らないでいるのはおかしいわ。人間の問題でもあるんですもの」

「実はそのとおりなんだよ」

とモロがいいました。

「少なくとも美術館にはこの事件をしらせるべきなんじゃないかとは思ってたんだ。しかし、今まではあんまり漠然《ばくぜん》としていていいようがなかった。でも、もういわなくちゃ。そうすれば今度の仕事もくいとめられるはずだ。とにかく事は重大なんだ。人間の力を借りる時だと思う」

モロの考えに、あとの二人もまったくそのとおりだとうなずきました。

知恵《ちえ》をよせあってメモしていったやるべきことは、次のようなものでした。
○すきを見て工房《こうぼう》にしのびこみ、贋作《がんさく》をだめにする。（相当むずかしい）
○美術館の館長さんに何もかも話しにいく。
○モーターボートをこわしておく。
○ベッキオ宮《きゅう》にしのびこんでこれまでの贋作《がんさく》のリストや売った先のリストをさがす。
○贋作一味《がんさくいちみ》のだれかをとらえて問いただす。（とくにヤス）
○ビラをまく。
「リストをさがすのはあとからの仕事だ。とりあえずは五日後の仕事をやめさせることだ」

モロがいいました。

「モロさん！」

とマツがソファーからとびあがるようにして声をかけました。

「モーターボートをこわすなら、善《ぜん》は急げじゃないですか。明日になればネコが、どういう動きをするかわからないけど、今ならまだばれてないわけでしょう？」

「そのとおりだよ、マツ！」

モロも電気を受けたようにパッと立ちあがりました。

「今晩中《こんばんじゅう》にやっておいた方がいい」

そしてモロとマツはココをそこに残したまま、また真夜中の街へとかけだしていったのでした。

ひとりぼっちになったココはぐったりソファーによりかかると、クッションの下に置いてあった大きな本を、とろりとした目で何げなくめくりました。するとそこには、今日ココが工房《こうぼう》で見たのと同じ戦いの絵の写真がのっていたのです。あわててすわりなおし、本をひざにのせてよく見ると、絵の下には「サン・ロマーノの戦い」パオロ・ウッチェッロと書いてありました。

「サン・ロマーノの戦い……」

ココはそれだけつぶやくと、もうそのまま深い眠《ねむ》りに落ちていきました。

11　朝の騒《さわ》ぎ

次の日の朝を、ふだんと変わらぬ明るい気持ちでむかえたベッキオ宮《きゅう》のカーポとイラは、はじめココはてっきりシャワーでもあびているのだろうと思いました。

「いい朝やなあ！　つつじも次から次と元気によう咲《さ》いとること！」

カーポはあけはなった「ペネロペの間《ま》」の窓《まど》から丸い頭を出して春風を受け、目を細めて満足げにニャーゴと鳴きました。

「もうまもなくで一大仕事もすむし、と」

イラはいいながら、きゅるきゅるきゅるとベッドをおして納戸《なんど》にしまいました。カーポがごろんとふりむくと、

「そうゆうおまえは、一大仕事がどんなんかわかっとらんやろが。あいつらはたいした腕《うで》やでえ、もう本物とそーっくりなんや！」

と短い腕《うで》をふりまわして自分のことのように自慢《じまん》しました。カーポは、あと四日で今までにない大金がころがりこむかと思うと、うれしくてほくほくしました。今度の仕事のためには、ずいぶんとお金も使っていましたから、どんなことがあっても成功させねばなりませんでした。けれど今まで

に失敗したことは一度もなかったし、今度の絵も九割方《わりがた》、非常によくしあがっているのは、きのうの午後見てたしかめたばかりでした。

　カーポはもう一度、美術館にはさまれた色とりどりのつつじ庭園を見おろすと、むふっとわらいました。

　その時でした、台所の方へいったイラが血相を変えてもどってきたのは。

「ココが逃《に》げた！」

とイラが口をだらんとあけていいました。

「また逃《に》げたあ？」

　そして二匹《ひき》はどたどたと部屋をかけぬけました。イラがまっすぐ、「緑の部屋」に通じる扉《とびら》を指さしました。半開きになっていました。もちろん洗面所《せんめんじょ》にココがいないことは、イラがもうたしかめていました。

　肩《かた》をおとしながら「ペネロペの間」にもどった

二匹《ひき》は、むきあって言葉をかわしました。

「この前逃《に》げた時は、何てこともなくもどってきましたけどねえ……。そりゃずいぶんおっきくなってもどったにはちがいないけど」

「人形にもどりたくなったんとちゃうんかなあ……きのうの様子じゃあ……」

「そうゆうことなんでしょうかねえ……」

「それともまたでかくなってもどってくるちゅうことかいなあ……」

二匹《ひき》は首をかしげ、丸い顔と長い顔をたがいに見つめあいながら、うーむとうなったのです。

そうして、カーポと見つめあうのも何だか気色《きしょく》悪いなと感じたイラが、顔をそらして石でかこまれた暖炉《だんろ》に目をうつした時でした。ずっと使っていないその中の隅《すみ》の方に、白い紙きれのようなものがかくすようにしておいてあるのが見えたのでした。イラは、はてなと思って歩みより、それを拾いあげました。

「ね、て、ずみ、がの……は？　みあかよちゃん……何やこれ……めだもああかりずがねとずみう……？」

イラはつっかかりつっかかり読みあげました。もう一枚《まい》の紙も急いで拾うと、それにもさっぱりわけのわからないことが書いてあるのでした。イラが、めがねの奥《おく》の目を白黒させながら、もう一度それを読もうとした時、コンコココン、コンコココンとドアをたたく音がしたのでした。

二匹《ひき》ははっと顔を見あわせ、「サビーネの間《ま》」までどたどたかけていきました。

さっき、ついしめるのを忘《わす》れて、半開きのままになっていたドアの間に姿《すがた》を見せて立っていたのは、眠《ねむ》たそうに目をはらしたヤスでした。二匹《ひき》は思わず、何だヤスかというつまらなそうな顔つきをしました。でもそんな顔には目もとめず、

「何でドア、あいてるんですか」

とヤスがかれた声を寝不足《ねぶそく》のせいでいっそうからしながら、ぼおっとたずねました。

「ココがな、逃《に》げたんや」

とカーポがぶすっといいました。

「それより朝から何の用や？」

しかしこのカーポの言葉を聞くやいなや、ヤスは水をあびせられたように、突然《とつぜん》きりりとひきしまったのです。そしてそのまま大理石《だいりせき》の像のように、ぴくりともしないでじっと立ちつくしたのでした。

「ヤース！」

とイラがあきれたようによびかけると、ヤスの顔の前で、手のひらをふってみせました。それでもヤスは、目をぱちりともさせませんでした。が、とうとう、

「くそおっ……」

とつぶやいたので、カーポとイラはぞくっとしました。それからヤスは、二匹《ひき》をだまって中へおしやると、自分もずかずかと部屋に入っていったのです。そして、何や何やと迷惑《めいわく》そうにぼやいてい

い話でした。

ヤスの話を聞き終えたカーポとイラが、今度は逆に大理石《だいりせき》のネコになってしまったのは無理もな

コが工房《こうぼう》にきたことを知らせないためのうそとは、まるきり反対のことでした。

まわしてから思いきって口を開いたのでした。それはヤスが一晩《ひとばん》かかってやっとでっちあげた、コ

る二匹《ひき》を部屋の中央までおしもどしてゆくと、ヤスはあたりをはばかるようにちょっとまわりを見

「ばれた……？」

やっとカーポがつぶやきました。わなわなとふるえているようでした。

「ココに……？」

イラは信じられないというようにいいました。

「しかし」とカーポも首をひねりました。

「あいつ、わしらの仕事、わかっとんのやろか……」

ヤスがふいっと横をむくと、

「だって逃《に》げたってのが、わかってる証拠《しょうこ》じゃないですか」

と腹《はら》を立てているように単調にいいすてました。それから、

「あれでも一応人間なんだし、やばいですよ」

とつけたしました。その言葉にカーポとイラはあらためてぞうっとしました。だれかに話されたり

したら、それでもうこの、一生懸命《いっしょうけんめい》にきずきあげてきた商売が露《つゆ》と消えるんだと想像すると、カー

ポは頭がくらくらし、目の前が真っ暗になりました。より大きな富を求めたからこそ、マルコーニさん一家を悲しませてまで独立し、ここに居《きょ》をかまえて仕事にうちこんできたカーポだったのです。こんなところでじゃまされたなら、あの決意、あの非望《ひぼう》、そして自分の人生はどうなるんだ、とカーポは思いました。

イラはその時左手に持ったままの紙きれのことを思いだして、

「何でしょうこれ」

と青ざめながらカーポにさしだしました。カーポはじろりと見てしかめ面《つら》をしましたが、

「ちょっとそれ、見せてください！」

とヤスが声をあげたのです。ヤスはイラの手から紙をうばいとって見ると、「古代ネズミ暗号だ……」とつぶやきました。そして、「ネズミと組んでたのか」といった時のヤスの顔は、何ともいえない苦い表情に満ちていました。

「ええい、何と書いてあるんや何と！」

とカーポが待ちきれずにさけびましたが、ヤスは首をふって、

「今どきこれを使えるネズミなんていませんよ、おれだって読めないんだ」

とおこるようにつきかえしたのでした。実際ヤスは、それが古代ネズミ暗号だということ以外は何もわからなかったのです。

その後で結局《けっきょく》ヤスが、モーターボートをすき勝手に運転した上にココをのせたことで、カーポにみっちりしぼられたのは当然でした。けれども今となっては、もうそんなことにこだわってはいられないのでした。そして三匹《びき》は朝食をとるのも忘《わす》れてベッキオ宮《きゅう》を出ると、川にむかって全速力で走り、ヤスの白いボートにのりこんで工房《こうぼう》へとむかったのでした。

そのころ、てんまり広場一番地のモロの家では、昨晩《さくばん》の出来事ですっかりくたびれたモロとマツ、それにココがそろって目をさましたところでした。

毛布をガバッとはねあげるや、

「寝《ね》すぎた！」

とモロがさけびました。マツもくるくるっと目をこすり、小さな窓《まど》からまっすぐ陽《ひ》がさしこんでいるのを見て、

「ややっ！」

というなり、ぴょんととびおきました。二匹《ひき》は今朝もまた、モーターボートをこわしにいかなければならなかったのです。それというのもゆうべ、やっとのことでモーターボートをさがしだし、しっかりとくるんである緑色のビニールを力をあわせてとりのけて中にもぐりこんではみたものの、木でできたボートとちがい、カリカリとした鋼板《こうばん》におおわれた船にかみつくこともできなければ、何もかもが固い船の部品をとりこわすことは、素手《すで》ではとても用がたりなかったのでした。

そして二匹《ひき》は結局《けっきょく》、なすすべもなくもどってきたというわけでした。モーターボートと知りながら、何の道具も持たずにかけだしてきたのは大失敗だったと、帰る道みち二匹《ひき》は、いく度も歯ぎしりをしたのです。

モロは、入口横の壁《かべ》にならべて立てかけてある自分の背《せ》の何倍もあるようなほうきやモップを急いでどけると、部屋の隅《すみ》におかれた四角い木の箱のふたをあけて頭をつっこみました。その中には、この学校の用務員さんが使うものにちがいない、大小さまざまのドライバーやスパナがつめこまれていました。そしてモロやマツの手にちょうどよい道具をさがすのは簡単《かんたん》なことでした。マツはモロから手わたされるいくつかの道具を次つぎとリュックサックに入れました。そして、

「それじゃココ、そっちはそっちでたのんだよ。食べる物は台所にあるからね！」

というモロの言葉を残して、二匹《ひき》はころがるようにして部屋を出ていったのでした。

12　美術館へ

ココはモロの台所にあったパンや果物《くだもの》でおなかを満たすと、自分もまもなく朝の街へ出ました。いく先はウフィツィ美術館でした。美術館へいくにはあのベッキオ宮《きゅう》のそばをどうしてもまた通らなければならなかったけれど、そんなことは何でもないわとココは胸《むね》を張って、気持ちのよい石《いし》畳《だたみ》の道を歩いていきました。緑や赤の鎧戸《よろいど》をおし開いた両側の家いえの窓辺《まどべ》には、目のさめるような赤いゼラニウムや、やさしい色の桜草の鉢《はち》がならべられ、八百屋《やおや》の店先からは、色とりどりの果《くだ》物《もの》があふれでていました。

（見えないところで大変なことがおこっていたって、街はいつもと同じなんだわ）

そんなことを思いはしたものの、街の通りは、やっぱりココの目を楽しませてくれるのでした。

ベッキオ宮前の広場には、今日ももう、たくさんの人びとが集まっていました。馬車もならび、お客さんを待っていました。

（こんなにたくさんの人がいれば、たぶんへっちゃらだとは思うけど……）

と思いながら、それでも念のために、広場を横ぎったりせず端《はし》の方をぐるりと歩き、宮殿《きゅうでん》すれすれの真下をいくようにしました。万が一、カーポカイラが窓《まど》からのぞいていても見られずに通りすぎたいと思ったからでした。もちろん、その時にはもう、窓《まど》からのぞく者などいるはずはなかったのですが――。どきどきしながらその場をすぎると、あとは大急ぎでつつじ庭園の中に入りこみ、ウフィツィ美術館の玄関口《げんかんぐち》にたどりつきました。

そこでココは、いろんな国の人を見ました。顔つきもちがったけれど話している言葉もちがう大勢の人が、ぞろぞろと中に入ってゆくのを見ると、世界中の人がここの絵を見におとずれるといったモロの言葉が思いだされました。するとココは、自分の知っている秘密《ひみつ》の重大さをとても恐《おそ》ろしく感じたのでした。

ココは列の最後にいる太ったおばさんの後ろにならびました。ならんだとたん、ココの後ろにもまたすぐにのっぽのおじさんがならび、ココは緊《きん》

張《ちょう》しながら列の動くのといっしょに少しずつ前へすすんでいきました。

　切符《きっぷ》を買った人びとが列の前から横にそれていなくなり、とうとう太ったおばさんがココの前から消えて、ココは列の先頭に立ちました。が、切符売《きっぷう》りの窓口《まどぐち》はココの頭よりも高く、ココはぴょんぴょんと二回とびはねて、自分の顔をガラスのむこうにいるおねえさんにしめさなければなりませんでした。

「あなたくらいの子は切符《きっぷ》なしで入れるのよ」

とにっこりほほえんだおねえさんがいいました。そしてもう、ココの後ろにいたのっぽのおじさんが背《せ》をかがめてさしだすお札に、おつりと切符《きっぷ》をわたし始めたのでした。

「お話があるんです！」

　ココは横におしやられそうになりながらとびあがってさけびました。おねえさんがちょっとしかめた顔をすると、

「待っててね」と一言《ひとこと》いい、もう次の人のお金を受けとって切符《きっぷ》をわたしました。とびつかれたココは窓《まど》の下にはりついたまま、

（待っててねっていったって、まだこんなにいるのよ……）

と次つぎとおしよせる人の列を見て暗い気持ちにおそわれました。すると、入口はあちらですよ、などといいながらそう忙《いそが》しくもなさそうに案内をしている二人のおじさんのうちの一人、はげ頭の人と目があいました。（あの人にたのもう！）そう思うとココは窓口《まどぐち》の下をぬけて、おじさんの方

へ走りよりました。

「チャーオ、そこから入るんだよ。お父さんかお母さんは?」

おじさんは大袈裟《おおげさ》に目をくりくりさせながら、ココに話しかけました。ココはきっぱり首をふり、

「館長さんにお話があるので、会わせてもらいたいんです」

とたのみました。

「ほおーっ」とおじさんは口をつきだし太ったおなかをつきだしてそりかえりました。

「館長さんに、また何のご用かな、おじょうちゃん」

ココは目の前につきだされたスイカのようなおなかを、ついドンとたたきそうになってしまうのをおさえて、

「とてもとてもだいじな話なんです。どうしても会ってお話しなければいけないんです。大変なことなんです」

とうったえました。おじさんは、ふーむとうなって腕《うで》を組み、もう一人のおじさんに首をふってみせました。真っ白い頭のそのおじさんもココにわらいかけると、

「秘書室《ひしょしつ》につれてってあげたらいいんじゃないかね」

とはげのおじさんにいいました。

太ったはげのおじさんについて、ココはたくさんの人といっしょに四角くて暗い箱にのりこみました。するとそれはガタンと音がし、ココは突然《とつぜん》、首から上をすうっと持っていかれそうな変な気

持ちにおそわれました。そしてやがて今度は、ドスンと下に腰《こし》を引っぱられる感じがしたと思うと、開かれたドアのむこうは別のところでした。

（何なのかしら、あれ）

とそこを出たココは、後ろをふりかえりふりかえり前にすすみました。

「さあておじょうちゃん、ここだよ」

という声にはっとあたりを見ると、そこは以前、ココがベッキオ宮からわたり廊下《ろうか》を通ってしのびこんできた時に、最初に出た広間なのでした。左にはその白いわたり廊下《ろうか》がのびていました。それからおじさんは、広間についた扉《とびら》のひとつをノックしました。

ココは、びっしり本がつまった頑丈《がんじょう》そうな本棚《ほんだな》のあるその部屋の中で、大きな木の机《つくえ》のむこうにいる、めがねをかけた女の人とむきあって、いすにこしかけていました。

「ご用件は何ですか」

と女の人がきりきりとした早口でたずねました。ココは、子供《こども》に話しかけるような話し方をされなかったことで、誇《ほこ》らしい気持ちがしたと同時に、ちょっとこわくなりました。

「館長さん」

とココが思いきって話しかけると、

「私《わたし》は館長じゃありません」

と女の人がすばやくさえぎり、ココをおどろかせました。が、続けて女の人は、

「けれど何の紹介状《しょうかいじょう》もなしに館長に会うのは不可能です。とにかくご用件を話してください」

と、きびきびいうのでした。

（こわい人だな……）

とココは胸《むね》がもやもやしましたが、しかたなくその女の人にむかって考えていたとおり、手短《てみじか》に用件をきりだしたのでした。

「ガンサク？」

ココが話を始めてすぐに、女の人がめがねの縁《ふち》をつかみながらまゆをひそめました。それからきっとした表情をとりもどすと、

「どの絵がいつ、すりかえられたというのです？　またなぜあなたがそのことを知っているのですか？」

と、身をそりかえしていすの肘《ひじ》に両手をのせました。その格好を見て、ココは話し通す自信がなくなってきました。ウエムからモロにきた手紙のことや、自分がベッキオ宮で板を担《かつ》いだ六匹《びき》のネコを見たことや、マルコーニさんの家の地下室らしいところで次の絵が今せっせと描《か》かれていることなどをその人にきちんと話せるだろうか……そう思うとココは心配で、ちくちくする胸《むね》の星をむやみにさわり続けました。女の人は何もいわずに、いすの肘《ひじ》を中指でトントントンとたたきました。

ココはうつむきながら、

「でも……ほんとうなんです」と力なくいいました。

「前は、マリア様が描《か》かれてる絵がとりかえられたんです」

「マーリアさまが、描《か》かれてる！」

と女の人が鼻を鳴らしながらいいすてました。

「今度は、」とココは少し声を高めました。

「『サン・ロマーノの戦い』がとりかえられちゃうんです。あたし描《か》いてるとこ見たんです。もう、ほとんどできてました。二十日の夜にとりかえるっていってるんです」

ココはもうすがるように女の人のめがねの奥《おく》を見つめていました。この今のココの言葉に、女の人は身をのりだしました。青ざめていました。

「ほんとなの、それ！」

と女の人は、低い、でもあわてたような早口の声でココの方に顔を近づけました。ココは大きく、こっくりとうなずきました。女の人がすっかりとり乱《みだ》したのがわかりました。肩《かた》で大きく息をしたかと思うと、めがねをむしるようにはずし、きれいにひっつめている髪《かみ》の中に指を入れてくしゃくしゃとかきむしりました。

（ああ、やっぱりすごく大変なことなんだ）

ココは今、自分も女の人と同じようにはらはらしてくるのを感じました。女の人が親指の爪《つめ》をかじりながら、おびえたような目をキラリとココにむけてたずねました。

「それ描《か》いてる人、知ってんの？」

ココはまたうなずきました。女の人ははずしためがねをまたかけ、灰色《はいいろ》のスーツの襟《えり》をなおすと、片手《かたて》で髪《かみ》をなでつけながら受話器をはずし、耳と肩《かた》の間にはさみました。ココは唾《つば》をのみこみながらじっと見守っていました。ピ、ポ、パ、ピ、とボタンをおすと、ツーというよび鈴《りん》の音が受話器ごしにココにも聞こえました。相手はなかなか出ませんでした。待つ間に女の人は、キラリと横目でココを見て、

「それ、どんな人？」

と小声でたずねました。

「人っていうより……、ネコなのよ」

とココも小声で答えました。女の人の目がどこまでも大きくなったのをココは見ました。その時ガチャッと音がして、「もしもし」という返事が電話ごしに聞こえました。女の人はたいそうあわてて、

「も、もうし訳《わけ》ありません、あの、何でもありませんでしたの」

というと、指先で電話器のボタンをぷつんとおしました。そして受話器を胸《むな》もとにおしあてて、大きな息をゆっくりはくといいました。それは、どなりたいのをがまんしている時の大人にありがちの、なげやりでいていやらしく丁寧《ていねい》な話し方でした。

「ネコってのが、あれでなかなかやり手らしいのはみとめましょう。でもね、彼《かれ》らはね、領分ってものを、ちゃんとわきまえてるの。わかる?」

それから女の人は、おしあてたままにしていた指を電話器からはなすと、ピ、ポ、パ、ピと番号ボタンをおし、思いきりいすの背《せ》にもたれかかりました。その時にはもう、無理に気持ちをおさえるのなんか、やめてしまったみたいでした。女の人は相手が出るのを待ちながら、

「第一、そんなことがやれるもんですか、ネコなんかに!」

と、はきだすようにいったのです。そしてまもなく、受話器にむかっていいました。

「ああもしもし、こちら秘書室《ひしょしつ》。はげた方《ほう》の案内係の方《かた》にすぐくるようにいってください」

ココは、何もかもだめだったことを知ったのです。

13 ネコの会議

「工房《こうぼう》・まさか用」と小さく頭に貼《は》り紙《がみ》がされた合鍵《あいかぎ》を鍵束《かぎたば》からえりだしたイラが、鐘楼《しょうろう》の下の扉《とびら》を外からあけ、三匹《びき》はつらなって暗い廊下《ろうか》を走りました。

はげしいノックと「カーポや、わしはカーポや！」というさけびに、ネコたちがどやどやかけてくる音がドアのむこうでしました。やっと中から扉《とびら》があけられると、カーポは目の前に立って口をもぐもぐさせているネコを見るなり、

「おまえ、外に出て張っとれ！」

と部屋を出ていくように命令しました。

「あやしい人間、およびあやしいネズミがもしきたら、かまわんから徹底的《てっていてき》にひっかくんやで。それからそこのタゴとヤド！」と、パンを手に持ったままならんでいる二匹《ひき》のトラネコを指さし、「おまえらはな、非常道《ひじょうみち》通って表にまわって、マルコーニさんちの玄関《げんかん》を張れ。水色の服を着た女の子があらわれたら、絶対におよび鈴《りん》をおさせるな。隣《となり》んちもマルコーニさんの続きだから、ぬかりなく張るんやで。そしてな、そのあとは追っかけてってひっとらえるんや、わかったか」

と、きびきび命令しました。

カーポはのしのし工房《こうぼう》の中へ入ってゆくと、パンパンと手をたたいて、

「残りのもんは、皆《みんな》集まれいっ！」

とさけびました。

集まったネコは、テツをはじめとして七匹《ひき》でした。カーポは、ここにくる時にいつもすわっているいちばん大きないすに陣《じん》どり、残りの者たちは脚立《きゃたつ》にのったり空《から》のバケツをさかさにしてのったり、机《つくえ》のあいているところにすわったりしました。その後ろには、まだところどころ白い部分が見えている描《か》きかけの「サン・ロマーノの戦い」が、貼《は》りあわされたその絵の写真とならんで、立てかけてありました。ちゃんとした窓《まど》のないこの部屋は、いつでも電気をともしていなければならずまるで夜のようでしたが、何日もここに寝《ね》とまりしているネコたちのせいで、石壁《いしかべ》におおわれたこの部屋も、そう冷たい感じはしませんでした。けれど今、そんな中に点てんと腰《こし》かけているネコたちは、だれもみな、ぴんと張りつめた凍《こお》るような顔をしていました。

「大変なことになったんや」

カーポが重苦しく口を開きました。

「やっぱり、スパイだったんすか」

カーポのむかい側にすわって腕《うで》組《ぐ》みをしていたテツが、ひやりとした低い声でいいました。

カーポとイラがだまったまま何度かうなずいてみせました。いっしょに暮《く》らしていたココをスパイだったと決めつけるのは、二匹《ひき》にとって苦にがしい思いがしました。でもそれはしかたのないこ

とでした。

「とにかくや」

とカーポは丸い頭をきりっともたげました。

「ひょうが降《ふ》ろうと槍《やり》が降《ふ》ろうと、何が何でも、今度の仕事は成功させねばならんのや。そこでや」

カーポは言葉をきると細い目を光らせ、一同をぐるーりと見わたしました。

「わしらの力をどっちにかたむけるかや。今んとここは、ネズミと組んどるらしいんや。したがってや、人間をまきこまんうちにきゃつらを徹底的《てっていてき》にたたきつぶすことに全力を注いで一旦《いったん》絵を中止するちゅうのが一案。もう一案はその逆に、きゃつらが行動に出るより先に全力で絵をしあげて、仕事の日を早めちまうちゅうやり方や」

「たとえば、いつに」

とテツがギラリとした目だけをカーポにむけてたずねました。皆《みんな》、カーポの顔をくい入るように見つめました。カーポはピンと張ったヒゲをぴちんとはじくと、

「明日《あす》の晩《ばん》に」

とゆっくり答えました。そのとたん、部屋の中にうねるようなどよめきがおこりました。二十日の夜に絵をすりかえるつもりで、皆《みんな》は十九日の夜までにしあげるのをめどにしていました。今度の絵は本物の絵と同様に、テンペラという顔料《がんりょう》で描《か》いていたのでかわきも早く、搬入《はんにゅう》までに一日おけば

よいだろうというのが親方のテツが立てた日程でした。

「明日《あす》の晩《ばん》、ということは」

とテツが身動きもせずに冷ややかにいいました。

「今日中にしあげる、ということになるんすね」

制作にあたっていたネコたちは、まだ描《か》きかけの「サン・ロマーノの戦い」の方にそのひきつらせた顔を思わずむけました。

仕事というものはどんなものにせよ、おうおうにしてしめきり間近《まぢか》に集中しておこなわれがちなものです。ですから、ネコたちにとっては今日をふくめた三日間というのが気をぬけない正念場《しょうねんば》だったのです。全力をあげて三日でするはずだった仕事を、いったいどうやって一日でこなすことなどできるでしょう。画工《がこう》のネコたちは、おどろきと絶望の表情をたがいに示しあいました。

「たかが二日ちぢめるっちゅうことでしょうが」

とイラがひとり言のようなつぶやきをはきすてました。と、だれよりも先に、

「えい、だまれイラ!」

とカーポがいらだったような声をあげ、イラははっと口をおさえました。それからカーポはでっぷりしたおなかの上で腕《うで》を組みなおし、目をとじました。

「むずかしい相談なのは重々承知《じゅうじゅうしょうち》や。不可能なら、いっそわしがさっきあげたはじめの方の案でいくことになるが、それにしても絵を描《か》く日は一日へらされるわけや……」

「客に連絡《れんらく》して……」

一匹《ぴき》のネコがおずおずと口を出したので、皆《みんな》いっせいにそっちをふりむきました。

「受けわたしの日をちょっとおくらしてもらうわけにはいかないんでしょうか……」

それにカーポが何と答えるかを見ようと皆《みんな》が前にむきなおると、そこには丸い顔をはげしくふり続けているカーポがいました。

「あかんあかん、あかん！」

とカーポはまだ顔をふりながらさけびました。

「今度の仕事は重要中の重要マークなんや。受けわたしたあと、飛行機で国外に出ることまで決まっとる。どの飛行機に積むかももう決まっとるっちゅうことや。早く受けわたすことはできても、五分とおくれることはできんようになっとるんや！」

カーポはカッと目をあけました。

「とにかく、こういってる間にも、きゃつらが何をしでかしてるかわからんのだ。いいか、何もせんちゅうわけにだけはいかんで！」

カーポはいすの背《せ》にごろんともたれると少しのあいだ目をとじました。すると、ココがメガフォンを手に、「贋作《がんさく》を描《か》いてすりかえてる！」といいふらしながら歩くところがまぶたに浮《う》かんで、恐《おそ》ろしさのあまりぶるぶるとふるえました。

カーポは目をあけると一瞬《いっしゅん》おちつきをなくし、丸くもりあがった口もとをひくひく動かすと、

「おまえが悪いんや、おまえが！」

とそばにうずくまったヤスの背中《せなか》を蹴《け》っとばそうとして足をのばしました。が、すぐにひっこめてぷんと鼻を鳴らしました。ここで内輪もめなどして事態をいっそう悪い方にむけることほどまずいやり方はないことを、カーポはよく心得《こころえ》ていました。

「明日《あす》の晩《ばん》が不可能ということはないす」

おしだまって考えていたテツが突然《とつぜん》口をきったのです。だれもがはっとした表情でテツを見ました。

「ただし、ノグに応援《おうえん》をたのんでくれますか」

カーポはごくりと唾《つば》をのむと、

「もちろんやとも、綱《つな》つけてでもつれてこさせるわ」

と身をのりだして答えました。ノグとよばれたのは、テツとならぶ親方のネコで、つい数日前までこの工房《こうぼう》の中で別の贋作《がんさく》の指揮《しき》をとっていた、めがねをかけたうす茶色の小柄《こがら》なネコのことでした。テツを頭《かしら》とするグループとノグを頭《かしら》とするグループが交代に別べつの仕事を担当《たんとう》するというのが、カーポの考えた基本的なやり方でしたが、「サン・ロマーノの戦い」があまりの大作なので、この二カ月間ずっとその仕事についていたテツたちのかたわらで、ノグたちもまた同時に別の絵を描《か》いていたのでした。

その後、親方のノグは次の仕事までの休暇《きゅうか》をとっていましたが、ノグの弟子《でし》の何匹《びき》かはテツのグループにまわされて続けて仕事をしていたのです。

「そうだ、ノグさんがきてくれれば何とかやれる！」

ネコたちは初めて希望に満ちた顔を見せました。

こうして、危機《きき》に立たされたネコたちの方針《ほうしん》が決まりました。モーターボートやマルコーニさんの家の見張りに出されていた三匹《びき》のネコは制作にかかせないメンバーだったので、絵を描《か》けないカーポ自身とイラとがかわって見張りに立つことになりました。休暇中《きゅうかちゅう》のノグをよびにノグの別荘《べっそう》までひと走りするのはヤスの仕事になりました。

「さあ、そうと決まったら徹底的《てっていてき》にやってくれい！　給料ははずむぞ。失敗さえしなけりゃ今までにない大金がころがりこむんや、悪いようにはせんぞ！」

カーポの言葉にはげまされて、ネコたちはいっせいに立ちあがり、鉢巻《はちま》きをまいてさっそく仕事にとりかかるしたくを始めました。

このような危険《きけん》な状況《じょうきょう》に追いこまれたことの一度もなかったネコたちは、かえって強く団結し、身をひきしめ目を輝《かがや》かせていました。カーポやテツのくだす命令にしたがい、ただあたえられた仕事として絵を描《か》き、給料は給料としておとなしく受けとっていただけのネコたちは、今にわかに自分の仕事というものに目ざめたのでした。

長いことたずさわっていた仕事がどこかのだれかにじゃまされてなき物にされることなど、絶対にあってはならない、どんなことがあってもやりとおし、そしてその報酬《ほうしゅう》としてのお金をしっかり自分の手でつかむのだと、ネコたちのだれもが強く心に誓《ちか》ったのでした。

ノグをよびにいこうとして壁《かべ》にあいたネズミの穴《あな》からとびだそうとしていたヤスの尻尾《しっぽ》を、テツがぐいとふみつけました。

「おまえ……」

とテツがあたりをはばかる低い声でいいました。ヤスはぴたりと動きをとめたまま、ふりむこうとはしませんでした。

「きのう、あのがきをかばったってのは、どういうつもりなんだ。おまえってやつがおれにはわからねえよ……。明日《あした》の晩《ばん》はちゃんと運転するつもりなんだろうな」

「しますよ、絶対」

とヤスは前をむいたまま単調な声でいいました。そして、

「尻尾《しっぽ》から足をどけてくれませんか」

と同じ調子で続けました。テツがフンといいながら、一度強くふみつけて足をはなした時も、ヤスは悲鳴ひとつあげませんでした。そしてするりと部屋を出ていきました。

14 ウエムの登場

その夜のこと、モロとマツそしてココの三人は、たがいに重苦しい顔を見せながら、モロの部屋でむかいあっていました。

朝、はりきってモーターボートをこわしにかけつけたモロとマツは、マツの漕《こ》ぐ赤い舟《ふね》の中から、鋭《するど》い視線《しせん》をあたりになげる見張り番のネコを見たのでした。

「くそっ、出おくれた！」

とマツは歯ぎしりしました。

「あまりそっちを見るなよ」

とモロがささやくようにマツをたしなめ、いぶかしそうに二匹《ひき》をにらむ川岸のネコを尻目《しりめ》に鼻歌など歌って、いかにもちょっとした朝のひと漕《こ》ぎをしているというふりをして通りすぎたのでした。

「ゆっくりひと漕《こ》ぎして、帰りに賭《か》けるしかないね」

とモロがいい、赤い舟《ふね》にのったままうろうろするわけにはいかない二匹《ひき》はアルノー川をしばらく漕《こ》ぎすすみ、またいかにものんびりともどってきたのです。が、その時には、めがねをかけた背《せ》の高そうな別のネコが、何かに腰《こし》かけてぼうっとほお杖《づえ》をつき、前を見ているのでした。うまくかくしてあるモーターボートの上にすわっているのが二匹《ひき》にはわかりました。その時モロの頭を、あのネコどこかで見たことある……という思いがかすめました。けれど思いだすことはできませんでした。

「あいつならうまくまけそうじゃないですか」

とマツがいいましたが、モロは賛成《さんせい》できませんでした。

　こうしてモーターボートこわしは二日にわたり失敗に終わっていたのでした。けれどその後も二匹《ひき》は何もしなかったわけではありませんでした。運転手としてネコたちが絶対必要としているヤスをつかまえてしまえばモーターボートをこわすのと同じ意味があると考えて、ヤスのいきそうなところを、次から次と走りまわったのです。

　ぶどうの木通り八番地の屋根裏《やねうら》はもちろん、川沿《かわぞ》いの道やら酒屋の裏《うら》やら……けれど、休暇《きゅうか》を利用して郊外《こうがい》にひきこもったノグをよびに、ヤスがこの街を出たことなど二匹《ひき》は知るよしもないのでした。

「もう少ししたら、あいつの家にもう一回いってみるつもりだけど」

とモロが立ってミルクをわかしながらいいました。

「あいつ、真夜中は案外、いるみたいなんだ」

ココは真夜中のぶどうの木通り八番地のことを思いだして目をふせました。

ココもまた、今日の実りのない行動を報告し終えたところでした。美術館の秘書室《ひしょしつ》にまで入り、話までしていながら信じてもらえなかったという顚末《てんまつ》は、こんなにも真剣《しんけん》に贋作事件《がんさくじけん》にとり組んでいる二匹《ひき》をがっかりさせました。マツは、「ふざけやがって、人間のやつ！」と三人のかこんだ小さなテーブルを拳《こぶし》でたたきました。その時ココは、「でもあたし、ちゃんとした人間も知ってるのよ、だからね」とマツの言葉をさえぎって、報告を続けたのでした。

がっくり肩《かた》をおとして美術館を出たココがはたと思いついたのは、ふたごの青年ヒロヤとカズヤのことでした。この青年たちのことを聞くのは、モロもマツも初めてだったので、強い味方を得たようなたのもしい気持ちになって二匹《ひき》は思わず身をのりだしたのです。けれど「聖《せい》ヤコポ通りにちょっと入ったところで、まん丸いカーポの頭が見えたの。一歩も歩けなかったわ、ずっと……」というココの言葉で、二匹《ひき》はどうっとソファーに背《せ》をうずめたのでした。

「でも、あきらめるのは早いよね」

モロは熱いカップを二人にわたしながら明るくいいました。

「そんなふたごの青年がいるならさ、たとえば通りがかりの人にたのんでよんできてもらう方法だってあるんだから、明日もがんばってよ、ココ」

ココは口に持っていきかけたカップをそのまますぐにおろして、

「そうなんだわ、その手があった。あたしどうしてそうしなかったんだろう！」

と泣きだしそうな顔でさけびました。

その時でした。すぐ後ろでノックの音がしたのです。同時に、

「モロいるかあ、入るぞお！」
という威勢《いせい》のいい声が響《ひび》きました。とうとうウエムがやってきたのでした。

ウエムは大きな寝袋《ねぶくろ》を背中《せなか》にしょい、革《かわ》カバンをさげた、大きなこげ茶色のネズミでした。めがねの奥《おく》では銀杏《ぎんなん》のような目が輝《かがや》き、口をむすんだままわらうと、ぎらぎらするほどの元気がいき場をなくして、はちきれそうな顔になるのでした。

ウエムは、ココとマツに大きな声で親しみのこもった初対面《しょたいめん》のあいさつをすると、すぐさま荷物をおいて、
「げんきっ!?　その後どお？　おい、何か食う物あるか」
とモロに声をかけました。そして返事も待たずののしのし歩いて戸棚《とだな》を開《あ》け閉《た》てしたと思うと、あっという間に何か食料を見つけて、鼻歌まじりにも

う料理をし始めているのでした。

ココとマツは呆気《あっけ》にとられて顔を見あわせ、それから二人そろってモロの方をむくと、どうしたことか、モロは目をとじ、うっすらほほえみを浮《う》かべてソファーの中にふかぶかと身をうずめているのです。すると何だかココとマツの顔にも、自然とほほえみが浮《う》かんできたのでした。

モロはあまりにもほっとして、しばし力がぬけてしまっていたのでした。それでもやっと目をあけると、モロは口をきりました。

「ウエム、悪いけど料理ちょっとやめて話を聞いてくれる？」

するとウエムは、

「ほいっ、いっちょあがり！」

と湯気《ゆげ》のたった大皿を手に、三人のところへきてどんとテーブルにおくと同時に自分もソファーに腰《こし》をおろし、「はい、何の話!?」と元気いっぱいに返事をしたので、ココとマツは、そしてモロさえ度肝《どぎも》をぬかれる思いがしました。部屋がぐんとせまくなったようにも思いました。

もうモロは、ぼうっとなどしていませんでした。きりりとしまった表情で腕《うで》を組み、手短《てみじか》に、でも正確に、贋作事件《がんさくじけん》のことを話していきました。

「贋作《がんさく》」という言葉が出た時から、ウエムの表情はがらりと変わっていました。よほど空腹《くうふく》だったとみえて、食べる手を休めることはしなかったけれど、時おり耳をぴくつかせ、全身を緊張《きんちょう》させて一言《ひとこと》ももらすまいとしてモロの話に耳をかたむけているのがわかりました。あまり何もいわないので、話しているモロがちょっとウエムの顔をうかがわずにいられない時もありました。そういう時ウエムは、短く、「それで」ときびしい声で一言《ひとこと》いって話をうながすのでした。

事の初めから今日の出来事までをすっかり、ようやく話し終えたのは、大皿にもってあった、おそらく四人分のはずだったオムレツをウエムがひとりで全部たいらげたのときっかり同時でした。

ウエムは最後に口をぬぐうと、急に立ちあがりました。そして、

「よくやった、君たち、よくやった！」

と沈黙《ちんもく》をやぶってさけぶと、モロとマツの肩《かた》に順にパシリと手をおいてゆさぶりました。ココはひざをはたかれました。三人は不意をつかれておどろきましたが、マツはてれくさそうにちょっちょっと頭をかいたりしました。

ウエムはまたどさりとソファーに腰《こし》かけ、反動で隣《となり》にいたモロがぴょんとはねあがったと思う間もなく、再びいきおいよく立ちあがり、ここの家主《やぬし》かと見まごうなれなれしさで流しの下の戸棚《とだな》をあけ、お酒のびんを出すとコップについでもどってきました。

「ま、君たちは、お酒はやめといた方がいいでしょう！」

と三人に明るく声をかけ、ヒャッヒャッヒャッとわらったウエムは、琥珀色《こはくいろ》のお酒をくいっとのむとたちまち顔を引きしめて、ちょっと目をふせました。そしてウエムは、一言一言丁寧《ひとことひとことていねい》に話し始めたのです。

「今こんなことといってる場合じゃないかもしれないけどお、君たちがこの仕事にのりだした以上、

おさえてもらいたいことはあ、なぜ本物の絵じゃなきゃならないのかってこと。まったく同じに描《か》くということは、ぼくは不可能だと信じてるけど、仮に本物そっくりの絵だとしても本物でなきゃいけないわけはあ、絵って何なのかってこととかかわってくるわけ。画家が、どうしてもその絵を描《か》きたい、描《か》かなきゃいけない、という強い思いにつき動かされて、真っ白いところに一筆一筆《ひとふでひとふで》描《か》くっていう、それがだいじなわけ。その思いが本物の絵の命であり、すべてなわけ。見る人っては、その一筆一筆《ひとふでひとふで》、その息づかい、その命を見るわけ。贋物《にせもの》を描《か》くって行為《こうい》には、そもそもそれが最初っからないわけね。だから同じにはなりっこないんだけど、ちょっと見に同じようにつくるくらいはできたとしても、そこにはもう、本物の画家が吹《ふ》きこんだ思いも、願いも、もう何もない。だから贋物《にせもの》じゃだめなんだ。……わかってくれた？」

そしてウエムはちらちらっと三人を見まわすと急にひとりでヒャッヒャッとわらって、またごくりとお酒をのみました。「ただし」とウエムはまた真剣な顔でつけくわえました。

「ごくごくまれに、贋作《がんさく》の画家が、本物の画家になった気持ちで一筆一筆《ひとふでひとふで》同じように描《か》いてしまう場合もある。その時は贋作《がんさく》といえどもすごい作品が描《か》かれちゃうんだよね……。ま、まずないけどね」

そしてまたウエムはめがねの奥《おく》で銀杏《ぎんなん》のような目を輝《かがや》かせ、三人にわらってみせました。

三人は、ウエムのギラギラとはちきれてしまいそうな元気と、今語られた話とにすっかり気《け》おされて、何ともいえずにぼうっとしてウエムを見ているばかりでした。

本物の絵を盗《ぬす》んで売って贋作《がんさく》とすりかえておくことなど、とにかくとんでもなく悪いことだから許しておけないという気持ちで働いてきた三人に、ウエムは、盗《ぬす》むとかすりかえるとか売るとかお金を儲《もう》けるとかいう悪さとは、ちょっとちがう本物でなければならない絵の話を、突然《とつぜん》ぶつけたのでした。ココは、口がひとりでにぽかんとあいているのも気づかずに、錆《さ》びついてしまっていたかすかな思い出が頭の中でゆらゆらゆれ始めたのを感じていました。

（……あたしと同じ形、同じ顔に生まれたはだかんぼの人形が、ごちゃごちゃしたどこかのお店の中に、あたしとならんですわっていた時だわ……あたしたちを指さして、「どれでも同じよ」っていった女の子のお母さんがいたっけ……。あたしは思ったのよ、もしあたしがほしいなら、それは隣《となり》の子じゃなくて、あたしをつれてかなくちゃいけないって。だって、とてもにていたとしたって、隣《となり》の子はあたしじゃないもの、全然ちがうんだもの……。あたしは、あたしだもの……）

水たまりにうつった空の雲よりもとりとめのない思い出が、もうとろとろとココの頭から消えかけ、ココはいつもより灰色《はいいろ》がかって見える瞳《ひとみ》でネズミたちを見まわしました。

マツはひざの上に両肘《りょうひじ》を立ててほお杖《づえ》をつき、くるんとした目をおとなしげにテーブルの上におとしていました。でもその目は燃えているように見えました。ウエムの語ったことは、自分でもなぜかよくわからないけど絵がすきで、絵のことを勉強したいといつも思っていたマツの心を、ぐいと引っぱったにちがいありませんでした。

モロはといえば、また腕組《うでぐ》みをし、目をとじていましたが、その顔には満足そうなほほえみが浮《う》かんでいました。絵のことをずっと勉強してきたモロにとって、ウエムの話は、はっとするほど耳新しいものではありませんでした。でも、何をいうより先に、そういう話を力強く口にするところが、やっぱりモロが待っていたウエムだと、モロはたのもしく感じていたのでした。モロにとってウエムは、たよりになるたいせつな先輩《せんぱい》だったのです。

「ちょっとちょっと、君たち！」

とウエムが張りのある声でよびかけました。三人がぷるんっと首をふってウエムを見ると、ウエムは、「ぼーおっとしてる場合じゃないでしょおっ！」と三人にむかってまずいい、次に、「さーけのんでる場合じゃないだろうが、ウエム！」と自分にいいつけて、パッと立ちあがったのでした。

「おい、君たち、いくぞ！　まずはその、ヤスっちゅうふてえがきを引っとらえてくれるわい！」

その言葉にココは、胸にずんと釘《くぎ》をうちこまれる気持ちがし、息をのみました。けれどもそれに目をつぶらなければならない時だということは、ココにもよくわかっていました。

「ほいじゃ女の子！」

とウエムはふりむいて、ココににっとしたわらい顔をしめしました。

「君はその隅《すみ》の机《つくえ》について、十枚《まい》でも二十枚《まい》でも三十枚《まい》でも、あるだけの紙にこう書いててほしいんだ。『ウフィツィ美術館の、何枚《まい》かの絵が、贋物《にせもの》とすりかえられています。よく調べてみてください』とね。オレが明日、しかるべきところの郵便《ゆうびん》受けに入れてくる。いいか、なるべく大人みたいな字で書くんだぞ。人間どもってのは、ネズミだの子供《こども》だのをなめてかかってるからな。ふんとに腹《はら》の立つ！」

「知ってる。ネコのこともなめてるみたいよ」

ココは、ウフィツィ美術館の秘書《ひしょ》の女の人のことを思いだしながらいいました。ウエムは首をつきだしてうなずいた後で、

「人間は自業自得《じごうじとく》だね！」

となげつけるようにつけたしました。

「が、それとこれとは話が別。さっ、モロに、マツってった、あんた、いくぞ！」

そして三匹《びき》は部屋の中に張られた洗濯紐《せんたくひも》をはずすと、縄《なわ》のかわりにと威勢《いせい》よく手にして部屋を出ていったのです。

そしてココは胸《むね》のもやもやを、ふきとばそうと、ウエムのコップにほんの少し残っていた琥珀色《こはくいろ》のお酒を、思いきってのみくだしました。

15　囚《とら》われのヤス

郊外《こうがい》の別荘《べっそう》にようやくたどり着いたヤスが、草むしりをしていたノグを見つけて事情を説明し、また街にもどってきたころには日はもうとっぷり暮《く》れていました。

古い家いえのならぶ街並《まちなみ》を出、オリーブが青緑の葉裏《はうら》を鈍《にぶ》く光らせる畑をぬけ、やがて長い灰色《はいいろ》の自動車道路の脇《わき》を走り、時には道をまちがえてやりなおしながらも、休みなく走りとおしたヤスは、「わかった、すぐいく」と答えたノグの後ろ姿《うしろすがた》を見送ってしまった後は、マロニエの木の下にひっくりかえると、めんどうなことは何も考えずに、ただもう深い眠《ねむ》りにおちたのでした。

それというのも、ゆうべは、ココが工房《こうぼう》をおとずれたことを何とかカーポに知らすまいとして結局《けっきょく》むだに終わってしまった山ほどのうそを考えだすのに眠《ねむ》れなかったし、今朝は今朝で、おどろくことはおこる、カーポにはしぼられる、そして走らされるというとんでもない目の連続で、さすがのヤスもほとほとくたびれていたからでした。

そしてやがて深い眠《ねむ》りからさめたヤスは、「ちぇっ、ついてねえなあ」と舌うちをしながら、日暮《ひぐ》れの道をぶらりぶらりとずいぶん長いこと歩いて、真《ま》っ暗闇《くらやみ》のぶどうの木通り八番地の屋根裏部《やねうらべ》屋《や》に帰りました。

「ちきしょう、ネコのやつ。おれがいなけりゃ仕事にならねえくせに、いいようにいばりやがって」

ヤスは暗闇《くらやみ》の中で、古いゆりいすにふんぞりかえって、そこらへんに脱《ぬ》いだ服やごみといっしょにころがっているはずの酒《さか》びんを手でさぐると、びんごとぐいとあおって、はきすてるようにつぶやきました。けれど、そうしているうちに何としても腹《はら》が立ってしかたないのはココに思えてくるのでした。あんなに何も知らないようなふりをしていながら、かげでスパイのまねをしていたというのが癪《しゃく》にさわってしかたないのでした。最初にココをだましたのがいくら自分の方だとしても、その後で今度はココが自分をだましたのだし、それればかりか、絶対秘密《ひみつ》の贋作仕事《がんさくしごと》を滅茶苦茶《めちゃくちゃ》にするようなとんでもないことをしてくれたのですから。

ヤスはこめかみをひくひくさせながら、「くそお……」と声をもらしました。けれど同時に、なぜあのココが贋作《がんさく》の秘密《ひみつ》をかぎつけたのか、ヤスには不思議でたまりませんでした。ベッキオ宮《きゅう》につれていったのはこの自分なのですから、前からかぎつけていたとは思えなかったし、たとえカーポとイラの会話を耳にしたり、絵を運び入れるのを見たりしたとしても、それですぐにあのココが贋作《がんさく》のことを考えつくとも思えませんでした。

(そういえばあいつ、ネズミと組んでたんだ……)

いいようのない苦さとともに、ヤスは思いだしました。それにしても、いったいどこでほかのネズミと知りあったのか……、しかし、そこらのネズミが、そんなことにわざわざ興味を持って首をつっこむなど、まったく不思議としかいいようがない……。ひょっとしたら、贋作《がんさく》のことをかぎつけていたネズミが、ベッキオ宮でもうろついていてココと知りあったのじゃなかろうか……。

煙草《たばこ》をすい始めていたヤスの目が、かすかな光の中でキラッと光りました。

「絵に興味のあるネズミ……。しかも古代ネズミ暗号を知ってるネズミ……。となれば、かなり物知りのやつにちげえねえ。そして、悪いことをひどくきらい、臆病《おくびょう》でもないやつ……」

ヤスの頭の中に、知っているかぎりのさまざまのネズミの顔が浮《う》かびました。そしてとうとうモロの顔が。その時ヤスは、長くのびすぎていた煙草《たばこ》の灰《はい》が、音もなくぽとりと落ちたのにも気づきませんでした。

（モロだ。まちがいない。あいつだ）

友だちだったこともなければ、ろくに口をきいたこともなかったけれど、モロのことなら知っていました。考え深げでおとなしい、たしか絵を勉強していたはずのネズミ、しかもその顔を見れば、ちょっとのことではひるまない勇敢《ゆうかん》な性格にちがいないのは、ヤスにも見てとれました。

「でも、あいつは、ボロネーズ大学にいってたんじゃないか……だが待てよ、そうだ、今は休み中のはずだから街にもどってるのかもしれない」

ヤスは今、賭《か》けてもいい、モロと組んでいるにちがいないと確信したのでした。

それからヤスは煙草《たばこ》の火をもみ消すと、一度も電気をともさぬままに屋根裏部屋《やねうらべや》を出たのでした。梯子《はしご》をおりるところで、のぼってこようとする機嫌《きげん》のいいメスネズミに出会いましたが、「帰ってくれ」というなりメスネズミを乱暴《らんぼう》におしのけて、ヤスはかけおりていきました。

肩《かた》をそびやかした大ネズミのウエムが、モロとマツの細かい足どりなどにかまっていられないというふうに、先頭に立ってどしんどしんとてんまり広場一番地の建物を出た時でした。せまいせまいてんまり広場の中へ今入りこんできたばかりらしい一匹《ぴき》のネズミが、青白い街灯にてらされているせいか、妙《みょう》に銀色に光りながらウエムの目にうつりました。が、ウエムは気にもとめずに、どしんどしんとその横を通りすぎようとしました。するとそのネズミが、風のような身軽さでウエムの前に立ちはだかったと思うまもなく、

「ここらで見かけねえ顔だな」

というかわいた単調な声が、ウエムの耳に響《ひび》いたのです。道をふさがれて立ちどまると、ウエムはめがねの奥《おく》の鋭《するど》い目で銀色のネズミをぎらっとにらみました。ウエムを見ているとがった顔のふたつの切れ長の目には悪意が満ちていました。ウエムはその目をかっと見すえると、

「ちんぴらにかまってるひまはねーんだよ、どきな、にーちゃん！」

とどなりました。ネズミは一瞬《いっしゅん》、ぴくっと顔をひきつらせましたが、切れ長の目がらんらんと輝《かがや》いて大きくなると、

「ほお、ずいぶんとなれた口きくじゃねえか」

と、ウエムの方へ一歩にじりよったのでした。

その時、モロとマツは一足おくれて一番地の戸口を出ながら、今たしかに、あの一度聞いたら忘《わす》

れない枯《か》れわらのようなヤスの声がしたと思ったのです。ウエムのところまでかけてきてみて、二匹《ひき》は、今までウエムのからだの陰《かげ》になって見えなかったヤスを目《ま》のあたりにして身をすくめました。ヤスもまた、モロとそれにタクシーボートの運転手のマツとをそこにみとめてはっとからだをこわばらせました。

「ヤ、ヤスですよ、こいつ！」

とマツがほんの短い沈黙《ちんもく》の時をやぶって、どもりながらさけびました。ウエムが、「なに、こいつかあ！」とどなるのと、ヤスがパッと身をひるがえしてとびのくのと、モロが横っとびにとんでヤスのゆく手をさえぎったのは、まったく同時でした。

走ることにかけても、敏捷《びんしょう》なことにかけても、だれにもまけないはずのヤスも、三方をふさがれてしまっては、もう逃《に》げることはなりませんでした。

部屋の中で、ヤスをしっかりと小いすにしばりつけてしまったところで、ウエムはヒャッヒャッヒャッとわらうと、

「とんで火に入《い》る春ネズミっと！」

と高らかにさけびました。

ココは少し前、入口のあたりがさわがしくなったころから字を書く手を休めて、ももやする胸《むね》を手のひらでじっとおさえていましたが、大きな焦《こ》げ茶色《ちゃいろ》のウエムにがっちりとおさえられた銀色

むけたまま、ただもう字を書き続けていました。そうしながら、何だか涙《なみだ》が出てきそうでしかたがないのでした。

のネズミの姿《すがた》が戸口からあらわれるなり、もうそのあとは目をむけることなどとてもできずに背《せ》を

「さあてと、ランランラン！」

ウエムは上機嫌《じょうきげん》で歌いながら戸棚《とだな》の前にしゃがむと、琥珀色《こはくいろ》のお酒の入ったびんの首を持って立ちあがり、テーブルに置いてあったままのコップにぐびぐびとつぎました。そして、「やったね、モロ！　マツ！」とかけ声しながらひとりでコップを持ちあげました。マツは、

「やりましたね！　ヤスがここにいるかぎり、とりあえず絵は運べませんからね！」

と、明るくそれに答えましたが、モロは腕組《うでぐ》みをして壁《かべ》によりかかりながら一回だけウエムにうなずいてみせた後は、いすにしばられたヤスのとがった横顔にまたじっと目をむけていました。

近くで見ればヤスもまた、毛が銀色がかっているというだけのふつうのネズミでした。なのにどうしてこいつは、こんなやくざなネズミになったんだろう……。それにどうして、こんなになげやりな目をしているんだろう……。とモロは考えて、心が暗くなっていたのでした。

ヤスは、てんまり広場で三匹《びき》にとらえられてからというもの、ずっとおしだまったままでした。

「さあてと！」

とウエムがもう一度声をあげました。そしてヤスのいすの前までいくと、しゃがみこんでヤスの顔に自分の顔を近づけてのぞきました。ウエムの目はきらきら光り、その顔は引きしまっていました。

「ヤス」とウエムは低い声で口をきりました。ヤスのヒゲがぴくっと動きました。

「ネズミならネズミらしく、ろくでもねえネコどもに協力するのはやめにして、もうすっぱり手をきるんだ」

切れ長の目を流すようにしてあらぬ方を見ていたヤスの表情は、少しも変わりませんでした。

「とにかく結論《けつろん》からいうとお、おまえには、これからまる四日は、悪いけどこのいすにこうしてすわっててもらう。ということは、マツのいったように、お前は今回の仕事に協力できないということ」

そこでウエムはちょっと言葉をきって、

「ネコを裏ぎるわけだからあ、たぶんネコにはゆるしてもらえないだろうなあ！」

と、わざとらしく節をつけ、大声でつけたしました。ヤスのヒゲがもう一度ぴくっと動きました。

「そこで、こうなった以上、おまえがこのいすの上でするべきことはただひとつ。今までにした仕事について、知ってることをかくさず全部うち明けて、罪《つみ》ほろぼしのかわりにすることだ。そして四日たったら、ネコの手のとどかない遠いところまで逃《に》げるんだな」

それだけいうとウエムはよいしょと立ちあがって、いすの背《せ》にぴったりくっついたヤスの肩《かた》を、ぽんとたたきました。その時のヤスの胸《むね》の内がどんなだったかは、もちろんだれにもわかりませんでした。ネコたちがかんかんにおこるのに四日も待つ必要がないのを知ってるのはヤスだけでした。仕事は明日の晩《ばん》に変更になっていたのですから。

「それでなあ、ヤス！」

と、テーブルのところでお酒を一口のんだウエムが、ふりむきざまにいいました。

「こっちもいろいろとすることがつまってて、四日かけてちんたらとおまえの話を聞いてるよりはあ、もう最初にまとめて聞いちまいたいわけよ。いいか、よく聞け、ヤス。さっさと話してくれれば、これからの待遇《たいぐう》も悪いようにはしないつもりだけどお、そんなふうにだんまりを続けてるようなら、めしも出るかどうかわからんぞお」

マツがすうっとモロの隣《となり》まで身をすべらせると、

「何だか刑事《けいじ》みたいですね」

とモロの耳もとでささやきました。

「何かいった!?」

というウエムの張りのある声が響《ひび》きました。

その間、ココはヤスに背《せ》をむけたまま、おかっぱの間に顔をうずめ、ずっと字を書き続けていましたが、どうしても背中《せなか》の後ろが気にかかるのと、「なるべく大人みたいに書くんだぞ」というウエムの言葉をちらっと思いだすたびゴシゴシと消しゴムで消しては書きなおしていたのとで、しあがった枚数《まいすう》は、三十枚《まい》にも二十枚《まい》にも十枚《まい》にもたりませんでした。

「さてと！　今まで何回絵を運んだんだ、えっ！」

ウエムはさっそくヤスの横に立つと、質問を始めました。その声は、夜の静けさをもふるえあがらすように恐《おそ》ろしく響《ひび》き、ココが真っ先に耳をふさいだほどでした。「何かいえっ！　こらっ！」

ウエムの声がしてガタンといすをけりあげる音が続き、ココはいよいよ強く耳をふさぎました。

「ウエム、ちょっと待った方がいいよ」ずっとだまっていたモロが口をはさみました。

「いうつもりのないうちは、どんなことをしたっていわないだろうし、出まかせを聞いたところでしかたないんだから……」

ウエムはきらっと光る目をモロにむけると、にっとほほえんでから、

「そりゃそうだ！」

と明るく返事をしました。そして、「おいネズミ、頭冷やせよ！」といいながらもう一度いすをけりあげて、ウエムはヤスのそばをはなれたのでした。

16　どん底の夜

しんしんと夜がふけていく中でウエムは時どき琥珀色《こはくいろ》のお酒をコップにつぎたしながら、モロとマツを相手に積もる話をして聞かせていました。これまでの旅の間に観《み》たいろいろな展覧会《てんらんかい》の絵のこと、ウエムが最近かかわっている研究のこと、ウエムとモロの両方が知っているひとびとについて元気にしてるとか少ししょげてるとかいったこと……。それはどれも、久しぶりに会った気のあう友人に聞かせるようなふつうの話で、その間はまるで、贋作事件《がんさくじけん》なんかみんな忘《わす》れてしまったかのようでした。

けれどその実《じつ》、話しているウエムも聞いているモロもマツも、時どき顔を横にむけては、いすにしばりつけられて身動きしないヤスの方を、ちらりちらりとうかがっていました。

ヤスはせきひとつしないどころか息の音さえ立てずにじっとしていましたが、その目は一時《いっとき》もとじず、ただあらぬ方を見つめているのでした。

ウエムが友人にむかって楽しそうに話す話をヤスの耳もまた聞いていたにちがいありません。でもその胸《むね》のうちがどんなかは、張りついたお面のように変わらないヤスの表情から読みとることはできませんでした。

そうして夜はいっそう深まり、ウエムの言葉がとぎれがちになり、皆《みんな》のまぶたが次第《しだい》に重くなっていきました。その中でココだけは机《つくえ》についたきり、まるで機械仕掛《きかいじか》けの人形のようにつかれを知らずに、同じ動作をくりかえしているのでした。『ウフィツィ美術館の何枚《まい》かの絵が贋物《がんさく》とすりかえられています。よく調べてみてください。』一文字一文字を、力をこめて丁寧《ていねい》に書いたあとは、ビリッビリッと注意深く便箋《びんせん》をはがして机《つくえ》の右側に重ねていくのでした。その間ココもまた、一言《ひとこと》も口をききませんでした。ウエムの息がだんだん寝息《ねいき》に変わってしまったころでした。

「ココ、無理をしないで休んだ方がいいよ」

と、モロがあくびをかみ殺《ころ》しながらココの背中《せなか》に声をかけました。ココは、声を出さずにこくりとうなずきました。けれどもその手は休みをとるつもりなど少しもなさそうでした。

やがてソファーからは、三つの異《こと》なる寝息《ねいき》が輪唱《りんしょう》のように気持ちよく響《ひび》いてきました。けれどソファーの横におかれた小いすの方から新しい寝息《ねいき》がそれにくわわることはありませんでした。

ココは今、ほんとうにひとつの機械でした。頭の中はがらんどう、心の中もがらんどう、ただぜんまいがくるくるくるひとりでに動き、そうするように仕組まれたとおりに、手を動かしているかのようでした。そしてどれほど時が流れた時だったでしょう。

「ココ」

とよぶ声に、ココはぴたっと手をとめました。そのとたん、がらんどうだったからだの中に、いろんな物がいっぺんに満ち、ココの目にはおどろきがあふれました。それはヤスの声でした。けれどココをおどろかせたのは、その声がココのことを、「ココ」とよんだからなのでした。ヤスとかわした会話ならいくつもあったはずなのに、不思議なことに、ヤスはココの名前をよんだことが一度もありませんでした。自分の名前があの枯《か》れわらのような声でよばれるのを今初めて聞いた時、ざわざわと胸《むね》の中がうごめくのをココは感じました。

「これから、どうするつもりですか」

低い声が続きました。ココはじっと背《せ》をむけたまま、机《つくえ》の前の白い壁《かべ》を見つめていましたが、とうとうそっといすをずらすと、恐《おそ》る恐《おそ》るからだのむきを変えてふりむきました。

（……ヤス……！）

ココは心の中でさけびながら、急いで胸《むね》の星をおさえました。赤いネッカチーフの目立つ銀色のからだが洗濯紐《せんたくひも》でいすごとしばられているのが目に入った時には、ココはよけいに強く胸《むね》をおさえずにいられず、星かざりがちくちくとココの手のひらをつき刺《さ》しました。

「これからどうするつもりですかって、聞いたんですよ」

とヤスがいい、ゆっくりとココの方に顔をむけると、切れ長の目がココの瞳《ひとみ》をまっすぐに見ました。

「あなたのこと？」

ココは消え入りそうな声でようやくたずねました。

「おれのことじゃなく、君のことですよ」

ココはうろたえて、言葉をうしなったまま、おちつきのない目であたりを見まわしました。三匹《びき》

のネズミが思い思いの格好で、ソファーにひっくりかえっていました。

「事件にまきこまれて忙《いそが》しく働くのもいいかもしれないけど、」とヤスが低い声のままに続けました。

「でも、なんでこんな事に自分がかかわってなきゃなんないんだって思いませんか。こんな、もともと人間の大人が考えればいいような事にわざわざ首をつっこんで、それでその後、どうするつもりなんですか。大人から感謝《かんしゃ》されるかされないか知らないけど、それでどうなるんですか」

「そんなこと……、そんなこと知らないわ……」

とココは思わず答えました。かすかな声で。先のことを考えて、モロの味方《みかた》についたわけではないココに、それ以外答えられるはずがありませんでした。

「ココ」

とヤスがよびかけるなり、ヤスは少しほほえんだ目でココを見ました。

「こんなこと、おたがい、もう、やめませんか」

ココはやさしく自分を見るヤスの目に出あって、胸《むね》が高鳴るのをとめられないまま、今の言葉を口の中でくりかえしました。

(おたがい、もう、やめませんか……?)

「おれも、もう、うんざりしてるんです」

ヤスは、ふいっと目をそらしていいました。そしてひとつ大きく息をすうと、

「白い舟《ふね》にのって、知らない国へいっちまいたい……」

とため息をまぜてつぶやいたのです。

ココはそのとたん、ゆらゆらとゆれる春の川を見たような気がしました。やわらかい風に吹《ふ》かれて、もうもどってくることもなく、どこまでもどこまでも舟《ふね》にゆられてゆく姿《すがた》。でもそれはいったいだれの姿《すがた》なのでしょう……。

「おれだってもともと、あんなやつらになんか手を貸したくなかったんだ……。今だって……」

そしてヤスはもう一度ココを見ました。

「こんなこと、もう、やりたいやつらにまかせて、舟《ふね》にのって知らない国へいきませんか。いっしょに」

ココはくらくらとめまいをおぼえました。そしてたまらずに目をとじました。ネコが勝手に始めた贋作仕事《がんさくしごと》……それをかぎつけた絵のすきなネズミたち……たしかに、そう、たしかにこれは自分には関係のない出来事なのでした。

（そう……それにあたし、あたしほんとうは白いお舟《ふね》にのって知らない国へいくはずだったのよ……）

けれどココが目をあけた時、そこにうつったのはかげりのない顔をクッションにおしつけてすやすやと眠《ねむ》るモロの姿《すがた》でした。ココはとたんに思いました。

（関係があってもなくても、あたしはモロに協力するって決めたんだ）

ココを見つめていたヤスは、まるでココの心の動きを読みとったかのように、ぽつりといいました。

「モロみたいなやつを、男らしいネズミっていうんだろうな……」

そしてその言葉を最後に、また静かな時が流れました。それがとても長い時間だったか、それともほんのわずかな時間にすぎなかったのか、ココにはわかりませんでした。ただココの前には、いすにしばりつけられたまま、だまってあらぬ方を見る、ヤスのとがった横顔があるだけでした。

マツがひとつ寝《ね》がえりをうって何かむにゃむにゃと寝言《ねごと》のようなことをいい、そのあとにはまた、今までどおりの寝息《ねいき》だけが聞こえました。

「ココ」

静けさをやぶって、またヤスがよんだのでした。

「おれといっしょに舟《ふね》にのって、知らない国へいきませんか。君をのせて舟《ふね》を漕《こ》ぐの、すごく楽しかったな……」

ココはおどろいて目を見開きました。胸《むね》がどきどきするのといっしょに急にむらむらと腹《はら》が立ち、ココの顔はほてりました。

(やめてちょうだいよ、そんなでたらめは!)

思いきりそうさけんでやりたいと思いながら、言葉にはなりませんでした。

「最初の時はそんなに楽しくはなかったけど」

とヤスは単調な声でいいました。

「でも、あとの時は楽しかったですよ、ほんとに。だからもう一度さそったじゃないですか……。ねえココ、ほんとにこんなこともう、やりたいやつらにまかせて、二人で遠くにいきませんか、舟《ふね》にのって」

「じゃ、もちろん、絵を運んだりしないのね……？」

ひとりでにふるえてくる声で、ココはそっとたずねました。

「あたりまえですよ。おれは、もうこんな悪いことに手を貸して生きてくの、うんざりなんです。おれもモロみたいに男らしく生きたいと思ってるんです。……おれが君といっしょに知らない国へいっちゃえば、ネコだってもうあの仕事うまく続けられないだろうし、いいことだと思いませんか」

「……だけど……あたし……」

ココは一生懸命胸《いっしょうけんめいむね》をおさえました。

と泣きだしそうにつぶやくのがやっとでした。

「君がいなくたって、モロたちはうまくやっていきますよ、きっと。そのでかいネズミだって仲間なんだし」

ヤスはごろりとひっくりかえって眠《ねむ》っているウエムの方をあごで示していいました。

（……そうかもしれない、ウエムがきたんだもの……）

とココは思いました。胸《むね》がどきどきしてしかたありませんでした。

「ねえココ、いこうよ、いっしょに」

そういってココを見たヤスの目にはやさしさがあふれているようにココには見えたのでした。そしてヤスは、

「それにこの縄《なわ》、とてもいたくて……」

と初めてつらそうな声でつけたしたのです。

(ああ、かわいそうなヤス！)

心の中でさけびながら、ココはわけがわからなくて両手で顔をおおいました。

「おれみたいなやくざなネズミでも、出なおすことはできますよね？」

力のない声でヤスがいうのをココの耳は聞きました。ココは両手をぱっとよけると、

「できるわよ、どうしてできないわけがあるのよ！」

と声をあげました。ヤスが一瞬《いっしゅん》、ぎくりとした表情でネズミたちの方を見ました。たぶんその声が大きかったからでしょう。けれど三匹《びき》のネズミは目をさますどころか、今ではすっかりだらしなく眠《ねむ》りこけているのでした。ウエムの寝息《ねいき》は、いびきに変わっていました。それからヤスは、また力なくいいました。

「でもおれひとりだと、すぐにまたやくざなネズミになっちまう気がして、自信がないんです……。おれはほんとにだめなネズミなんです」

ココの胸《むね》は、その時もういっぱいになって、ココはじっとしていることができずに立ちあがりました。そしてすぐそばにいるヤスの前でしゃがむと、そのひざに手を置いてゆすりました。

「そんなこといわないで、ヤス！　だめなネズミなんかじゃない、あんなに上手にお舟《ふね》が漕《こ》げるし、楽器だって上手だし、それにサッカーだって！」

ヤスを見あげると、ヤスはさびしそうにほほえんでいました。ココはひざをゆするのをぴたりとやめると、ふいっと目をそらし、急に静かな声でいいました。

「わかったわ、ヤス。あたしもいっしょにいく。……四日たって、あなたが逃《に》がしてもらう時、いっしょについていくわ」

ココがその言葉をいう間に、ヤスの顔がどんなふうに変わっていったか、ココは見ませんでした。ただヤスがごくりと唾《つば》をのむのが聞こえました。そしてヤスはうわずった声でいいました。

「そ、それは、よくないと思うな」

ココはきょとんとしてヤスの方をむきました。

「だ、だって、そうじゃないですか。そうと決まったら早い方がいいじゃないですか。今だとだれにもうるさいこといわれないし」

「だけど……、だけど、あなたの知ってること、やっぱり全部、ウエムたちに話さなきゃいけないわ。そうでしょう？」

ココはヤスの顔をのぞきこみました。ヤスの顔が、張りついたお面のように見えました。でもヤスは、少ししてからいいました。

「おれの知ってること全部、紙に書いて残してけばいいんじゃないかな。そんなにいろんなこと知ってるわけじゃないけど」

ヤスは自分のいったことに満足しているようでした。そして、それを聞いたココは、うなずきながら、ゆっくりつぶやいたのです。

「じゃあ、あたしはモロたちに、さよならって書くわ」

紐《ひも》をほどいてあげた後でおこったことを、ココは信じることができませんでした。胸《むね》がつぶれて張りさけてしまいそうになりながら、ココは今、ヤスがすわっていたいすにくずおれて、泣きじゃくっているのでした。

――「こういうのを裏ぎりっていうんじゃないですか」といった氷のようなヤスの声。「生意気《なまいき》なまねしやがって」という声とともにほおにとんできたヤスの平手。書きあげた便箋《びんせん》の束をわしづかんでさった、銀色の後《うし》ろ姿《すがた》――。

何もかもあっという間の出来事でした。そして不思議なことに、ココは、悲鳴ひとつあげることができなかったのです。そしてそれからココは、どさりといすに身をなげだしました。

ココは、泣いているというよりも、ほえているかのようでした。あまりにもあまりにもつらくて、もうこのまま気がへんになりそうでした。

はげしいココの泣き声が、三匹《びき》の眠《ねむ》りをさまたげないはずはありませんでした。同時に目をさました三匹《びき》は、ヤスのいるはずのいすにうつぶせて泣きじゃくるココの背中《せなか》を見つけたのです。

「どうしたの、どうしたの!?」

「どうしたんですか、ココ！」

と青くなってかけよるモロとマツ。けれど、ほどけている結び目に気づいたウエムは、かぁっとなって、

「逃《に》がしたのかよお、ばかものおっ！」

と大声を張りあげて、とびあがりながら、ココの背中《せなか》をぐいぐいとおしつけたのでした。モロとマツもまた結び目に気づいて、思わずはっと息をのみました。ヤスがひとりで逃《に》げたのでないことは明らかでした。

「何考えてんだよおっ！　ばかものおっ！　この、すっとこどっこいっ！」

ウエムはいかりにまかせて目をつりあげ、足をふみ鳴らしながら、ココの背《せ》をゆさぶり続けました。

「えっ、えっ、なぜこんなことしたのかいってみろ！」

若《わか》いマツは、目の前の恐《おそ》ろしい光景にたじたじとなって棒立《ぼうだ》ちになったきり、言葉をなくしていました。それになぜココがヤスを逃《に》がしたりしたのかは、マツにもさっぱりのみこめませんでした。

ココの泣きわめく声は、もう、とても人の声ではありませんでした。張りさけてしまいそうだっ

た胸《むね》は、恐《おそ》ろしいウエムの声をあびて、もう張りさけてしまったのかもしれませんでした。

ココの背中《せなか》からウエムの重みがすっと消えたと思う間もなく、どたっという鈍《にぶ》い音が響《ひび》きました。ウエムがモロにつきとばされて、床《ゆか》にたおれたのでした。

「やめるんだ、ウエム」

モロのおし殺《ころ》した鋭《するど》い声が響《ひび》きました。そして、「なにおっ……」というウエムのうめき声が続きました。が、ウエムはそれきり言葉をつまらせました。モロの顔が、あまりにもけわしかったからです。

モロは、まだ小さかったココをつれてぶどうの木通り八番地をおとずれた夜のことを忘《わす》れてはいませんでした。そしてまっ黒いアルノー川の川べりに、ココとならんで腰《こし》かけていた時のことを。ココの背中《せなか》をゆさぶりたいのはだれよりもモロでした。「まだわからないのか、ココ！　何回つらい目にあったらわかるんだ！　君はバカじゃないんだろう⁉」といってやりたい思いでした。けれどもモロには、ココの気持ちがわかるのでした。それに、だまされても無理のないうそを、ヤスがたくみについたにちがいないということも、モロには想像がつくのでした。

「ぼくたちが眠《ねむ》っちゃったのがいけなかったんだ」

とモロは静かにいいました。そして何かいおうとしてウエムが口を開くより先に、「何もいうな！」とさけんだのです。その声のけわしさに、ココの泣き声までがぴたりととまり、そして、あたりはぞっとするほど静かになりました。

17　朝の川辺《かわべ》で

やわらかい草の上に寝《ね》そべっていたヤスは、つぶっているまぶたが明るい色にそまり、遠くかすかに聞いていた小鳥のさえずりが耳の中いっぱいに広がるのをおぼえて、目をさましました。風にゆられるたびにヤスの目の前に姿《すがた》を見せる黄緑色の細長い草のはるかむこうには、光るような空が広がっていました。その空を、黒い小鳥たちが高らかにさえずりながら、ツーとよぎっていきました。

ヤスはゆっくりのびをした後、寝《ね》そべったまま頭の下で手を組み、ぱちりとひとつまばたきをしました。気持ちのよい春の朝でした。けれどもそれとは反対に、心が重くしずんでいるのをヤスは感じました。すると、思いだそうとしているわけでもないのに、ひとりでにゆうべのことが浮《う》かびあがってきて、しずんだ心にずんという鈍《にぶ》いいたみが走るのをおぼえました。

それがなぜなのか、ヤスにはよくわかりませんでした。いろんな街でいろんなけんかにまきこまれ、なぐられたこともあればしばられたこともあり、だまされたこともあれば、うそをついてだましたことだっていくらでもありました。そうやってヤスは、今のヤスになったのです。ですから、たかがゆうべの、ヤスから見たらなまちょろい出来事に、どうしてこんなに胸《むね》がもやもやするのか、ヤスにはわからないのでした。

「ふん、あいつら！」とヤスは鼻を鳴らしました。するとゆうべの事が消えてゆくどころか、ソファーに腰《こし》かけていた三匹《びき》のネズミの話し声が耳によみがえりました。楽しそうに、観《み》た絵のことや自分の研究のことを語るウエムと、相槌《あいづち》をうったり、ちょっと質問したりしながらそれを聞くモロとマツ。そして時おりおこるかげりのないわらいの渦《うず》――。

　毎日をその日暮《ぐ》らしの気まぐれにまかせて暮《く》らしている自分のまわりに、ああした会話はありませんでした。心をゆるせる友だちはなかったし、たまに親しげに「おい、ヤスッ！」と声をかける者があれば、それはきっとヤスを酒場の隅《すみ》に引っぱりこんで「うまい儲《もう》け話《ばなし》があるんだけど一枚《まい》かまないか」とさそいかけるためでした。それがまともな儲《もう》け話《ばなし》でないのはいうまでもありません。危《き》険《けん》な目にあったからといって、助けにかけつけてくれる友人はヤスにはいませんでした。自分のことを心から思ってくれるひとなどいないのでした。その時ヤスは、ココのことを思いだして急いで首をふりました。やっぱり、それだけはどうしても思いだしたくなかったのです。

　ヤスは思いきりおきあがると、あわててポケットからハーモニカをとりだして口にあてました。

　きゅーき、きゅーき
　ゆめを見ましょう　春のゆめ
　いつかわたしが大きくなったら
　白い小さなお舟《ふね》にのって

知らない国へと　ゆーらゆら
きゆーき、きゆーき
ゆめを見ましょう　春のゆめ……
次第《しだい》に、その音色は、吹《ふ》いているヤスをも、何かせつない思いへと引きこんでゆくのでした。
(ほんとに舟《ふね》を漕《こ》いで、いっちまおうかな……)
ヤスはふと吹《ふ》くのをやめると、足もとをゆらりゆらりと流れてゆくアルノー川のゆく末を目で追いながらつぶやきました。

同じころ、ココと三匹《びき》のネズミもまた、川べりで目ざめました。もっとも、ヤスのいるところからはずいぶんはなれていたので、おたがいに気がつくことはありませんでしたが。ゆうべ四人は、「ここはもう危険《きけん》だ」というモロの言葉にしたがって、荷物をまとめるのもそこそこに、てんまり広場一番地の家を出たのでした。

ヤスから話を聞いていかりくるったネコたちが、モロの家におどりこむことは、じゅうぶんに考えられたからです。幸いウエムは、ネブクロネズミと渾名《あだな》されるくらい、まめに寝袋《ねぶくろ》をしょって歩くネズミだったので、野宿《のじゅく》もそう悪いものではありませんでした。大きな寝袋《ねぶくろ》にいっしょにくるまり、夜空の星を上に見ながら、四人は言葉少なに一夜をすごしたのでした。

目ざめた四人は、ついどうしても気まずい感じになるのを何とかさけようとして、つとめて明るく朝のあいさつをかわしたりしました。けれど、ぷっくり目をはらしたココが肩《かた》をおとしたまま、ようやく作った笑顔《えがお》で、「おはよう」というのを見ると、あとの三匹《びき》も、内心、またどおっと元気がなくなるのでした。こんなにすがすがしい春の朝だというのに。

モロがウエムに、こっそり何かいったのかいわなかったのか、それはわからないことでしたが、ウエムはそのあと、もうけっしてココを責めたりはしませんでした。そして今朝明るくふるまうのがいちばんうまかったのもウエムでした。

「ランラン、ララーン！　おい君たち、寝袋《ねぶくろ》によだれなんかたらさなかったろうな。それにマツ、おまえ、寝《ね》てる間に、そ、そうはしなかったろうな、そ、そうは！」

「やめてくださいよお、ウエムさん」

口をとがらしているマツを見ると、ウエムはヒャッヒャッヒャッとわらってマツの背中《せなか》をばんとたたき、

「若《わか》さっていいもんだねえ！」

などとはしゃぐのでした。

モロもまたつとめて高い声でわらいながら、

「おい、何かくうもん入れた、ウエム？　ガソリンなしじゃ動けねえからな！」

などといいつつ、ウエムの革《かわ》カバンを勝手にあけて、「きたねえカバンだなあ」と大袈裟《おおげさ》にさけんだりしました。けれど、そういいながらもモロは、ココの方を気にしてちらりとふりむいて見ずに

はいられないのでした。と、その時モロは、今までぼうっとしていたココが急にめずらしそうに革《かわ》カバンの中をのぞこうとしているのを見ました。そしてココは、

「イラさんの本だわ……」

とつぶやいたのです。久しぶりのココの声に、寝袋《ねぶくろ》をたたんだりしていたあとの二匹《ひき》も手をやすめ、ココの方をむきました。ココは、

「ちょっととって見てもいい？」

といいながら、返事も待たずに革《かわ》カバンの中から赤い表紙の大きな本をとりあげました。そしてその表紙を見るやいなや、

「やっぱりそう、イラさんのと同じだわ」

と、ひとり言のようにいいました。その時、背《せ》のびをして本の背表紙《せびょうし》を読みとったモロが、突然《とつぜん》、

「あっ！」

とさけんだのです。今度は皆《みんな》がおどろいてモロを見ました。

「そうか、そういうわけだったのか！　やっと思いだしたぞお」

モロは右手の拳《こぶし》を左の手のひらにたたきつけて、ひとりでうなずきました。そして、

「いや、たいしたことじゃないんだけどね」

と前おきしてから、モロは、今思いだしたことを語ったのです。

モロは、ココの口から初めて「イラ」という名を聞いた時、どこかで聞いたことのある名だと

思ったこと、そしてきのうの朝、モーターボートの見張りをしているネコを見た時、どこかで見たことのある顔だと思ったことをまず話しました。

でもモロは、そのネコがイラという名のネコだということは思いつかなかったのでした。それもそのはずです。ずいぶん前に、たった一回だけ、「ほら、あそこを歩いている、あれがイラってやつだよ」と友だちがおしえてくれたきりだったのですから。その時イラは背《せ》を丸め、ぶ厚い本をかかえ、屋根つきの歩道の上をてくてく歩いていたのでした。

イラはボロネーズ大学の隣《となり》にある、ボロニャーゴ大学の学生でした。そして一時、とても有名な学生だったのです。というのは、勉強が何よりもすきで、そして実際いい研究をしている、優等生《ゆうとうせい》中《ちゅう》の優等生《ゆうとうせい》だったからでした。そしてその、ダンチ研究の専門家《せんもんか》イラの名は、ボロニャーゴ大学内にとどまらず、自然とボロネーズ大学にも流れてきたのでした。

けれど同時に、優等生《ゆうとうせい》にはやっかみもまじってか、よくいわれることでしたが、よくない噂《うわさ》も流れていました。

イラというやつは、勉強のこととなると、まわりのことがもう何も見えなくなるというのでした。隣《となり》でだれかがすべってころぼうと、勉強をしているイラは気がつかない。本を読んでいると、自分の箸《はし》が人の弁当のおかずをつまんでいようと気がつかない。そして「本あげるから今すぐおいで」と呼《よ》び出《だ》されてすっとんでいった隙《すき》に泥棒《どろぼう》に入られたことさえある、勉《べん》キチだというのでした。

ところでこのイラは、本を買うお金に困《こま》っているらしいという噂《うわさ》も流れていました。でもこんなことは、貧乏学生《びんぼうがくせい》にとってはあたりまえのことですから、とるにたらない話でした。ところが、これほどの優等生《ゆうとうせい》が、ある時からぱたりと姿《すがた》を消したのでした。

もとより友人と無駄話《むだばなし》をしてわらって時間をつぶしたりしないイラですから、親しい友人もいず、誰《だれ》もそのゆくえを知らないのでした。おそらくボロニャーゴ大学内では、一時もっと話題になったのでしょうが、ネズミ大学のボロネーズ大学では、たいした噂《うわさ》にものぼらず、そのままイラの名は、ネズミの間から消えてしまっていたのでした。そしてモロも、その後、イラのことを思いだしもしなかったのです。

「なるほどねえ……」

話し終えたモロが、またうなずきながらいいました。

「どこで知りあったか知らないけど、とにかくカーポがイラに目をつけて、さそいをかけたにちがいないよ。買いたいだけ本を買っていいから、うちで働かないかってね」

「はーん！」

だまってモロの話を聞いていたウエムが、腕《うで》を組んで仁王《におう》のように立ちながら、わざとらしいほどの大声でいいました。でもそれは、何か心に感じる話を聞いた時にとる、ウエムのおきまりの態度なのでした。

「そうゆうやつもいるんだねえ……」

ウエムはうつむいて首をふりました。

「ウエムさんはやっぱり、勉強よりはお酒ですかねえ……」

とマツがしんみりいったので、思わず皆《みんな》がわらい、ウエムがぎろんとマツをにらんで舌を出しました。そのわらいが静まった時、マツが思いついたようにいいました。

「きっと今日もそのイラが、モーターボートの見張りやってると思いませんか？　絵が描《か》けるわけじゃないから見張りやらされてるんですよ、きっと。この本をあいつの目のつくところに置けば、あいつは読み始めちゃって、もう見張りどころじゃなくなるんじゃないでしょうか」

それはいい案だと皆《みんな》が思いました。ウエムはほんのかすかに、

「おれが読もうと思ってせっかく……」

と声をもらしましたが、贋作事件《がんさくじけん》の重要さを思うと、そんなことをいうべきではないことは、ウエム自身がよく知っていました。

そして、にわかに元気づいたネズミたちと、まだとても元気にはなれないココとがそろって川べりをかけぬけ船着き場に急ぐと、マツの赤い大型タクシーボートにのりこんだのでした。ただココの水色の洋服は目立ちすぎるというのでココはウエムの寝袋《ねぶくろ》にもぐると、顔だけ出して、アルノー川をすべっていったのでした。

そのころヤスは、まだ口もとにハーモニカをあてたまま、じっと川べりにたたずみ、春風に吹《ふ》かれていました。そして心が深く沈《しず》みそうになるたびにきゅーき、きゅーきと同じメロディーを奏《かな》で、

その旋律《せんりつ》が心をかきむしると、今度は何だかそれが不安で、ハーモニカから口をはなすのでした。

「情けねえな……」

ふとヤスはつぶやきました。するとまた突然《とつぜん》ココの顔が浮《う》かびました。ヤスはぶるんと頭をふって忘《わす》れようとしましたが、けれどどうしてか、その顔はなかなか消えないのでした。

「だめなネズミなんかじゃない」といって自分を見た時の目、そしてココにひどい言葉をあびせて逃《に》げさろうとした時、そこにあった青い顔……。ヤスはハーモニカをほうると、とうとう頭をかかえずにいられなくなりました。そしてヤスは、ゆっくりつぶやきました。

「もう、こんなことはいやだ。おれは絵なんか運ばない。全部ほうりなげて、舟《ふね》にのって、遠くにいくんだ。……そして……そして……」

ヤスはそこでくちびるをかみました。そして……そして、どうしたらよいのでしょう。ヤスにはそれがわかりませんでした。すると不意に、

「先のことを考えんから、おまえはろくなもんになれん、ちゅうのや」

いつかカーポにいわれた言葉がよみがえったのです。

「なぜわざわざ贋作《がんさく》なんか描《か》くんですか。盗《ぬす》みだして売っちゃう方がよっぽど簡単《かんたん》だし、お金だってかからないじゃありませんか」

とヤスが意見をいった時のことでした。するとカーポはこういったのです。

「フン、破滅型《はめつがた》やな、おまえは。そんなことしてみい。仕事はただの一回で終わりや。見張りがき

びしくなって二度とできんわ。それに盗《ぬす》まれた絵、盗《ぬす》まれた絵ゆうてさわがれたら、びくびくしてもうて買い手がつかん。たしかに贋作《がんさく》を描《か》くのは、手間ひま金はかかるが、ながーい目で見れば、儲《もう》けはずっと多いんや。ええか、ちと悪いことやってがっぽり金稼《かせ》ごう思たらな、目立ったらあかん。すてばちになってもあかん。ちゃくちゃく、ちゃくちゃくサラリーマンみたいにやることや」

「そんなのはおれの性《しょう》にあってないな」

とヤスはその時、口をはさみました。するとカーポはなげつけるようにいったものです。

「かーってにしたらええやろ! おまえの性《しょう》にあったことちゅうのをやって、持ってる金ぜーんぶすったあげく、乞食《こじき》にでもなって、のたれ死んだらええんや!」

かかえたヤスの頭の中で、その時の恐《おそ》ろしくすごみのあるカーポの声が、がんがんと響《ひび》きわたりました。乞食《こじき》になってのたれ死ぬのなんかいやでした。そしてヤスはその時、今回の仕事が成功しさえすれば、ふだんよりずっと多くのお金がもらえるということを思いだしたのです。

ヤスはポケットにねじこんだままになっていた便箋《びんせん》の束をおもむろにとり出すと、一枚《まい》一枚《まい》、ビリビリ、ビリビリ、とやぶりました。

18　マツが見たもの

朝のアルノー川には、ぐいぐいと漕《こ》ぎすすむ赤い一艘《そう》の舟がありました。けれどこの舟《ふね》は、ベッキオ橋《ばし》をくぐって少しいったあたりから急に舟足《ふなあし》がのろくなり、何かさがしものでもしているように、あちらにゆらゆら、こちらにゆらゆらと川をすべり始めたのでした。「ここはおれにまかせろ」そういって胸《むね》をたたいたウエムは、

「いいか、ココとモロは、頭まですっぽり寝袋《ねぶくろ》をかぶることお。そしてマツは、のろくさと舟《ふね》を漕《こ》ぐことお」

と皆《みんな》に命令をくだすと、銀杏《ぎんなん》のような目をきりっとつりあげて、せきばらいをしたのです。その自信に満ちた態度には、「ぼくも寝袋組《ねぶくろぐみ》？」などとモロにいわせない迫力《はくりょく》がありました。

　そうして恐《おそ》れ知《し》らずの赤い舟《ふね》は、ゆっくりゆっくり、聖《せい》ヤコポ通り三十二番地の裏手《うらて》の岸に近づいていきました。

　たくみにかくしたモーターボートの上に、今朝もぼんやり腰《こし》かけていたイラは、赤いボートをみとめるや否《いな》や、だらりとしていた耳を立て左右のヒゲをぴんといっせいに張りつめて、めがねをかけなおしました。待っても待ってもこなかった、そしてこないでくれ、こないでくれと願っていた

敵の一隊が、とうとう近づいてきたにちがいないと見てとったからです。
イラは鼻をもぐもぐさせながら、なすすべもなくモーターボートの上で力みました。イラはネコではあったけれど、ネズミをかまう趣味《しゅみ》はまったく持っていなかったし、実はそれどころか、小ネズミならまだしも、今舟《ふね》の上でこっちを見て不敵にもわらっているような大ネズミみたいなのには、恐《おそ》れをいだいてきたのでした。イラは、だんだん近くなる舟《ふね》の上の二匹《ひき》のネズミとやけに大きな青いかたまりとを見ながら、（ヒエーッ、ヒエーッ）と心でさけびました。
と、焦《こ》げ茶色《ちゃいろ》の、めがねをかけた大ネズミが革《かわ》カバンをかかえながら、すわったままぐっと背《せ》をのばすと、イラに明るく声をかけたのです。
「すいませーん、ここらへんにマルコーニさんてお宅《たく》あるの、ごぞんじありませんかあ！」

（ややっ!?）と思いながらイラが何もいわずにいると、

「わたくし、あやしい者じゃございませーん。マルマルゾッコで配達の方を担当《たんとう》している者ですう！」

と大ネズミがいいました。マルマルゾッコという名を聞いたとたん、イラは安心となつかしさのあまり、長い長いため息をついたあとで鼻をすすりました。それはもう何度イラが本を買ったか知れない有名な本屋だったからです。そしてイラは感じもよく、

「マルコーニさんならここだけど、玄関《げんかん》にまわってくださーい」

と返事をしました。すると大ネズミは、しまったあ、というように頭をかきました。

「というと、ここには玄関《げんかん》がない……？　いや、マルコーニさんが、川沿《かわぞ》いの家だからすぐわかり

ますよ、なんておっしゃったもんすからねえ、つい舟《ふね》にのっちまったんですう。実はわたくし最近やとわれましてねえ……。しかし、お宅《たく》だったとは、運がいいなあ……」

そしてそういいながら赤い舟《ふね》は、つうとイラのそばまですべってきたのでした。そして大ネズミはぎょうぎょうしく革《かわ》カバンをあけ、赤い本をちょっとのぞかせると、

「あの、大変申《もう》し訳《わけ》ありませんが、これ、あなたの方からマルコーニさんにわたしていただけないでしょうか。いや、わたくし用がもう、びっしりつまってましてね、見てくださいこの袋《ふくろ》の大きさ。この中の本を全部くばんなけりゃならんのですよお。今すぐじゃなくて結構です。どうかお願いしますよ」

と、半分くらいまで本をのぞかせながら丁寧《ていねい》にたのんだのです。イラは、『ダンチ』のダが見え、次にダンまでが見えた時には、もうネズミの言葉がうるさくなっていました。そして、

「わかった、わかった、わかった！　わたしとく、わたしとく、わたしとく！」

と身をのりだし、手をのばして本を催促《さいそく》したのでした。

本を受けとったイラが、その後どんなふうにページをめくったか……、それはまさに、ネズミたちが想像したとおりでした。

「いてえんだもの、寝袋《ねぶくろ》の上からポンポンたたいて、見てくださいこの袋《ふくろ》の大きさ、とかいってさあ、ウエム！」

「悪かった、悪かった！　ヒャッヒャッヒャッ！」

「いいよいいよ、もう。さて、これからだね」

「じゃあ、いっちょう、はでにこわしてみる？」

「いやあ、いくら何でも、モーターボートをこわすのは危険《きけん》だと思うよ」

「あいつ、でんとすわってますからねえ……」

　イラのそばから少しはなれた岸辺にボートをつけたネズミたちは、イラの丸めた猫背《ねこぜ》をちらちらながめながら、ひそひそ声で話しました。そして、どうするこうするといったあげく、とうとうひとつの案が出て、マツがその役を引き受けることに決まったのです。

「バルコニーをささえてるななめの木のつけ根のところに、穴《あな》があるはずよ」

と寝袋《ねぶくろ》から顔だけ出したココが、腕《うで》を鳴らして張りきっているマツにおしえました。この機会に、とにかく中の様子をうかがってみようじゃないかということになったのです。

　三匹《びき》とココでわいわいとおそえばおそえそうな様子か、絵に絵の具をなげつけたりして滅茶苦茶《めちゃくちゃ》にするくらいならできそうな様子か、そういうことをさぐりに、まずはマツがしのびこんでのぞいてみることになったのでした。

　マツは背《せ》の高い草の間を、ちょろっちょろっと少しずつすすんでモーターボートの端《はし》まできました。本に顔をうずめたままのイラの足が、マツの目の先に家具の脚《あし》のようにたれていました。それからボートのまわりを音を立てないようにまわって、漆喰《しっくい》の壁《かべ》のところまでくると、マツはいったんピョンとボートの上にとびのってから、ななめにわたされた梁《はり》にすばやくとびつき、そのつけ根までですすみました。

ココがいったとおり壁《かべ》が三角にはがれていて、ネズミにふさわしい穴《あな》があいていました。が、入ってすぐのところでマツはぎょっとして、もうちょっとでほんとうに腰《こし》をぬかしそうになりました。そこにかっと口をあけた恐《おそ》ろしいネコの顔があったからです。でもそれは、ほんものそっくりに、布に描《か》かれた絵でした。

布はちょうどカーテンのように、そこにかけられていたのです。このあたりのネズミがまぎれこまないようにするためのネズミよけにちがいありませんでした。そしてその布目を通して、光がうっすらもれていました。えいっとカーテンをはらってしまった後は、もう簡単《かんたん》でした。まようもまよわないもなく、いくらか下にかたむいているそのトンネルの中を、ただほんの少しすすめばよかったのです。その短いトンネルの終わる先、電気をともしている部屋が贋作工房《がんさくこうぼう》そのものにまちがいありませんでした。

すべっていかないように用心しながら、トンネルのおしまいまできて中をのぞいた時、マツは目をみはりました。

(そ、そ、そんなはず……あるもんか……)

マツが見おろすまっすぐ先に、光をあびて「サン・ロマーノの戦い」が、でーんと立てかけられていたからでした。それはもう、本物の「サン・ロマーノの戦い」以外であるはずがないとマツは思いました。

オレンジの実のなる林をくぐり、左からおしよせてくる何頭もの馬、もっと先へすすんでゆこうとする馬のお尻《しり》、つき立っている何本もの槍《やり》……そしてその中央には、おどろいて立ちあがった白い馬と、肩《かた》に槍《やり》を受けた馬上の騎士《きし》がいました。そしてそれは、はげしい合戦の絵でありながら、途《と》ぎれたままで年経《としへ》てしまった昔むかしの物語のように動きをやめ、人も馬も木々も景色も、何もかもが、しらっときちんと、けれど妙《みょう》にずしりと、その場にとどまっている、そんな絵なのでした。でもそのくせ人を魅《ひ》きつけずにはおかず、いらだたしいような思いにかられて、もう仕方なしに、いゝもやのような何かをかき分けて、さらに目をこらして絵を見れば、ついに、そこにいきづく、ひそやかな息吹《いぶ》きに、人は出会わずにいられないのです。はるかなはるかな時をこえ、深い深い地の底から、かすかにかすかに、ドドンコドドンコ、ドンドンドドンコと戦いの音さえ聞こえてくるようでもありました。

（これはほんとうに、『サン・ロマーノの戦い』だ……）

とマツは思いました。（もう、盗《ぬす》んできちゃったんだろうか……）そしてもちろんマツはそうではないことを知っていたのでした。マツは、ごくごくまれに、贋作《がんさく》が本物と同じように描《か》かれてしまうことがあるといったウエムの言葉を思いました。

（すごいんだなあ、こいつら……。それに、まさか、もうできてたとはなあ……）

そしてマツは、すっかり感心してしまいながら、床《ゆか》に寝《ね》ころがって寝息《ねいき》を立てている何匹《びき》かのネコたちを見おろしました。

一匹《ぴき》……二匹《ひき》……そして十匹《ぴき》と数えようとした時、マツはどきっとしました。十一匹《ぴき》いるうちの二匹《ひき》のネコは、今にもすべりそうな格好で壁《かべ》に背《せ》をもたれて足をなげだしていましたが、眠《ねむ》ってはいなかったからでした。それは鉢巻《はちま》きをまいた見るからに強そうな黒ネコと、やはり鉢巻《はちま》きをまいているけれど少しも強そうではない、めがねをかけたうす茶色の小柄《こがら》なネコでした。二匹《ひき》は、もう精も根もつき果てたといった様子で、だらしなくだらんとしながらおきていました。

「……やりましたね……テツさん……」

小柄《こがら》な方のネコがぽつりといいました。

「ああ……やったね、ノグ……」

黒ネコもぼそりといいました。

マツには知るよしもなかったけれど、このせりふを二匹《ひき》がいうのは、これで十回めでした。時おり何かをしゃべっては、しばらくしてこのせりふをいい、また長いことだまっていたと思うと、ふとこのせりふをいい、そして一言二言《ひとことふたこと》しゃべってはまただまりこむという調子で、テツとノグは、真夜中から今朝まで、ずっとそこにへたりこんでいたのでした。

絵が描《か》きあがり、しあげに卵《たまご》の白身をぬりつけ、最後に脚立《きゃたつ》をどかして十一匹《ぴき》がたがいにだきあったのは、午前二時のことでした。その時皆《みんな》は、高だかと喜びの声をあげることなく、とても静かにだきあったのです。皆《みんな》感動していたのでした。

「……いい仕事だったな……」

とテツがいいました。ノグはゆっくりうなずいて答えました。

「これからも、こういういい仕事、したいですね……、おたがい……」

するとテツは、

「贋作《がんさく》以外の仕事がくりゃあ、なおいいんだがね……」

と答えて、力なくふふっとわらったのです。

じっと息を殺して聞いていたマツは、意外なテツの言葉に一瞬《いっしゅん》耳をうたがい、思わず耳の穴《あな》をほじくりました。するとその時不意に、もっと奇妙《きみょう》なことをノグがいったのでした。

「ああ！　今晩《こんばん》、うまくいきますように……。自分たちの絵を美術館にかざる時っての、ぼくはすきですね。贋作《がんさく》にしてもね。邪魔《じゃま》されなきゃいいけどねえ……」

（今晩《こんばん》、美術館にかざる……？）

マツは今度は両耳をほじくりました。

「邪魔《じゃま》なんかされてたまるかってんだ。そのためにこっちは、あんたにきてもらってまで日を早めたりもしたんだ」

テツは、ただでさえ恐ろしい顔をけわしくしてにくらしげにいいました。マツはあぶなく、

「エッ、エーッ!!」

とさけびだしそうになり、手のひらで一生懸命《いっしょうけんめい》口をおさえました。これでは話がちがうというもの

でした。でも、それでこそ、もうすっかりできあがっている絵の説明もつくのでした。マツは、

（うわあっ、大変だあい、大変だあいっ！）

と心の中であわくってさけびながら、壁《かべ》のトンネルをのぼっていきました。

大あわてで草の間をぬけるマツは、心配して様子を見にいこうとかけてきたモロと、ぶつかりそうになりました。

「ああよかった！　無事だったんだね、マツ」

ひそひそ声でモロがいい終わらないうちに、マツはモロの手をぐいぐい引っぱり、ボートのある岸辺までかけていきました。そして肩《かた》で大きく息をつくと、やっとのことでいいました。

「絵は、今晩《こんばん》、とりかえられる。ものすごくよく、描《か》けちゃってる」

そのとたん、モロもウエムも、そして寝袋《ねぶくろ》の中でうとうとしかけていたココも、みんな目と口をまん丸にあけて、マツの顔を見つめたのでした。

19　行動開始

人びとがそろそろ通りをいきかい始めた春の朝、同じ街の片隅《かたすみ》を、ただならぬ顔でかけめぐる小さな女の子と三匹《びき》のネズミがいたことなど、だれが知っていたでしょう。そしてそれが、今まさに人びとが入っていこうとする、世界にほこるウフィツィ美術館の絵を守るためであったことなど。

四人は、かぎりある時間の中で何をすべきか、何ができるかをひそひそこそこそ知恵をあつめて話しあい、そのあげくに決めたことをひとつひとつこなそうと、懸命《けんめい》になっているのでした。

ウエムとマツは、川辺《かわべ》で釣《つ》りをするネズミをつかまえて、一言二言《ひとことふたこと》たずねたりしながら川沿《かわぞ》いの道を上流にむけて走っていました。

ココとモロとは、ヒロヤとカズヤあての手紙を書いて道ゆくおばさんに託《たく》したあとは、改装《かいそう》をしている店をさがして、街の中をきょろきょろしながらかけていました。

ウエムとマツが次にすること、ココとモロが次にすることはすっかり決まっていて、ぎっしりつまっていました。

「忙《いそが》しく働いている方が、今の君にはきっといいよ」

とモロがいったくらいめまぐるしく、ココもまた働かなければなりませんでした。

「ガソリンがきれちゃ動けないって、ぼくがいったろう？」

そういいながら、モロがどこからかサンドイッチを手に入れてきた時でさえ、二人は早足で歩きながらそれをほおばったのでした。


一時十五分をつげる鐘《かね》が鳴りだした時、今までずっといっしょにいたモロは、おもむろにココの方をむいて、右手をさしだしました。ウフィツィ美術館の玄関前《げんかんまえ》、高い円柱脇《えんちゅうわき》のまっ白いつつじのかげでのことでした。

「ヒロヤとカズヤはこなかったね。さあ、もう入らなくちゃ。じゃね、ココ、今晩《こんばん》また会おう、第七室で」

ココは片手《かたて》で胸《むね》の星をおさえながら、モロの手を握《にぎ》りました。ヒロヤとカズヤがきてくれなかった今となっては、一人で美術館に入っていくしかありませんでした。二時にしめる美術館に入れてもらえるのは、一時十五分までだったからです。

「二人になったら、のんびり絵を見て歩いてるといいよ。じゃ、二時が近づいたら気をつけるんだよ。……元気でね！」

モロは最後にほほえみかけると、円柱にもたせて置いておいたウエムのふくらんだ寝袋《ねぶくろ》をよっこらしょと持ちあげて、それをココにわたしました。中には、改装中《かいそうちゅう》のお店で働いていた大工さんが気前よくくれた、棒《ぼう》きれや木屑《きくず》がたくさん入っているのでした。

ココはモロの言葉にだまってうなずくと、寝袋《ねぶくろ》をしょい、水色のスカートをひらりとひるがえし、今にもしめられようとしていた入口の扉《とびら》の中へと消えていきました。

「さあて。どんなことがあってもがんばらなくちゃ。ぼくがしょんぼりなんかしちゃだめだ！」

入口の焦《こ》げ茶色《ちゃいろ》の扉《とびら》が固くとざされたのを見たモロは、そういって自分をはげますと、つつましやかな小さな花々がよりあつまってこの上もなくはなやかな姿《すがた》を見せているつつじ庭園の中に歩《ほ》をふみだしました。

明るいおしゃべり声を立てながら散歩する人びとの足の間をたくみにくぐりぬけてゆくモロの目に、前からかけてきて後ろに通りすぎてゆく、忙《いそが》しそうな青いズボンの脚《あし》が、ほんの一瞬《いっしゅん》うつりました。少しもめずらしくない人間の脚《あし》でした。その脚《あし》が、美術館のとじた扉《とびら》の前で途方《とほう》にくれて立ちどまったことをモロは知りませんでした。それは一足おくれてやってきた、ヒロヤかあるいはカズヤでした。青年は手に、ノートのきれ端《はし》を持っていました。『ふたごのヒロヤとカズヤ様。とてもとても大変なことがおこっています。どんなことがあっても、一時十五分まで、美術館の入口の前にきてくれませんか。助けてください。』それにはたどたどしい字で、こう書かれていました。

ココは、前にはげのおじさんが案内してくれたとおりのまねをして、エレベーターを使い三階まできました。そしてほかの人びとにまじって同じように歩いてからふと気づくと、そこはあの、初めてモロとであった、長い長い果てしなく長い市松模様《いちまつもよう》の廊下《ろうか》なのでした。

今日も廊下《ろうか》の脇《わき》には、白い彫像《ちょうぞう》がずらりとこの前の時のようにならんでいました。ただちがうのは、その廊下《ろうか》をぞろぞろと人がたくさん歩いていたことです。でもたとえどんなに人がいようと、少し暗めの重おもしい感じの廊下《ろうか》が、街の通りのようにはしゃいで見えてくることはなさそうでした。

ココはランドセルのように寝袋《ねぶくろ》をしょい、ほんとうはどきどきしながらも、廊下《ろうか》に面して開かれたドアのひとつに入っていきました。その部屋にかざられたいくつかの大きな絵を見わたしただけでココはびっくりしましたが、世界中に有名なこの美術館には、そんな部屋がまだ四十もあることなど、ココは少しも知りませんでした。

同じころ、ウエムとマツは、やっとのことでさがしあてた漁師《りょうし》のおじさんの家に住むというネズミにたのみこんでいるところでした。

「そうゆう話は、何だなあ……」

水に洗《あら》われて色のはげたボートだの、よれよれのゴム長だの、カッパだの、つながった玉葱《たまねぎ》の束だの、釣竿《つりざお》だのがいっしょくたになってほうりこまれたせまい小屋の片隅《かたすみ》で、木箱に腰《こし》かけて足を組んだ中年のネズミは、煙草《たばこ》をすいながら、ちょっとずるそうな横目でいいました。

「うちの家主《やぬし》はなあ、実《じつ》いうとねえ、本職の漁師《りょうし》じゃあないんだ。しかしねえ、遊び半分で漁《りょう》をしてるわけでも、ないんだなあ。あんたら、趣味《しゅみ》と実益《じつえき》なんて言葉知ってるかい。ああ、知ってる。そうゆうことなんだよね、家主《やぬし》の場合は」

そのネズミは、何とか大網《おおあみ》を融通《ゆうずう》してもらえないだろうかというウエムのたのみに、もうさっきから、なかなか達者な口でのらりくらりと返事をしぶっているのでした。

ウエムもマツも、こんなネズミにはうんざりしていました。さも道理のわかったような口ぶりで、家主《やぬし》が家主《やぬし》がといいながら、ほんとうのところは、何とかこの機会に小金を稼《かせ》ごうと考えているのが見え見えだったからです。ウエムはとうとうマツの耳に口をよせると、

「おまえ、いくら持ってる？」

とひそひそ声でたずねました。中年のネズミが、煙草《たばこ》の灰《はい》をぽんぽんと落としながら、聞こえていないふりをして耳をそばだてるのがわかりました。マツがウエムの耳に口をよせると、

「持ってません。ウエムさんは？」

といいました。ウエムがもう一度マツの耳に口をよせ、

「何でおまえに聞いたと思ってんだよ！」

としかるようにささやいた時、中年のネズミが機嫌《きげん》悪そうに、おほんとせきばらいをしました。そして、

「さあささあ、もう帰ってくれんか！」

とどなりました。しかし、大きな網《あみ》を持っているおじさんというのをさがしあてるのは、簡単《かんたん》なことではなかったのです。これからまた別の人を一からたずねて歩くのなど、大変な話でした。

（くそおやじめえ……）

ウエムがどんなに歯ぎしりしようと、二匹《ひき》が一文《もん》なしと聞いた今、中年のネズミはもう、とりあう気をきっぱりすてたようでした。

しかたなく小屋を出たウエムとマツが、さんざん悪態をつきながら、

「こうなったらふたりでぬすんでまおかっ」

といいかけた時でした。ほっかむりをした中年のメスネズミが、四角い平屋の家のかげで、二匹《ひき》に手まねきをしたのです。

「やんなっちまうよお、うちのひとったらさあ！」

おばさんネズミは近づいていった二匹《ひき》にむかって、きいきいとしゃべりました。

「ほんっとに、しみったれたじじいだよっ！」

マツが「そうだそうだ」と相槌《あいづち》をうちかけたので、ウエムがその口をはっしとふさぎました。が、幸いなことに、おばさんネズミはひとのいったことなど聞いてないたちのネズミでした。そしてしゃべり続けました。

「ひとのたのみをすなおに聞いてやるってことをしないのさ。ネコのヒゲが見えただけで尻尾《しっぽ》丸めて逃《に》げるくせしてごーつくばりなのさ。ああいやだいやだ。ネズミ、年はとりたくないよ、あれでもあんたたちくらいのころは、まだ話がわかるいいネズミだったのにさ」

ウエムとマツは、おばさんネズミのきいきいまくし立てる声にまけそうになりながら、ついふたりで顔を見あわせました。この忙《いそが》しさに、うちのひとの愚痴《ぐち》なんか聞くのは願いさげでした。するとおばさんネズミは、

「何やってんのさ、だからこっちおいでったら！」

と、二匹《ひき》の様子などおかまいなしにさらに手まねきして、家の裏手《うらて》へと二匹《ひき》をつれていこうとするのでした。二匹《ひき》は、ついていくべきかどうかといった顔をたがいに見せあいつつも、何となく足を運んでいきました。

家の裏手《うらて》でおばさんネズミは腰《こし》をかがめてごみの山をかきわけながら、相変わらずきいきいとひとりでしゃべっていましたが、やがてその手が引っぱりだしたものを見た時、ウエムとマツは、あまりの喜びにとびあがり、おばさんネズミを手助けしにかけよったのでした。それはこの家のおじ

さんがすてた、あちこちやぶれた大網《おおあみ》でした。

「ほれ、やぶれちまってるけどさ、こんなんでもないよりはいいんだろう？」

おばさんネズミがいいました。ウエムとマツは言葉も出ないほど喜んで、何度もうなずいてみせながら、網《あみ》をせっせとたぐりよせました。

「これがすててあること知っててだまってるんだからねえ、まったく！」

とおばさんネズミがいいました。ぶよぶよとした大網《おおあみ》をようやく引っぱり終えて額の汗《あせ》をぬぐったウエムは、茶色い顔でにっとわらうと、おばさんネズミの言葉をさえぎり、

「でも奥《おく》さん、なかなかいいご主人じゃありませんか！」

と元気に声をかけたので、おばさんネズミはふいにだまって、ほっかむった手ぬぐいの間で「あんらあ」とはずかしそうにいってわらいました。

ズルズルと網《あみ》を引きずり、川辺《かわべ》の道をくだっていきながら、

「どこがいいご主人なんですか」

とマツがたずねると、ウエムは、

「知るか」

と短くいって、ヒャッヒャッヒャッとわらいました。

窓縁《まどぶち》にのり、カーテンのかげにかくれて息を殺していたココは、人びとのざわざわした声が次第《しだい》に遠のくと、やがてあちこちのドアがバタンバタンととじられるのを聞きました。二時になり、美

術館がしまったのです。そしてとうとうあたりは静かになり、ココは窓縁《まどぶち》からおりました。真夜中になるまで、あふれるほどの絵にかこまれて、たった一人ですごさなければならないのでした。

ベッキオ橋《ばし》の上から、走ってくるモーターボートをねらいうちするというのがネズミたちの立てた作戦でした。船を転覆《てんぷく》させて、ネコもろとも絵が川におちれば、もうそれでネズミの勝利でした。その時は、すぐにモロがそれをつげにココのところに走ってくることになっていました。ネズミ専《せん》用口《ようぐち》がありましたから、美術館がしまっていることなど、なんでもなかったのです。

そしてもしもその作戦がうまくいかなかった場合にそなえて、ココとモロは午前中、ベッキオ宮《きゅう》の「緑の部屋」まで入りこんで、大工さんのくれた板きれと、モロが自分の家から持ってきていた大工道具とを使って、わたり廊下《ろうか》へ続く、あの茶色の重おもしい扉《とびら》をうちつけてきたりもしていました。その扉《とびら》が封鎖《ふうさ》されているだけでも、ネコは大そう困《こま》るはずでした。そしてもしもその扉《とびら》が突《とつ》破《ぱ》された場合は、美術館の第七室でネコをむかえうち、何が何でも本物の絵を守りぬくという計画なのでした。

その時には、ココの用意している棒《ぼう》きれや木くずが、たいせつな武器になるはずでした。ですから、川の作戦が失敗したとみたらば、ネズミたちはまっすぐココのいる第七室までかけてきて、戦いにそなえることになっていました。

けれどもココは、心の底でまだかすかに思っていたのです。ヤスは絵を運ばないのではないかしらと。もちろんこんなことはだれにもいいませんでした。そんなことをいえば、「まだわからないのか」といわれるに決まっていました。けれどココは、たとえヤスが自分をだまして逃《に》げたにしろ、あのままひとりで舟《ふね》にのって、どこかへいってしまってることだってあるかもしれないと思うのでした。

「もうこんなことやめにして、遠くへいっちまいたい」

といった時のヤスが、まるっきりのうそをついていたとは、ココにはどうしても思えなかったのです。そして、そうであってくれればいい、そうでありますようにとココは願わずにいられませんでした。……ネコのいいなりになんかならないで、知らない国へいったヤス……。ココは、そう思うことだけで、つらい気持ちをなぐさめることができたのです。

肩《かた》に槍《やり》を受けた馬上の騎士《きし》、「サン・ロマーノの戦い」のまん中で、ぴたりと息をとめるそのまだ若《わか》い騎士《きし》を見あげながら、ココは思《おも》い描《えが》いていました。

「船はこなかった。絵は運ばれなかったんだ！」とつげにくる明るいモロの顔を。

20　決戦の夜

心地よい春の宵《よい》がおとずれた時も、街はまだ陽気でした。ベッキオ橋《ばし》の上にならんだ宝石店《ほうせきてん》もとっくに店をしめた今、橋は川をわたるためのただの道にすぎないはずなのに、人びとはベッキオ橋にくるのでした。そして橋の中ほど、店と店の間にもうけられた小さな広場にあつまっては、ある者はしゃがみ、ある者は欄干《らんかん》に腰《こし》かけ、語ったり歌ったりするのでした。

橋のたもとに小さく身をよせあってすわっていた三匹《びき》のネズミは、緊張《きんちょう》をおさえながら、陽気な人びとの黒い影《かげ》をにらんでいました。

「くそおっ、あいつらがああしてたら仕事ができん仕事があ」

ウエムは、歯ぎしりしては銀杏《ぎんなん》の形の目をきっとつりあげました。

「大丈夫《だいじょうぶ》ですよ、ウエムさん。ぼくはよく知ってますけどね、十二時すぎたらきれいさっぱりいなくなるもんですよ、不思議と」

マツは自分にもいい聞かせるように、きっぱりした口調でいいました。こうはいってみたものの、橋の上の広場で眠《ねむ》りこむ若者《わかもの》が、たまあにいることも、マツは知っていたからです。

「この間に心をおちつけておこうよ」

モロが、おちついているとはあまりいえない声でいいました。こうして三匹《びき》は、丸めた大網《おおあみ》にちょっともたれてみたり、夜までかかって集めたたくさんの石や砂《すな》を入れたビニール袋《ぶくろ》や、それぞれの足もとにひとつずつころがっている大きな石をポンポンとたたいてみたりしながら、辛抱《しんぼう》強く、夜がふけるのを待ちました。

やけにもりあがった人びとの声がしたと思うと、橋の上の広場に集《つど》っていたらしい若者《わかもの》の一団が、ネズミたちの脇《わき》をガヤガヤと通りすぎていきました。そして、街からもどり反対岸の我《わ》が家《や》へと帰っていくらしい人びとの群が、しばし橋をわたっていきました。十二時が近くなった証拠《しょうこ》でした。やがてどこかの教会で、十二時をつげる鐘《かね》が鳴るのが聞こえました。橋の上は次第《しだい》に静かになり、通る人の数も次第《しだい》にまばらになりました。

ネコたちが何時に絵を運ぶのか、ネズミたちは知りませんでしたが、絶対にあやしまれたくないと思うことをやろうとする者なら、用心に用心を重ねて、あと一、二時間待つにちがいないと思われました。でももちろん、それよりも早くネズミたちは行動し、船がくるのを待っていなければならないのでした。けれどネズミたちだって、だれかに見つかってちょっかいを出されるのがまっぴらだという点ではネコたちと同じでした。

今か今かとじりじりしながら人の足がすっかり遠のくのを待ち続けた三匹《びき》は、今、とうとう顔を見あわせ、「よし」といって立ちあがりました。

陽気な若者《わかもの》たちの語らいの小広場は、三匹《びき》のネズミの忙《いそが》しい仕事場に変わりました。ウエムは、

黒々とした大網《おおあみ》の一方の端《はし》をマツに、一方の端《はし》をモロに持つように命令しました。そして二匹《ひき》は欄《らん》干《かん》の上にとびのると、たがいに背《せ》をむけあって、網《あみ》がぴぃんとなるところまで歩きました。

大網《おおあみ》はたしかになかなかの大きさでした。それからウエムが、橋の上にぶよぶよと集まっている黒い網《あみ》をたくしあげ、端《はし》から少しずつ注意深く欄《らん》干《かん》の外へほうっていきました。モロとマツは、網《あみ》に引っぱられて自分もいっしょに川におちていかないように必死に力をこめました。うまくいきました。橋の上から川面《かわも》にむかって、ちょうど巨大《きょだい》な幕《まく》がおろされた具合でした。けれど黒い網《あみ》は、夜のとばりの中では少しも目立ちませんでした。ただ、やぶれたところだけが、いくらかもたついて、より黒ずんで見えるだけでした。

「どおだ、おい、見ろ！　丸ごとすっぽりひっかかることまちがいなし！」

ウエムは欄干《らんかん》から身をのりだして下を見ながら、ヒャッヒャッヒャッヒャッとわらいました。

「あのお、見るどころじゃないんですけどお」

欄干《らんかん》の一方でマツが声をあげ、

「石をのっけてくれるう？　ウエム！」

という声が別の一方から響《ひび》きました。ウエムは、

「悪かった、悪かった！」

とはしゃぐようにいって、重めの石を端《はし》から順に、ところどころにならべました。やっと手を休めたマツが身をのりだすと、下にたれた網《あみ》を見て、

「あんなにうまい絵が水びたしになるかと思うと、残念な気もしますねえ！」

とさけびました。

「水びたしになると、まだ決まったわけじゃないよ」

とモロが答えました。

三匹《びき》の立てた計画はこうでした。いきおいよく川をわけて走ってくるモーターボートが橋に近づいた瞬間《しゅんかん》をねらって、目つぶしの砂《すな》や砂利《じゃり》をえいえいとなげまくる。皆《みんな》ひるんでキャーキャーいう、けれど船は、そのまま自分からまっすぐ網《あみ》にとびこむ。そこでいよいよあわててよろめく。それでも急にとまれずに橋をくぐり終える。すると出てきたところを狙《ねら》って、今度はとびきり大きな石をドカンと落とす——。これでほんとうに船が転覆《てんぷく》して、ネコもろとも絵が川に落ちてくれるかどう

か、三匹《びき》はまだ不安でした。けれども三匹《びき》のネズミには、これがせいいっぱいでした。上陸させてしまってからの戦いでは、いかにも十三匹《びき》のネコが有利でした。ただでさえ相手はネコなのですから。そして、橋の上からの攻撃《こうげき》という方針《ほうしん》を立てた時、なるべく長い攻撃時間《こうげきじかん》をかせぐには、こういう方法がいいだろうと三匹《びき》は考えたのでした。

今三匹《びき》は、さっき橋のたもとからえんやこらところがしてきてそこらにほうっておいた大きな石を、反対側の欄干《らんかん》の柵《さく》になっているところめがけてころがしていました。柵《さく》と柵《さく》の間は、石が通りぬけられるほどにあいているのでした。準備はとうとう終わったのです。あとは邪魔者《じゃまもの》がここを通らないことをいのりながら、船がくるのを待つだけでした。

船はなかなかきませんでした。

「おい、マツ、眠《ねむ》るなよおまえ!」

欄干《らんかん》の上にしゃがんだウエムが、めがねをはずして目をちょいちょいとこすったあと、マツを指でつつきながらいいました。星がチカチカと輝《かがや》いていました。どこか遠いところで、ウォウォーンと犬が高く吠《ほ》えるのが聞こえてきました。あんなににぎやか続きだったと同じ街だというのが不思議でした。

(ココはもう、きっと眠《ねむ》ってしまっているだろうな……。でも、ぐっすり眠《ねむ》れるようになってれば、それにこしたことはないな、ゆうべはたぶん、ほとんど眠《ねむ》れなかったろうから……)

モロもまた欄干《らんかん》の上でビニール袋《ぶくろ》をかかえながら、いろいろなことに思いをめぐらしていました。

右岸にならんだオレンジ色の街灯にほよほよとてらされたアルノー川は、ココとすごした一夜のことをモロに思いおこさせていました。ウォウォーンとまたひとつ、どこかの犬が、せつない声で吠《ほ》えました。

その時、三匹《びき》が目をこらしていた川の先、左側のその岸で、何かが動く気配がしました。何かこまごましたもの、けれどてきぱきと機敏《きびん》で、それでいてひそやかなもの……。三匹《びき》はいっせいにぴくんと耳を立てました。そしてやがて大きな船の形が岸辺から引きだされ、川の上に黒い姿《すがた》を見せました。それから大きな板のようなものが、街灯の光にすっと照らされました。

「砂《すな》はつかんでるか。いいか、絶対網《あみ》のはじにのっかるな」

おし殺した声でウエムがいいました。ブルンブルンブルンブルンという音が、風にのって小さく三匹《びき》の耳に聞こえ始めました。

「ふせろ！」

とウエムが命令しました。

ブーン……。闇《やみ》をぬって、とうとうモーターボートが走りだしたのでした。エンジンの音が少しずつ少しずつ近づいて大きくなり、そして今まさに、真下にこようという瞬間《しゅんかん》。三匹《びき》はいっせいに身をおこしました。

ヤスは突然《とつぜん》、千本の針《はり》に左目を刺《さ》されでもしたような恐《おそ》ろしいいたみを受けて一瞬《いっしゅん》のけぞりました。その時しっかり握《にぎ》っていたハンドルが、わずかに左にきれたかどうか……と思うより先に、後ろでくるおしいうめき声が嵐《あらし》のようにおこりました。

「あぶない！」

声と同時にだれかがヤスの肩《かた》ごしにハンドルをぐいとつかんだ、と思った時、バサリッ、チャップーン……不気味《ぶきみ》な音とともになにかがおおいかぶさったのでした。

「うわーっ！」

ネコのわめき声が高なる中、ズズズズーッという鈍《にぶ》い音が舳先《へさき》の方におこり、船はぐらりぐらりとはげしくゆれました。橋ぐいをかすったのでした。モーターがユーンとへんな高音を立てました。ヤスはもがきながらやっと身をおこすと、右目をあけ、何かぐにゃぐにゃと得体《えたい》の知れない黒いものが、そこらじゅうに絡《から》みついている中を手さぐりし、ノグがつかんでいたハンドルを握《にぎ》りなおして何とか大きく右にきりました。

「ちきしょーっ、ちきしょーっ！」

とくるったようにさけぶカーポの声が、さわぎの中でびんびんと響《ひび》きました。ボートは橋の真下で左右にぐらぐらし、しばしば水をかぶりながらも、今、ようやく舳先《へさき》が橋のむこうに出ていこうとする時、ヤスは、まっすぐおちてくる黒いかたまりを目の前に見て、頭がかっとなりながら、ハンドルをまた左にきりました。が、まにあわず、それは舳先《へさき》の右隅《みぎすみ》にはげしくぶちあたったあと、ボッチャンと川におちました。船が右にぐいとかたむきました。と思う間もなく、ギエーッという声が後ろでおこり、とたんに、どーん、どーん、という重おもしい音が二度続きました。ぐうんと後ろに引っぱられるようにして船がゆれました。わめきくるう者どもの頭を、数知れない小石がうち続けました。が、ボートは、ユーンというへんな音を立ててゆれながらも、何とか転覆《てんぷく》だけはまぬがれて、橋から遠ざかりました。パチャパチャ、パチャパチャと小石が川面《かわも》をたたく音が小さくなりました。

「ちきしょーっ、ちきしょーっ！」

「くそおっ、くそおっ！」

いかりくるってあばれるネコたちを後ろにのせ、ヤスは左目をあけられないまま、レバーを力いっぱい押《お》してスピードをあげました。

「いっちまったな」

とウエムが小砂利《こじゃり》を握《にぎ》りしめたまままいいました。

「あの分だと最後までいくよ、あれは」

モロがいいました。

「ちっきしょーっ」

マツは持っていた石を、力いっぱい川にほうりました。

そして三匹《びき》は、軽くなったビニール袋《ぶくろ》をひっつかむと、一目散《いちもくさん》に橋をとってかえしました。

ココは、パタパタという小さい足音がかけてくるのを耳にして、ハッと目をさますと、暗闇《くらやみ》の中で懐中電灯《かいちゅうでんとう》を握《にぎ》りました。「サン・ロマーノの戦い」の下、ごつごつする寝袋《ねぶくろ》にもたれて眠《ねむ》ってしまったのは、もうどれくらい前のことだったのでしょう。ココはごくりと唾《つば》をのむと立ちあがりました。

「ココ！　ココ！」

闇《やみ》の中でよぶのはモロの声でした。ココは懐中電灯《かいちゅうでんとう》をともすと、ドアのない入口から第八室にむけて光をなげました。オレンジ色の光の輪の中にうつしだされたのは、一匹《びき》のネズミだけではありませんでした。そのとたん、胸《むね》がおしつぶされていくのをココは感じました。絵は運ばれ、その上、川の作戦も失敗に終わったにちがいありませんでした。

「あいつらは、かならずやってくる」

懐中電灯《かいちゅうでんとう》のさびしい光の中の短い沈黙《ちんもく》のあとで、ウエムが重苦しくいいました。

「どういうことになるか、ちょっと見当がつかない。相当危険《きけん》なことはまちがいない」

モロがうつむいたままゆっくりいいました。

「今やめることならできるよ」

皆《みんな》がおどろいてモロを見ました。モロはうつむいたままでした。

「君はまだ子供《こども》だし、それに女の子だし、それに、今までがんばってくれたし……」

だれにむけて話していたかがわかると、

「だからもう一回がんばらせてよ！」

とココがはきだすようにさけんでモロの言葉をさえぎりました。そして寝袋《ねぶくろ》の方に身をよじると、中から一本の棒《ぼう》きれをとりだしました。

「ほら、ひまだったからあたし、モロの大工道具を使って槍《やり》をこしらえたのよ、絵をまねしてね！」

三匹《びき》は光に照らされた棒《ぼう》きれを感心してながめました。器用な仕事ではなかったけれど、棒《ぼう》きれの先は少しとがり、一方の端《はし》はネズミの手にあう太さにけずられていました。

たしかにそれは、頭の上の「サン・ロマーノの戦い」に描《えが》かれた槍《やり》ににていました。ココは、目を丸くしているモロににっこりわらってみせました。ほんとうは、わっと泣きたいところだったのだけれど。

「えらいっ！　君はえらいっ！」

「ばっちりですね！」

ウエムとマツが、とびあがって、ココの肩《かた》を元気よくたたきました。そしてココは、これを使うようなことにだけはならなければいいと思いながら作った何本かの槍《やり》を、次つぎと寝袋《ねぶくろ》からとりだしてならべてみせたのでした。

戦いの手はずはととのいました。足を引っかけてころばせようと、入口に洗濯紐《せんたくひも》を張った上でウエムとモロが入口をはさんでひそみました。木屑《きくず》をつめたビニール袋《ぶくろ》をココがかかえ、モロの後ろにつくと、マツは砂入《すない》りの袋《ふくろ》をかかえてウエムの後ろにつきました。危険《きけん》がせまったらすぐに武器を手にとれるように、何本かの槍《やり》や木片《もくへん》が、それぞれの後ろに積まれていました。

ぎぎぎ、というようなかすかなかすかな物音が遠くでし始めたのを、ネズミたちの耳だけが鋭《するど》く聞きわけました。封鎖《ふうさ》したわたり廊下《ろうか》の扉《とびら》を何とかしてあけようとしている音にちがいありませんでした。

静けさの中で、ココとネズミたちの息づかいだけが、はっきり聞こえました。ネコの足音を聞きわけるのは容易《ようい》なことではありません。けれど大きな板を担《かつ》いで運ぶ大勢のネコのふぞろいな呼吸《こきゅう》や、物がこすれあうわずかなざわつきまでかくすことはできません。ココと三匹《びき》はそうしたかすかな音に耳をそばだて、息を殺しました。

ジャラジャラという金属のふれあう音がしたあと、廊下《ろうか》に面した第二室の扉《とびら》の鍵《かぎ》が、カチャリとまわったのが聞こえました。そこから第七室までは、もうまっすぐでした。懐中電灯《かいちゅうでんとう》のものらしい一条の光が、すっと差しこみました。

光がゆれ、ハアハアという荒《あら》い息の音が、とうとう、もう手をのばせばとどきそうなすぐそばで聞こえた時、

「うわっ！」

というめき声とともに、一匹《ぴき》のネコが紐《ひも》に足をとられてドタッとたおれました。懐中電灯《かいちゅうでんとう》がその手からおどりでて、遠くの床《ゆか》にガチャッと落ちて少しすべりました。あわい光に照らしだされた、ずりおちためがねのその顔は、イラでした。

「どうした！」

「まだ何かしかけてるのか！」

といいながら、たくさんのネコがはいってこようとする瞬間《しゅんかん》、

「かかれっ！」

とウエムがさけびました。

先頭のネコは、イラと同じように紐《ひも》に足をとられてつんのめってたおれ、そのとたん、大きな板がぐっとななめにかたむいて、四人の目の前にあらわれました。あわてているネコにむかって、ウエムとモロは奇声《きせい》をあげながら槍《やり》をふりまわしてめったうち、ココとマツは、砂《すな》や木屑《きくず》をぶっつけました。

「くそおっ！」

とうとう恐《おそ》ろしく低い声が響《ひび》きわたり、テツが勇敢《ゆうかん》にモロの槍《やり》をつかみました。片手《かたて》は絵を担《かつ》いだままでした。すごい力でした。けれどマツが間近《まぢか》から投げた砂《すな》がテツの目を直撃《ちょくげき》し、テツはせっかくつかんだ槍《やり》を手ばなしました。

ウエムとモロは槍《やり》をつき立て続け、ココとマツは、さかんに砂《すな》や木屑《きくず》を舞《ま》いあげました。けれどもネコは、もう紐《ひも》にかかる者もなく、少しずつすすんでくるのでした。

「よおくも今まで、生意気なことしてくれたやねーかーっ！　ええいっ、一旦《いったん》絵を置いて、ネズミどもをやっちまえーいっ！」

カーポがくるったようにさけぶと、部屋の中に入り終えたネコたちは、槍《やり》の先に一時身をさらしながらも、丁寧《ていねい》に絵を置きました。

それは本物と寸分《すんぶん》ちがわない「サン・ロマーノの戦い」でした。

そしてその後、いかりたけったネコたちが、とうとう反撃《はんげき》に出たのです。ネコたちもまた、ココの用意した棒《ぼう》きれや木片《もくへん》を見つけて無理やり横どると、もう突撃《とつげき》の準備は万端《ばんたん》でした。

「ひるむな！」

「やっちまえーっ！」

「このやろうっ！」

悲鳴、さけび声、どなり声、そしてはげしく槍《やり》のぶつかる音、もうもうとまきあがる砂《すな》けむり、鋭《するど》い爪《つめ》が宙《ちゅう》をきり、爪《つめ》は鋭《するど》い刃《やいば》と化し、追いつめ、追いつめ、そしてじりじり追いつめられ……ほこりが舞《ま》い、砂が舞《ま》い、前も見えず後ろも見えず、目もあかず、そして息することもできない戦い……。

その時、ゴオーッという音がおこりました。

……パカッ、パカッ、パカッ、パカッ……ドンドンドドンコ、ドンドンドドンコ……。

長い長い眠《ねむ》りの果てに、地の底から今よみがえる、昔むかしのあの音が。ひづめの音。ラッパの音。そしてもうもうとまきあがる砂ぼこり、土ぼこり……赤い槍《やり》、白い槍《やり》、オレンジの林をゆらし馬がくる馬がくる。鎧兜《よろいかぶと》をかちかち鳴らし、兜《かぶと》かざりがさわさわゆれる。旗《はた》が風にひるがえる……。ドンドンドドンコ、ドンドンドドンコ、ドドンコドドンコ、ドンドンドドンコ……。ドンドンドドンコ、ドンドンドドンコ、ドドンコドドンコ、ドンドンドドンコ……。

だれもかれも、何もかもが絵の中にすいこまれていってしまった後、美術館の第七室は、恐《おそ》ろしいほど静かになりました。ウエムの革《かわ》カバンと寝袋《ねぶくろ》だけが、部屋の隅《すみ》にぽつんと残っていました。

第三部
サン・ロマーノの物語

パオロ・ウッチェッロ作（Paolo Uccello, 1397～1475）
「サン・ロマーノの戦い」フィレンツェ／ウフィツィ美術館所蔵（182 cm × 323 cm）

一

昔々の物語。
深い深い森の中、
緑の蔦《つた》の絡《から》みつく
古びた塔《とう》の小窓《こまど》から
心惑《こころまど》わす声がよぶ。
囚《とら》われの身のせつなさは
通りすがりの風にのり
そぞろに空を駆《か》けめぐり
一人の少女の耳を刺《さ》す。
《訪《たず》ねておくれ、塔《とう》の上。
悲しい騎士《きし》を救うため。
陥《おとしい》れられ三百十日。
高い塔《とう》の尖端《せんたん》に
閉《と》じ籠《こ》められて見る夢は、
水色の袖《そで》、水色の裾《すそ》、

お前の纏《まと》う水色の服。
そして遙《はる》かな道のりを
この身を思い駆《か》けてくる
小さなお前の水色の靴《くつ》。
三百段《だん》の階段《かいだん》を
ひとつひとつと踏《ふ》み越《こ》えて
我《わ》が目の前に立つ姿《すがた》。
ああ、お前！
思《おも》い描《えが》いてくれるだろうか、
塔《とう》の小部屋の寂《さび》しさを。
闇夜《やみよ》の森で梟《ふくろう》が
沈黙《しじま》を破って鳴く声を。
ああ、お前！
一人の騎士《きし》の身の上を
悲しいものと思うなら
深い森に分《わ》け入《い》って
古びた塔《とう》を訪《たず》ねておくれ、

訪《たず》ねておくれ！
その名は、サン・ロマーノ塔《とう》》

深き森、暗き林も茨《いばら》の道も
少女の前に道を開け、
蛇《へび》も蜥蜴《とかげ》もその舌で
少女の髪《かみ》に触《ふ》れようとして、後ずさる。
風の運んだあの声が
小さな心を波立たせ
心は波にさらわれて
少女を森へと誘《さそ》い出《だ》す。
少女の耳には今もなお、
せつない声がよびかける。
早く、早く、とよびかける。
不思議な響《ひび》きを秘《ひ》めた声、
若《わか》く悲しい、騎士《きし》の声、
声が恐《おそ》れを奪《うば》い去《さ》り、

声がその身を魅《ひ》きつける。
水色の袖《そで》、水色の裾《すそ》、
水色の服に身を包み、
少女は頬《ほお》を火照《ほて》らせて
髪《かみ》をなびかせ、ひた走る。
悲しい騎士《きし》を救わんと。

最後の茨《いばら》をぬけ出れば、
そこに聳《そび》える古びた塔《とう》。
重ねた石は苔《こけ》むして
重ねた齢《よわい》を偲《しの》ばせる。
ただ絡《から》まる青蔦《あおづた》が、
炎《ほのお》の如《ごと》くゆらめいて
円《つぶら》な瞳《ひとみ》を喜ばす。
古塔《ことう》の小暗《おぐら》く湿《しめ》やかな
中《うち》に踏《ふ》み入《い》る靴音《くつおと》は、
眠《ねむ》り続《つづ》けたこの塔《とう》の

長き眠《ねむ》りに忍《しの》び入《い》り、
昔の夢を、呼《よ》び覚《さ》ます。
果てなき石の階《きざはし》は、
とぐろを巻《ま》いて昇《のぼ》りゆき
少女の先へ回っては
おいでおいでと招《まね》きよぶ。
後ろに回った石段《いしだん》は
小さな足を後押《あとお》しし、
魅《ひ》かれ、吸《す》い寄《よ》せられるまま
少女は塔《とう》の尖端《せんたん》へ
騎士《きし》を救わんと、登りゆく。

二

昔々の物語。
そこは塔《とう》の尖端《せんたん》の
小さな小さな暗い部屋。
差《さ》し込《こ》む僅《わず》かな陽《ひ》の中に

銀に輝《かがや》く褥《しとね》がひとつ。
俄《にわ》かに少女は疲《つか》れ果《は》て
銀の褥《しとね》に身を投げる。
銀の褥《しとね》は銀の綿、
この世のものとも思われぬ
肌《はだ》に溶《と》け入《い》るやわらかさ。
《あなたはどこにいるのです？》
《あなたはどこにいるのです？》
夢と現《うつつ》のまん半《なか》で、
少女は幾度《いくど》も騎士《きし》をよぶ。

夢と現《うつつ》のまん半《なか》で
少女に語る声がする。
《陥《おとしい》れられ三百十日。
高い塔《とう》の尖端《せんたん》に
閉《と》じ籠《こ》められて見た夢が
遂《つい》に叶《かな》えられた今、

お前は私《わたし》のいとしい者！
眠《ねむ》れ、眠《ねむ》れ、目覚めずに、
銀の褥《しとね》にくるまれて。
そして私《わたし》の声を聞け。
いいか、私《わたし》の声を聞け。
ここに悲しい騎士《きし》がいる。
いや、ここに悲しい騎士《きし》がいた。
ああ、お前！
お前は知っていたろうか、
塔《とう》の、古い伝説を。
悍《おぞま》しいばかりの伝説を！
陥《おとしい》れられこの塔《とう》に、
閉《と》じ籠《こ》められて暮《く》らすうち
語り伝えは甦《よみが》り、
我《わ》が身《み》に呪《のろ》いをかけたのだ。
いとしいお前、目覚めるな、
私《わたし》の話を聞くまでは。

いとしいお前、驚《おどろ》くな！
私《わたし》は若《わか》い騎士《きし》ではない。
俺《おれ》は一匹《ぴき》の蜘蛛《くも》なのだ。
ああ、忌《いま》わしきあの日々よ！
忘《わす》れようにも忘《わす》られぬ。
思《おも》い描《えが》いてみるがいい、
日に日に我《わ》が手、我《わ》が脚《あし》が、
痩《や》せ衰《おとろ》えて力なく
八《や》つに分かれてゆく様を。
日に日に胴《どう》がくびれだし、
醜《みにく》い姿《すがた》になる様を。
そしてある朝、目覚めれば
騎士《きし》の面影《おもかげ》ひとつない
ただ一匹《ぴき》の蜘蛛《くも》なのだ。
ああ、だがお前、恐《おそ》れるな！
私《わたし》はお前を食べやしない。
お前は何より大切な、

たった一つの最後の望み、
私《わたし》を救う鍵《かぎ》なのだ。
三百という昼と夜、
俺《おれ》が糸を吐《は》いたのは
お前を抱《いだ》くこの褥《しとね》、
銀の褥《しとね》をつくるため。
そして褥《しとね》に横たわる
その一人の者だけが、
この呪《のろ》いを解けるのだ。
忌《いま》わしい限りの伝説に
我《わ》が身《み》が苦しめられるなら、
そこから救い出されるも
また伝説によってのみ。
それ故俺《ゆえおれ》は三百の、
昼と夜とを費《つい》やして
銀の糸を吐《は》きながら
この世のものとも思われぬ

褥《しとね》をつくりあげたのだ。
お前は俺《おれ》の声を聞き
俺《おれ》のために駆《か》けつけた。
そんなお前が、
ああ何故《なぜ》、いとしくないものか！》

夢と現《うつつ》のまん半《なか》で、
少女は胸《むね》を掻《か》きむしる。
恐《おそ》れ、驚《おどろ》き、
そして不思議な喜びが
小さな胸《むね》を衝《つ》きあげる。
声の響《ひび》きに誘《いざな》われ
茨《いばら》の道ものとせず
駆《か》けてきた身であったれば
耳に溶《と》け入《い》るその声を
間近《まぢか》に聞けるこの時が、
喜びでなく何であろう。

たとえ呪《のろ》いの秘《ひ》めごとを
囁《ささや》くように告げたとて
いとしいお前、とよびかける、
乾《かわ》いたその声聞ける今、
喜びに心も酔《よ》い痴《し》れる。
悲しい騎士《きし》のなれの果て、
仮《か》りの姿《すがた》のその蜘蛛《くも》の
思いの丈《たけ》がこめられた
銀の糸の柔《やわ》らかな
褥《しとね》に包まれ聞く声が
身と心とを溶《と》かしゆく。

《いとしいお前、聞くがよい。
明日、新たな陽《ひ》が昇《のぼ》り、
東の空を染《そ》める頃《ころ》、
兵《つわもの》どもの一隊が
深き森をかき分けて

塔《とう》の下を歩みゆく。
鎧《よろい》兜《かぶと》に身を包み、
長槍《ながやり》を立て、弓を持ち、
白き駿馬《しゅんめ》を先頭に
一千余りの兵卒《へいそつ》が
朝陽《あさひ》の中をすすみゆく。
白き駿馬《しゅんめ》に跨《またが》った
その騎士《きし》こそが、憎《にく》き者。
この身を捕《と》らえ、この塔《とう》に
閉《と》じ籠《こ》めたのはその男。
そしてお前の為《な》すべきは
男の剣《つるぎ》を盗《ぬす》むこと。
古い呪《のろ》いはすべからく
解かれることを忌《い》み嫌《きら》い、
ほどくもほぐすも易《やす》からぬ
固く綯《な》われた縄《なわ》に似せ
幾多《いくた》の至難《しなん》を絡《から》ませて

逃《のが》れんとする身を苦しめる。
ああ、だが俺《おれ》は諦《あきら》めぬ。
ひとつひとつの縄《なわ》の目を
俺《おれ》の深い憎《にく》しみで
ほどきおおせる時までは！
いとしいお前、恐《おそ》れずに
俺《おれ》の話を聞くがよい。
にっくき相手の剣《つるぎ》のみ、
俺《おれ》の呪《のろ》いに敵《かな》うもの。
そこでお前の為《な》すべきは
男の剣《つるぎ》を盗《ぬす》むこと。
僅《わず》かに一つ輝《かがや》ける
金剛石《こんごうせき》の目も綾《あや》な
象嵌《ぞうがん》の鞘《さや》を目指すのだ。
そしてお前の手の中の
剣《つるぎ》を俺《おれ》にむけるのだ。
銀の姿《すがた》の大蜘蛛《おおぐも》を

手にした剣《つるぎ》で刺《さ》すがよい！
銀の褥《しとね》に包まれて
一夜《ひとよ》を過ごした者の手で
憎《にく》き剣《つるぎ》が舞《ま》う時に
全ての呪《のろ》いは解けるのだ。
長き伝説《つたえ》が終わるのだ。
その時、お前の目の前に
俺《おれ》は若《わか》き騎士《きし》となり
晴れて姿《すがた》を見せるだろう。
いとしいお前、ひるまずに、
明日、新たな陽《ひ》が昇《のぼ》り、
東の空を染《そ》める頃《ころ》、
一筋《ひとすじ》の銀糸《ぎんし》に身を委《ゆだ》ね
塔《とう》の窓《まど》から降《お》りるのだ。
悲しい騎士《きし》の身の上を
哀《あわ》れと思うお前なら
私《わたし》の願いをききいれて

険《けわ》しき業《わざ》をも為《な》すだろう。
眠《ねむ》れ、眠《ねむ》れ、目覚めずに。
陽《ひ》がまた空を染《そ》めるまで》

三

昔々の物語。
明《あ》け初《そ》めたばかりの空の下、
目覚めた小鳥を蹴《け》散《ち》らかし
青き梢《こずえ》を震《ふる》わせて
色とりどりの旗《はた》がゆく。
繁《しげ》る緑の枝葉を透《す》かし
鎧《よろい》兜《かぶと》の鋼《はがね》の色が
白く冷たく揺《ゆ》れ動《うご》く。
やがて東の空を染《そ》め
おおどかな陽《ひ》の昇《のぼ》る頃《ころ》、
一千余りの兵《つわもの》の
威《い》風《ふう》に満ちた隊列が

朝陽《あさひ》に光る塔《とう》めざし
ざくざくざくと歩みくる。
白き駿馬《しゅんめ》に従いて
ざくざくざくざく歩みくる。
白き駿馬《しゅんめ》はその鞍《くら》に
凜々《りり》しく若《わか》い騎士《きし》を乗《の》せ
茨《いばら》の道も惑《まど》いなく
鼻面《はなづら》高く歩を運ぶ。
白馬の歩武《ほぶ》に和《わ》すごとく
騎士《きし》の差したる短剣《たんけん》の
金剛石《こんごうせき》が陽《ひ》に揺《ゆ》れる。
凜々《りり》しく若《わか》いその騎士《きし》は
手綱《たづな》さばきも軽《かろ》やかに
朝風を受け、進みゆく。
その瞳《ひとみ》は清く澄《す》み、
その口もとはおとなしく、
その優《やさ》しき面《おも》だちは、

猛《たけ》き兵《つわもの》を思わせず。
ああ、ベルナルディーノ・デル・モーロ、
勇将《ゆうしょう》の誉《ほまれ》かくれなき
その名の主《ぬし》こそ、この若《わか》い
騎士《きし》であるのを誰《だれ》が知ろう。
主将《しゅしょう》に後《おく》れること僅《わず》か
二頭の青き馬に乗り、
副将《ふくしょう》二名が突《つ》き進《すす》む。
小麦の肌《はだ》を陽《ひ》に照らし
行く手を見据《みす》える大男、
血気《けっき》盛《さか》んに意気高く
手綱《たづな》を握《にぎ》る若《わか》い騎士《きし》、
ドナート・デル・ウエムーノ、
そして、ジョゼッピーノ・マッツィーニ。
常に主将《しゅしょう》を援《たす》けんと
命を捧《ささ》げ挑《いど》みゆく。
朝陽《あさひ》差しこむ森の中、

一千余りの兵《つわもの》が
旗《はた》翻《ひるがえ》し槍《やり》を立て、
弩《おおゆみ》かかげ突《つ》き進《すす》む。
塔《とう》の聳《そび》える東へと。
幾歳《いくとせ》を経《へ》たその塔を
あおいで過ぎたところこそ
この行軍の終《つい》の場所。
さあ、古びた塔《とう》はもう近い。
その名は、サン・ロマーノ塔《とう》。

最後の茨《いばら》をぬけ出《いで》た
先頭《さき》の駿馬《しゅんめ》が今まさに
高き古塔《ことう》のその壁《かべ》の
絡《から》まる蔦《つた》のその横を
過ぎゆかんとするその刹那《せつな》、
ひらりと微《かす》かな風がたち、
馬上の騎士《きし》を驚《おどろ》かす。

燦《きら》めく空の欠片《かけら》かと
見紛《みまご》うほどに鮮《あざ》やかな
ひとつの色が宙《ちゅう》を舞《ま》い
騎士《きし》の剣《つるぎ》を掠《かす》め取《と》る。
だが、騎士《きし》の雅《みやび》の早業《はやわざ》に
短くあがるその声は、
銀の鈴《すず》の音《ね》そのものの
少女の可憐《かれん》な嘆《なげ》き声《ごえ》。
騎士《きし》の眼《まなこ》のその中で
足掻《あが》き続けた一色《ひといろ》は
遂《つい》に動きを諦《あきら》めて
水色の服を形どる。
少女は熱く息を吐《は》き、
馬上の騎士《きし》を仰《あお》ぎ見《み》る。
悲しい騎士《きし》の仇敵《きゅうてき》と
険《けわ》しい瞳《ひとみ》で見たものは、
清《さや》かに澄《す》んだ眼差《まなざ》しと

静かな笑《え》みの嫋《たお》やかさ。
我《われ》知らず見入ったその一瞬《ひとときき》、
握《にぎ》った剣《つるぎ》は手を放れ、
早《はや》、象嵌《ぞうがん》の鞘《さや》の中。
腕《かいな》の中の瞳《ひとみ》見て、
《何故《なぜ》》
と問いつつ仰《あお》むけば
騎士《きし》の目を射《い》る銀の糸。
その時、騎士《きし》は思い出す。
古い塔《とう》の伝説を。
最早《もはや》、惑《まど》いも疑《うたが》いも
心を曇《くも》らすことはない。
騎士《きし》の為《な》すべきはただひとつ。
ひとふり剣《つるぎ》を打《う》ち振《ふ》って
銀糸《ぎんし》をぷつりと切って断《た》ち
少女を連れて去りゆくのみ。

ベルナルディーノ・デル・モーロ。
心気高《こころけだか》き勇将《ゆうしょう》は
銀覆輪《ぎんぷくりん》のその鞍《くら》に
少女を載《の》せて進みゆく。
《蜘蛛《くも》に斬《き》りつけてはならぬ》
短い一句を告げたきり、
優《やさ》しく口もとを引《ひ》き締《し》めて。
《蜘蛛《くも》に斬《き》りつけてはならぬ》
《蜘蛛《くも》に斬《き》りつけてはならぬ》
白き駿馬《しゅんめ》の歩に合わせ
一つ言葉が繰《く》り返《かえ》し
少女の耳に谺《こだま》する。
《蜘蛛《くも》に斬《き》りつけてはならぬ》

古びた塔《とう》の尖端《せんたん》の
小さき部屋に陽《ひ》が差して
佇《たたず》む蜘蛛《くも》が銀色に

妖《あや》しく光り、照り返る。
怒《いか》りに燃える銀色は
常ならぬ深い艶《つや》を帯び、
歪《ゆが》めた顔は、ただならぬ
憎《にく》しみの色、たたえおる。

《三百もの昼と夜、
命を尽《つ》くして吐《は》き出《だ》した
銀糸《ぎんし》の先をすげなくも
断《た》ち切《き》った男こそ、憎《にく》き奴《やつ》。
その男の鞍《くら》に乗り
俺《おれ》を見限り、去った奴《やつ》。
水色の服こそ、憎《にく》き服。
ああ、長き伝説《つたえ》の呪《のろ》いが
今まさに解かれんというこの時に
俺《おれ》を見限り、去った奴《やつ》。
ああ、憎《にく》しみが渦《うず》を巻《ま》き
俺《おれ》の心に燃《も》え滾《たぎ》る。

ああだが俺《おれ》は諦《あきら》めぬ。
再びお前を見つけ出し、
再び剣《つるぎ》を握《にぎ》らせて
そしてこの身を貫《つらぬ》かす。
貫《つらぬ》かさずにおくものか！
俺《おれ》の心の火のような
この強き憎《にく》しみが
それを為《な》させずにおくものか！》
朝陽《あさひ》に映《は》える小窓《こまど》から
醜《みにく》く身体《からだ》を捩《よじ》らせて
一匹《びき》の蜘蛛《くも》が下《くだ》りくる。
のろりのろりと下《くだ》りくる。
三百十日の日々の果て
蜘蛛《くも》は初めて塔《とう》を出《い》で
下へ下へと下《くだ》りくる。
憎《にく》き少女を捜《さが》さんと。

四

昔々の物語。
緑の森の切れる処《とこ》、
まだ高からぬ陽《ひ》を受けた
野草《のぐさ》はびこる荒地《あれち》には、
千と千との兵《つわもの》が
相見《あいまみ》えんと勢揃《せいぞろ》う。
主《あるじ》の従僕《しもべ》、騎士《きし》達《たち》は
主《あるじ》の命《めい》を守らんと
遥《はる》かな地より歩みきて
遂《つい》にこの時勢揃《せいぞろ》う。
草地を隔《へだ》て彼方《かなた》には
その若《わか》き日に名を馳《は》せた
熟達《じゅくたつ》の騎士《きし》を長《おさ》として
血《ち》潮《しお》滾《たぎ》らす敵軍が
威容《いよう》整え時を待つ。

肥《こ》えた巨体《きよたい》を堂々と
鎧《よろい》に包み槍《やり》を持ち
黒き名馬に跨《また》がった
ミケレット・ダ・カーポこそ
戦《いくさ》に慣れた、敵の長《おさ》。
光る小さな両の目は
草叢《くさむら》の果ての白き点、
若《わか》き敵将《てきしよう》を睨《にら》み見る。
年端《としは》もゆかぬ騎士《きし》などに
名を成さしめてなるものか。
千の兵士を背《せ》に控《ひか》え
嘗《かつ》ての名将《めいしよう》、武者震《むしやぶる》う。
腹心《ふくしん》の友に挾《はさ》まれた
ベルナルディーノ・デル・モーロ。
背《せい》を伸《の》ばして面《おもて》あげ
身じろぎもせず前を見る。
その面差《おもざ》しの、

猛者《もさ》とも見えぬ嫋《たお》やかさ。

対峙《たいじ》することおよそ二分。
遂《つい》に振《ふ》られた敵の旗《はた》。
時おかずして副将《ふくしょう》の
ドナート・デル・ウエムーノ、
掲《かか》げた旗《はた》を振《ふ》り返《かえ》す。
待《ま》ち構《かま》えていた喇叭《らっぱ》手《しゅ》が
黄金《こがね》の色を輝《かがや》かせ
音高らかに吹《ふ》き鳴《な》らす。
さればと若《わか》き騎士《きし》ベルナルディーノ、
猛《たけ》く凛々《りり》しい主将《しゅしょう》として
刀ひらりと振《ふ》りおろす。
そして、サン・ロマーノの合戦の
火蓋《ひぶた》は切って落とされる。

黒き悍馬《かんば》の横腹《よこはら》を

鉄の拍車《はくしゃ》で蹴《け》りあげた
巨漢《きょかん》の名将《めいしょう》ミケレット
乾《かわ》く草原《くさはら》に躍《おど》り出《で》る。
太刀《たち》振《ふ》り翳《かざ》し、喚《おめ》きたて
敵将《てきしょう》めざし突《つ》っ走《ぱし》る。

ベルナルディーノも後《おく》れじと
白き愛馬《あいば》と一《いっ》になり
光る草地へ踏《ふ》み出《だ》すが
踏《ふ》み出《だ》す刹那《せつな》振《ふ》りむきて
先に与《あた》えた白鹿毛《しらかげ》に
跨《また》がる少女に笑《え》み投げる。

ベルナルディーノ・デル・モーロ
才知《さいち》と勇《ゆう》に恵《めぐ》まれた
類稀《たぐいまれ》なる真の騎士《きし》、
軽く白馬を駆《か》りながら
兜《かぶと》の面《おもて》を引きおろし
遂《つい》に一人の猛者《もさ》と化《か》し

敵将《てきしょう》めがけ突《つ》っ走《ぱし》る。

緑の森の切れる処《とこ》、
まだ高からぬ陽《ひ》を受けた
野草《のぐさ》はびこる荒地《あれち》には
狂《くる》うばかりの雄叫《おたけ》びが
合わさる槍《やり》の数知れぬ
甲高《かんだか》き音《ね》に入《い》り混《ま》じり
高き空へと昇《のぼ》りゆく。
命知らずの者どもは、
長槍《ながやり》構え、奇声《きせい》あげ
盾《たて》にその身を護《まも》りつつ、
敵をめがけて突《つ》き進《すす》み
その目その顔その胸《むね》を
力の限り突《つ》き通《とお》し
敵の血汐《ちしお》を身に浴びて
ひるむことなく突《つ》き進《すす》む。

我《わ》が身《み》の傷《きず》はものとせず
槍《やり》にすべての運を賭《か》け
敵が、地に伏《ふ》し果《は》てるまで
前へ前へと挑《いど》みゆく。
弩《おおゆみ》かつぐ者どもも
敵間近《まぢか》まで走りゆき
狙《ねら》いを定め矢を番《つが》え、
力まかせに引き放つ。
矢先は鋼《はがね》の甲冑《かっちゅう》を
みごとに射《い》ぬき敵を討《う》つ。
草地は今や戦いの
狂《くる》える坩堝《るつぼ》に変わり果て
赤、白、黄色の槍《やり》が舞《ま》い
軍旗《ぐんき》が風に翻《ひるがえ》り
さながら巨人《きょじん》の万華鏡《まんげきょう》。
あの荒涼《こうりょう》の地が嘘《うそ》のよう。

ドナート・デル・ウエムーノ、
そしてジョゼッピーノ・マッツィーニ、
副将《ふくしょう》二名の活躍《かつやく》は
散らした敵のその数が
あっぱれ語るみごとさよ。
掠《かす》り傷《きず》さえひとつなく
馬上で大槍突《おおやりつ》っ立《た》てて
怒濤《どとう》の如《ごと》く迫《せま》りくる
敵《てき》を次々打《う》ち倒《たお》し、
疲《つか》れを知らず突《つ》き進《すす》む。
そして遂《つい》にはドナートが、
イラオノーロ・ディ・アリギエリ、
敵の副将《ふくしょう》を討《う》ち倒《たお》す。
水色の服のその下に
鎖帷子《くさりかたびら》身にあてた
少女も今は功《いさお》しく
駒駆《こまか》り、剣《つるぎ》をうち振《ふ》るい

寄せくる敵を蹴散《けち》らかす。
ベルナルディーノに授《さず》かった
この一本の剣《つるぎ》こそ
古塔《ことう》の小部屋で彼《か》の声が
眠《ねむ》る少女の耳元で
囁《ささや》き告げた当の剣《けん》。
なに故《ゆえ》まさにその剣《けん》を
今この時振《ふ》るうかと、
また、なに故我《ゆえわ》が身《み》を戦いの
刃《やいば》の下《もと》に晒《さら》すかと
問うてみる間もあらばこそ
これが宿命《さだめ》と受け入れて
一心不乱《いっしんふらん》に突《つ》き進《すす》む。

ベルナルディーノ・デル・モーロ、
敗《ま》けるを知らぬ勇将《ゆうしょう》は
遂《つい》に刃《やいば》を敵将《てきしょう》の

その太き首もとに
ぴたりと当てて動き止《や》む。
ぬらりと冷えた刀身《とうしん》を
首にぴたりと受け止めて
嘗《かつ》ての名将《めいしょう》ミケレット、
俄《にわ》かに震《ふる》えが身を走り
命の措《お》しさ思《おも》い初《そ》む。
名折《なお》れるほどなら命など
くれてやるわとうそぶいた
昨夜の己《おの》れが目に浮《う》かび
千切《ちぎ》れるまでに唇《くちびる》を
嚙《か》んで忍《しの》んでみたとても
首におかれた刀身《とうしん》の
酷《むご》きも酷《むご》き冷ややかさ。
年端《としは》もゆかぬその騎士《きし》は、
鉄の仮面《かめん》に面隠《おもかく》し
塑像《そぞう》と化《か》したかの如《ごと》く

微《かす》かな身じろぎひとつせず
ただ刀剣《とうけん》を差《さ》し出《いだ》す。
跨《また》がる白馬もまた同じ。
　鬣一筋震《たてがみひとすじふる》わさず、
石のごとくに立《た》ち尽《つ》くす。
《血も涙《なみだ》も情《じょう》もない
　氷のような男とは
ベルナルディーノ・デル・モーロ、
　こやつをおいてあるものか。
だが何故《なぜ》そのままこの儂《わし》を
　ひと思いに突《つ》き刺《さ》さぬ？》
訝《いぶか》りながらの一時《いっとき》は
戦《いくさ》の最中《さなか》ふと過《よ》ぎる
　短く長き幻《まぼろし》か。

　こうして遂《つい》に敵軍は
無惨《むざん》に裂《さ》かれた旗担《はたかつ》ぎ

背《せ》をむけ一心に走り去る。
草蹴散《けち》らかし砂煙《すな》をたて
一目散《いちもくさん》に逃《に》げ帰《かえ》る。

静まり返った草原《くさはら》の
白馬に跨《また》がる若《わか》き騎士《きし》。
兜《かぶと》の面《おもて》引きあげて
頬《ほお》を火照《ほて》らせ振《ふ》り返《かえ》る。
妙《みょう》に清《さや》かな笑《え》み浮《う》かべ。

だが終わると見えた戦いが
さらに続くとは誰《だれ》が知ろう。

五

昔々の物語。
戦《いくさ》の止《や》んだその後の
淀《よど》んだ空気震《ふる》わせて

勢いづいた幾《いく》つもの
奇声《きせい》が俄《にわ》かに聞こえくる。
勢いづいた幾《いく》つもの
蹄《ひづめ》が大地を震《ふる》わせて。
ベルナディーノ・デル・モーロ、
馬上の若《わか》き将軍《しょうぐん》は
ゆるく頭《こうべ》をめぐらせて
その目を細め、陽《ひ》を浴びる
草原《くさはら》遠く見はるかす。
寄《よ》り添《そ》う二人の副将《ふくしょう》と
少女は言葉なきままに
互《たが》いに見交《みかわ》し眉《まゆ》ひそむ。
だがこの時、既《すで》にもう
ベルナルディーノは手綱《たづな》引き、
愛馬の鼻のむきを変え、
今現れる敵を待つ。
誉《ほま》れに生きる騎士《きし》ならば、

これを受けずに何としよう。

真昼の森を動かして
輝《かがや》く白馬が躍《おど》り出《で》る。
嘶《いなな》きひとつ空にあげ
はちきれんばかりに跳《は》ねた末、
手綱《たづな》をぐいと締《し》められて
遂《つい》に荒馬《あらうま》、動き止《や》む。
鞍《くら》を跨《また》いだその騎士《きし》の
脇《わき》で振《ふ》られる旗《はた》見れば
将軍《しょうぐん》代理の紋所《もんどころ》。

ニッコロ・デッラ・テッツィーナ、
軍の汚名《おめい》を雪《そそ》がんと
主《あるじ》の命《めい》に従《したが》いて
疾風《はやて》の如《ごと》く駆《か》けつけた
今を時めく暴《あば》れ武者《むしゃ》。
並《なみ》にはずれた筋力《きんりょく》と

恐《おそ》れ知《し》らずの勇猛《ゆうもう》で
身を立て名を挙《あ》げ功《こう》かさね
倒《たお》した敵の数知れず。
その突撃《とつげき》は無《む》鉄砲《てっぽう》。
あわやの目にも遭《あ》いながら
運の強きに助けられ
留《とど》まることを知らぬまま
遂《つい》にこの時、ここに立つ。
ドナートの指揮《しき》で今一度、
陣《じん》を揃《そろ》えた兵達は
森を背《せ》に立つその騎士《きし》の
旗印《はたじるし》見て臆《おく》しはしたが、
騎士《きし》の手兵《しゅへい》の僅《わず》かさに
秘《ひそ》かに胸《むね》を撫《な》でおろす。
大胆不敵《だいたんふてき》のニッコロが
率《ひき》いた兵《へい》は、ただ二十。
恐《おそ》るに足らずと兵《へい》どもは

馬上の将軍《しょうぐん》仰《あお》ぎ見て
まだうら若《わか》いその面《おも》の
常に見られぬ険《けわ》しさに
音に聞く敵大将《てきたいしょう》の
勇猛果敢《ゆうもうかかん》を思いみる。

やがて二十の兵《つわもの》は
二手《ふたて》に分かれて後じさり
身を立て槍《やり》を地に立てる。
開いた草地にただ一人、
残されて立つ暴れ武者《あばれむしゃ》。
望むところは大将《たいしょう》と
大将《たいしょう》だけの一騎打《いっきう》ち。
ベルナルディーノも受けてたち、
率《ひき》いた兵《へい》を退《しりぞ》かす。
誇《ほこ》りと誉《ほま》れに生きる騎士《きし》、
一騎打《いっきう》ちこそその騎士《きし》の

心に適《かな》う果たし合い。

遂《つい》に軍旗《ぐんき》は翻《ひるが》えり、
高き喇叭《らっぱ》の音の中
その名も高き両軍の
二将《しょう》、戦場に躍《おど》りこむ。
真昼の太陽照りつける
草地を白き馬二頭
毛《け》並《なみ》も著《しる》く今まさに
ぶつかり合わんと風を切る。
騎士《きし》の掲《かか》げる刀と刀
触《ふ》れ合《あ》う刹那《せつな》の閃光《せんこう》が
見守る者の目を射《い》ぬく。
緑の森の切れる処《とこ》、
強き陽差《ひざ》しに照らされた
野草《のぐさ》はびこる荒地《あれち》には、
鎧《よろい》兜《かぶと》を身につけた

兵《つわもの》どもを遠巻《とおま》きに
刀合わせる騎士《きし》二人、
命運かけて身を尽《つ》くす。
見守る者は手に汗《あせ》し、
長《おさ》の身案じ安《やす》らわず、
あわやの時がきたならば
競《きそ》って躍《おど》り出《で》んとして
鎧《よろい》の中で武者震《むしゃぶる》う。
とはいえ戦う両騎士《りょうきし》の
目に映《うつ》るのはただひとつ、
己《おの》れにむかい堂々と、
斬《き》りかかりくる敵の将《しょう》。
その名も高き両騎士《りょうきし》は
今、久方《ひさかた》にめぐり会う
相手にとって不足なき
敵《てき》に夢中で太刀《たち》振《ふ》るう。

真上にあった太陽は
西の空へと移りゆき、
兵《つわもの》の影《かげ》は丈《たけ》を増し、
草地は今や涼《すず》やかな
風わたる原に変わりゆく。
戦い続ける両騎士《りょうきし》は
今ではともに面《おもて》あげ、
風に、汗《あせ》ばむ頬晒《ほおさら》し、
しきりに荒《あら》く息を吐《は》く。
と、その時遂《つい》にニッコロは
荒《あら》ぶる馬の横腹《よこはら》を、
鐙《あぶみ》の足で圧《お》しつけつ
手綱《たづな》をぐいと引《ひ》き締《し》めて
そのまま僅《わず》か後ずさり、
刀、真横に宙《ちゅう》を切る。
これぞ援軍《えんぐん》を乞《こ》う合図。
長きに亘《わた》った一騎《いっき》打ち、

ニッコロ遂《つい》に匙《さじ》投げる。
西陽《にしび》を浴びて二十余騎《き》、
黄金《こがね》なす甲冑《かっちゅう》躍《おど》らせて
土蹴《け》り風切り馳《は》せてくる。
疼《うず》き続《つづ》けた血と力、
思いの限り今ここに、
解き放たんと駆《か》けてくる。
後《おく》れをとらずドナートも
今一度《ひとたび》旗《はた》を振《ふ》る。
そして再び兵《つわもの》が
声あげ槍《やり》かざし挑《いど》みゆく。
緑の森の切れる処《とこ》、
朱《あか》い西陽《にしび》に照らされた
野草《のぐさ》はびこる荒地《あれち》には
また再びの戦《いくさ》の嵐《あらし》吹《ふ》き荒《あ》れる。
ベルナルディーノ・デル・モーロ、
力を尽《つ》くし戦って、

名誉《めいよ》を守りぬいた騎士《きし》。
今尚《なお》、安《やす》らうこと知らず、
寄せくる敵に立ちむかい
巧《たく》みの刃振《やいばふ》り翳《かざ》す。
刀あげざま若《わか》き騎士《きし》、
水色の服に目をとめて、
少女に一句
すばやく告げる。
心にかかる一言《ひとこと》を。
少女はこくりと頷《うなず》いて
戦《いくさ》の輪をぬけただ一人、
夕陽《ゆうひ》にむかって駒《こま》を駆《か》る。

六

昔々の物語。
水色の袖《そで》、水色の裾《すそ》、
水色の服を身に纏《まと》う

白鹿毛駒《しらかげごま》に乗る少女、
緑の森を縫《ぬ》ってゆく。
決して塔《とう》には近寄らず、
森の深みに差しかかる
手前を北へ折れゆきて、
まばらな木立ちをぬける頃《ころ》、
耳にやさしいせせらぎが
近づく者を慰《なぐさ》める。
木々を分け入り進みゆく、
少女の耳にもせせらぎが
やがて小さく聞こえくる。
騎士《きし》の言葉と重なって。
さらさら　さらり　さらさら　さらり
《敵の動きを窺《うかが》いに
　川の岸まで駆《か》けてくれ》
さらさら　さらり　さらさら　さらり
小さき一人の斥候《せっこう》は

騎士《きし》の言葉に従《したが》いて
緑の森を縫《ぬ》いながら
川岸さして駒《こま》を駆《か》る。

木立ちをぬけ出るその刹那《せつな》、
不意に行く手が塞《ふさ》がれて
白鹿毛駒《しらかげごま》がどおと立ち
少女を鞍《くら》から振《ふ》り落《お》とす。
土埃《つち》を払《はら》って面《おも》あげる
少女の前にいたものの、
その余《あま》りの無気味《ぶきみ》さに
少女は声も立てられず、
走り去ることもまたできず。
それは一人の人ほどの
背丈《せたけ》をもった銀の蜘蛛《くも》。
木の葉を縫《ぬ》って差す、朱《あか》い
西陽《にしび》を受けその銀《しろがね》は

斑模様《まだらもよう》を映《うつ》しだし
無気味《ぶきみ》にそして妖《あや》しげに
少女の瞳《ひとみ》を慄《おのの》かす。
心《しん》の臓《ぞう》さえ凍《こお》らせる。
《いとしいお前、驚《おどろ》くな。
とうとうお前に会えた今、
とうとう望みが叶《かな》う時。
まさか忘《わす》れてはおるまいな。
お前が俺《おれ》の声を聞き
俺《おれ》をたずねて長き道
ものともせずに駆《か》けたこと、
三百段《だん》の石段《いしだん》を
ものともせずに登りきて
銀の褥《しとね》に寝《ね》たことを。
そしてお前はこの俺《おれ》の
嘆《なげ》きの声が物語る、
塔《とう》の伝説《つたえ》を聞いたはず。

まさか忘《わす》れてはおるまいな。
一筋《ひとすじ》の銀糸《ぎんし》に身を委《ゆだ》ね
塔《とう》の窓《まど》からおりたこと。
いとしいお前、そのことを
思い出したら今ここで
お前が何を為《な》すべきか
問うてみるまでもないだろう。
さあお前のその腰《こし》に
さげた剣《つるぎ》をぬくがいい！
象嵌《ぞうがん》の鞘《さや》からぬくがいい！》

少女は余りの無気味《ぶきみ》さに
思わず口を手で覆《おお》い
足萎《あしな》えの如《ごと》く地に崩《くず》れ
ずるりずるりと後ずさる。
白鹿毛《しらかげ》不意に嘶《いなな》いて
踵《きびす》を返し走り去る。
緑の森の切れる処《とこ》、

蜘蛛《くも》と少女の耳近く、
妙《みょう》にやさしいせせらぎが
さらさら　さらりと過ぎてゆく。

人っ子一人ない森で
蜘蛛《くも》とむき合う恐《おそ》ろしさ。
西陽《にしび》を浴びた銀《しろがね》は
今や銅色《あかがね》に輝《かがや》いて
巨大《きょだい》な八肢《はっし》を蠢《うごめ》かし
少女にむかって歩みくる。
被《かぶ》さるように歩みくる。
《蜘蛛《くも》に斬《き》りつけてはならぬ》
《蜘蛛《くも》に斬《き》りつけてはならぬ》
せせらぎに混《ま》じりりんりんと
やさしく直《すぐ》なあの声が
少女の耳に谺《こだま》する。
だが今　銀《しろがね》の大蜘蛛《おおぐも》は

まさに少女にのしかかる、その時
その手ひとりでに
鞘《さや》から剣《けん》をぬき放ち
恐怖《きょうふ》の余り我《われ》知らず
少女は遂《つい》に剣《けん》を振《ふ》る、
蜘蛛《くも》の脚《あし》を払《はら》おうと。
この世のものとも思われぬ
身の毛もよだつ絶叫《ぜっきょう》が
あたりの木々を震《ふる》わせる。
少女は目を閉《と》じ耳塞《ふさ》ぎ、
頭を振《ふ》って口を噛《か》む。

恐《おそ》る恐《おそ》る目を開ける
少女の前にいた者は、
鋼《はがね》の鎧《よろい》に身を包む
脚《あし》を傷《いた》めた騎士《きし》一人。
薄《うす》く笑ったその顔は

細く尖《とが》って蒼白《あおじろ》く、
少女を見やる切れ長の
伏《ふ》し目《め》のうちにうっすらと
潜《ひそ》む不思議に淡《あわ》い影《かげ》。
《待ち望んでいたことが
遂《つい》に叶《かな》えられた今
俺《おれ》は思わずにいられない。
焦《こ》がれるほどの憧《あこが》れは
摑《つか》んでしまったその時に、
色褪《いろあ》せてしまうということを。
こうしてもとの姿《すがた》を得、
二本の脚《あし》で地を踏《ふ》めば
三百十日は悪い夢。
お前も夢の飾《かざ》り物《もの》》
乾《かわ》いた声で淡々《たんたん》と
騎士《きし》は言葉を紡《つむ》ぎ出《だ》し
やがてゆっくりむきを変え、

せせらぎさして歩き出す
傷《いた》んだ脚《あし》を引《ひ》き摺《ず》って。
少女は膝《ひざ》をついたまま
騎士《きし》の背中《せなか》に目を見張る。
まだ驚《おどろ》き醒《さ》めやらず
去りゆく姿《すがた》にただ見入る、
少女の耳のその奥《おく》で
乾《かわ》いた声が置き去った
響《ひび》きが雫《しずく》の音たてる。

去りゆきかけたその騎士《きし》は
その時、不意に振《ふ》りむいて
少女に言葉投げかける。
《水色の服、夢の少女よ！
一緒《いっしょ》に白い舟《ふね》に乗り
見知らぬ遠くの国さして
旅に出ましょう　ゆらゆらと》

少女はその目をしばたたき
騎士《きし》の眼差《まなざ》しに耐《た》えながら、
とうとう言葉を見つけ出す。
《そればかりはなりません。
わたしは行かねばなりません。
為《な》すべき務《つとめ》があるのです》
騎士《きし》はうっすら微笑《ほほえ》むと
あらぬ方《かた》へと目をむけて
溜息《ためいき》まじりに言葉継《つ》ぐ。
《あなたの為《な》すべき務《つとめ》とは
戦《いくさ》を援《たす》けることでしょう？
何故《なぜ》あなたがそんなこと……。
戦《いくさ》なんて絵空事《えそらごと》。
どっちが勝とうが負けようが、
知ったことではありません。
いっそさっさと脱《ぬ》け出《だ》して
俺《おれ》と一緒《いっしょ》に舟《ふね》に乗り

見知らぬ国へ行きましょう》
騎士《きし》のものとも思われぬ
言葉に少女は耳疑《うたが》い
ただ、騎士《きし》の妖《あや》しい眼差《まなざ》しを
口を開いたままに見る。
《さあ、俺《おれ》と一緒《いっしょ》に舟《ふね》に乗り
見知らぬ国へ行きましょう》
水色の袖《そで》、水色の裾《すそ》、
水色の服に身を包む
少女は両手を地について、
今ようやくに立ちあがり
せせらぎにつられ足を出す。
さらさら　さらり　さらさら　さらり、
声の響《ひび》きと溶《と》けあった
せせらぎの方へ歩み寄る。
さらさら　さらり　さらさら　さらり。

七

昔々の物語。
朱《あか》い西陽《にしび》に照らされて
朱《あか》く輝《かがや》く森の中、
青き名馬に跨《また》がった
逞《たくま》しき騎士《きし》疾駆《しっく》する。
前に被《かぶ》さる枝々を
手にした剣《けん》で断《た》ちながら
塔《とう》には決して近寄らず、
森の深みにさしかかる
手前を北に折《お》れゆきて
耳に洩《も》れくるせせらぎを
頼《たよ》りに北へ馬を駆《か》る。
ドナート・デル・ウエムーノ、
主《ぬし》なき白鹿毛《しらかげ》ただ一頭
嘶《いなな》き高く荒《あ》れながら

舞《ま》い戻《もど》ったのを目にとめた
ベルナルディーノの命《めい》により、
勝利の見えた戦《いくさ》から
つと身を引いてあと任せ
少女を案じて駆《か》けてくる。
最後の木立ちをぬけた時、
前に広がるせせらぎの
彼方《かなた》にひとつ白い舟《ふね》。
舟《ふね》は水色の服を乗せ、
騎士《きし》と覚《おぼ》しき者の手で
ゆらりゆらりと漕《こ》がれゆく。
それと認《みと》めたドナートは
ただちに馬の腹《はら》を蹴《け》り
ぬかるむ川岸ものとせず
川下むけて馬を駆《か》る。
その時川上の対岸に
つめかけた兵が今まさに

川を越《こ》えんとすることを
馬駆《か》るドナートつゆ知らず。
鋼《はがね》の鎧《よろい》に身を包み
夕陽《ゆうひ》を浴びて堂々と
隊組む兵のその長《おさ》は
一度《ひとたび》敗れたミケレット。
敗れた戦《いくさ》の口惜《くや》しさに
再び力もこみあげて
年端《としは》もゆかぬあの騎士《きし》を
何としてでも倒《たお》さんと
今、巻《ま》き返《かえ》して兵を出す。

駆《か》けくる騎士《きし》を認《みと》めるや
舟漕《ふねこ》ぐ騎士《きし》はその腕《うで》に
力を込《こ》めて息切らし
必死に櫂《かい》をあやつるも、
馬の足には敵《かな》わずに

追いすがられて疲《つか》れ果《は》て
遂《つい》に櫂《かい》持つ手を休む。
漕ぎ手の騎士《こてきし》を近く見て
余りのことにドナートは
一瞬《いっしゅん》、言葉を失うが
やがて声あげ叫《さけ》び出《だ》す。
《ジャスパニーノ、
何故《なぜ》ここに！
忘《わす》れもしない一年前、
お前は我等《われら》を裏切《うらぎ》って
敵を援《たす》けた憎《にく》い奴《やつ》！》
だがジャスパニーノは既《すで》にもう
浅瀬《あさせ》を渡《わた》る隊列を
川上に見て薄笑《うすわら》い
川岸にむけ言い放つ。
《こんな小娘《こむすめ》いくらでも
あんたにくれてやりますよ！

だから俺《おれ》のすることに
　口出しするのはやめてくれ！》
言うが早いかその騎士《きし》は
少女の身体《からだ》を手で払《はら》い
川の中へと突《つ》き落《お》とす。
はっと驚《おどろ》くドナートは
ひらりと馬から下《お》り立《た》ちて
浅からぬ流れを歩みくる
川から少女を救わんと。
ジャスパニーノは時おかず
再び櫂《かい》に力こめ、
白い舟《ふね》でただ一人
夕陽《ゆうひ》の中を漕《こ》いで去る。

少女の腕《うで》を引きあげて、
ふと川上に目を移し
ドナート青ざめ立《た》ち尽《つ》くす。

川面《かわも》の上に横一本、
銅色《あかがねいろ》の帯わたり
波打つように見えたのは
それは幾多《いくた》の兵《つわもの》の
川を渡《わた》ってゆく姿《すがた》。
ある者は馬、また
ある者は徒歩《かち》で川を越《こ》え、
次から次と森めがけ
進軍せんとする姿《すがた》。
だがドナート・デル・ウエムーノ、
将《しょう》を援《たす》ける副将《ふくしょう》は
目にもとまらぬ早業《はやわざ》で
少女を抱《かか》え引き返し
青き愛馬にとび乗って
ここ一番と拍車《はくしゃ》かけ
森に分《わ》け入《い》り枝払《はら》い
戦場めざしひた走る。

水色の服から垂《た》れ落《お》ちる
雫《しずく》が馬とドナートの
背中《せなか》を伝って地にしぶく。

夕陽《ゆうひ》を浴びて銅色《あかがね》に
光る塔《とう》を右に見て
走りに走りその森の
切れる処《とこ》まで駆《か》けた時、
そこに展《ひろ》がる光景に
二人は夢かと目をこする。

そこはもうもうの土煙《つちけむり》。
舞《ま》い飛《と》ぶ草も何もかも
全《すべ》ては朱《あか》く陽《ひ》に染《そ》まり
あたかも巨大《きょだい》な炎《ほのお》のよう。
それは敵の援軍《えんぐん》の
数とて知れぬ足、足、足が

草地にどおと雪崩《なだ》れ込《こ》み
土《つち》を蹴《け》たてて呼《よ》ぶ嵐《あらし》。
巴 描《ともええが》いて渦巻《うずま》いて
足が蹴《け》たてる土草《つちくさ》の
宙 舞《ちゆうま》う茜《あかね》の大嵐《おおあらし》。
騎士《きし》の果《は》たし合《あ》いにはあらず
多勢《たぜい》がぶつかりせめぎあう
うねくるような響動《どよめき》と
猛《たけ》る叫《さけ》びと槍《やり》の音。
そしてもうもうの土ぼこり。
敗《ま》けるを知らぬ若《わか》い騎士《きし》
ベルナルディーノ・デル・モーロ、
その姿《すがた》も合戦の
渦《うず》に巻《ま》かれてもう見えず。
気を取り直したドナートが
その渦《うず》の最中《さなか》に身を投じん
としたその刹那《せつな》、

俄《にわ》かにおこる風の音。
ゴオーッとひとつ吹《ふ》き荒《あ》れて
そこはただもう土ぼこり。
荒《あ》れ狂《くる》って舞《ま》う砂《すな》ぼこり。
前も見えず後ろも見えず
息することさえようようやっと。
青馬が躍《おど》り、むやみに躍《おど》り、
振《ふ》り落《お》とされて今二人
ただ、息をつきたいと
ほこりの合い間に見える点
微《かす》かな白い点にむけ、
かき分けかき分け歩みゆく。
ただただ、息をつきたいと。
ただただ、息をつきたいと……。

第四部

1　戦いのあと

ウエムとココは、息もできないほどにむせながら、いきおいよく床《ゆか》にころげ出ました。そしてそのままの格好で、肩《かた》で大きな息をいく度もついたあと、やっと二人は頭をあげて、顔を見あわせました。

ココの目には、陽《ひ》やけした逞《たくま》しい騎士《きし》の顔のかわりに焦《こ》げ茶色《ちゃいろ》のめがねをかけたネズミの顔が、ウエムの目には、青ざめた少女の顔のかわりに丸い女の子の顔がうつりました。二人はぶるんと頭をふってもう一度たがいの顔をたしかめたあと、ゆっくりあたりを見まわしました。朝陽《あさひ》のさしこむその部屋は、たしかにあの、ウフィツィ美術館の第七室にちがいないのでした。ドアのない戸口から隣《となり》の部屋がのぞき、壁《かべ》には、見たことのある絵が何枚《まい》かかかっていました。

ココはぼうっとしたまま、自分の頭のすぐ上にある絵を見あげようとして首をのばし、そして突《とっ》然《ぜん》ぱっと立ちあがりました。ココはすった息をはくことができないまま身をすくめ、くい入るようにその絵を見あげました。くらっとしました。

「……ベルナルディーノ……」

ひいひいする声でいった時、ウエムもまた立ちあがって、目を丸くしたまま絵を見あげていました。そしてそれきり二人は、口をきくことができませんでした。立ちすくむ二人を朝陽《あさひ》が静かに照らしました。

二人の目に見えるもの、それは、赤い槍《やり》、白い槍《やり》、馬、騎士《きし》たち、深い森——。夕陽《ゆうひ》に染《そ》まった戦いの光景でした。まん中には、肩《かた》に槍《やり》をうけている馬上の騎士《きし》、その右下には、横だおしになった青い馬ところがる騎士《きし》がいました。パオロ・ウッチェッロ作「サン・ロマーノの戦い」。それは前からそこにあったと同じ、板に描《か》かれた一枚《まい》の絵でした。けれど今の二人には、まざまざとわかるのでした。草のにおいも、槍《やり》の音も、叫《さけ》びの声も、そして肩《かた》に槍《やり》を受けているその騎士《きし》がだれなのか、そばにたおれている騎士《きし》がだれなのか。その上、この戦いがこんな結末になったことの理由さえ——。けれど、隣《となり》で息の音を立てるのは、やはり一匹《ぴき》のネズミだったし、一人の小さな女の子なのでした。

やがて二人は何度も目をぱちくりさせ、何度も頭をふりました。何がおこったのかどうもよくわからないようで、でもほんとうは、何もかもがあきらかな気がしました。とうとうウエムが、ぽつりといいました。

「長い長い、ゆめを見ていただけなのか……?」

けれど、そうではないことは、何よりもこの部屋の中が語っていました。集めたはずの棒《ぼう》きれも木屑《きくず》も木片《もくへん》も砂《すな》も、そして運びこまれたはずの贋作《がんさく》も、きれいさっぱり何もなく、自分とココの二人だけがここにいるという事実。ネコの姿《すがた》は一匹《ぴき》もなく、モロとマツもいませんでした。それにウエムは知っていました。ただのゆめにしては、あまりにできすぎているということを。それは古い美術を勉強しているウエムだからこそ思いだせることでした。

「サン・ロマーノの戦い」という絵は、一枚《まい》きりではありませんでした。もともと三枚《まい》一組だったのです。けれどわけあって、ばらばらに展示《てんじ》されているのでした。一枚《まい》は隣《となり》の国の美術館に、そしてもう一枚《まい》は、さらに遠い海を越《こ》えた外国の美術館に。そしてその二枚《まい》に描《か》かれているもの、それはミケレットとニッコロだったのです。あまり遠くにあるため、ウエムは見たことこそありませんでしたが、本で見てその話を知っていました。

一四三二年におこったその戦いは、ミケレット軍に対しずっと優勢《ゆうせい》な戦いをしていたベルナディーノが、かけつけたニッコロとの長い一騎打《いっきう》ちのあげく、背後《はいご》から再びあらわれたミケレット軍により、結局敗れるという戦いだったはずでした。その瞬間《しゅんかん》こそ、この美術館におさめられている絵にちがいありませんでした。ウエムはぎゅっと目をつぶり、頭をたれました。元気だったモロとマツの姿《すがた》がまぶたに浮《う》かびました。

するとしばらくして、ふるえるようなむせび声がウエムの耳に流れてきました。

ココは絵を見あげたまま、顔をゆがめて涙《なみだ》を流していました。ココにもまた、ゆめなどでなかったことがよくわかったのです。すると、馬上の騎士《きし》が肩《かた》に槍《やり》を受けたのは自分のせいだと思いました。絵の中にとびこんでやりなおしたいと思いました。モロとマツの名を思いきりよびたいとも思いました。けれど、五百年も前からそこに貼《は》りついて動かない絵の中の人物にむかって、出てきてちょうだいよとどんなにたのんでみてもしかたのないことがわかればわかるほど、つらいのでした。ココはひいひいと苦しい声をあげながら、思わずにいられませんでした。紐《ひも》をといてヤスを逃《に》がした自分はやっぱり昔むかしにも、ジャスパニーノの呪《のろ》いをとき、舟《ふね》にのったのだということを。自分はいく度でも同じことをし、そしてとうとうこんなことになったのだと。あんなに強かったべルナルディーノ・デル・モーロは槍《やり》にさされ、ジョゼッピーノ・マッツィーニは落馬し、そしてモロとマツはもどってこないのでした。

あのもうもうの土ぼこりの中で歩きだしたりなんかせず、まきこまれていればよかったんだ、こんな思いをしてまで、どうして自分はこんなところにこうして生きているんだろうとココは思いました。自分が情けなくてしかたありませんでした。そしてモロとマツをうしなったことが悲しくてなりませんでした。

ウエムはだらんとさげた両腕《りょううで》の先に拳《こぶし》を作りながら、ココのすすり泣く声をじっと聞いていましたが、とうとう頭をあげました。

「ココ、泣くのやめろよ……」

ウエムは歯をくいしばるようにしていいました。

「もうおこってしまったことだ。それにたぶん、こうなることは決まってたんだ。だから、こうして絵から出られたぼくたちは、先のことを考えなきゃ」

でもそういいながらもウエムは、内心で、ココに腹《はら》が立ってくるのをおさえられませんでした。

せっかくつかまえたヤスを逃《に》がしたことといい、斥候《せっこう》に出て帰らずにジャスパニーノの舟《ふね》にのったことといい、まったくこの女の子ときたら……と、ウエムは思わずにいられないのでした。けれど、そんな自分の腹立《はらだ》ち以上に、ココがつらい思いをしていることも、わかりすぎるほどわかるのでした。

「さあココ！　もう泣くな。つらいことは、のりこえなくちゃだめだ！」

ウエムは力強くそういって、水色のスカートのすそをつかんでゆさぶりました。そうしながらウエムは、自分もまたこのつらさをのりこえなければならないことを、自分にいいきかせていました。

ココはウエムの方をむいたまま涙《なみだ》を流し続けていましたが、とうとう、

「うん……」

と小さく返事をしました。

「もう、おこってしまったことだものね……。つらいことは、のりこえなくちゃね……」

しぼりだすような声でした。

その時、ウエムの目の上で、突然《とつぜん》星が、チカチカチカチカッと光り、ウエムはまぶしさのあまりぎゅっと目をつぶり、つかんだスカートを放しました。

そして再び目をあけた時、ウエムははっとして息をのみました。ココはもう、小さな女の子ではなく、一人の少女に変わっていたからです。

開館の時間がすぎた美術館には、待ちかねていたらしいお客さんたちが、どっとくりこんできま

した。「さあ、すばらしい絵を見るぞ」というさわやかな緊張《きんちょう》がどの人びとにもみなぎっていました。そしてそれと入れちがいにココとウエムは出口から外へ出ました。

春の朝風がやさしく吹《ふ》き、信じられないほどに穏《おだ》やかな日でした。つつじ庭園が、前に見た時よりも少し小ぶりになったように思いながら、ココはウエムとならんでだまって歩きました。庭園をぬけ、車のいきかう道路を右にそれれば、もうまもなくそこは、ベッキオ橋《ばし》のたもとでした。

橋のたもとまできた時、二人はどちらからともなく立ちどまりました。人びとはそんな二人には目もくれず、陽気に通りすぎていきました。寝袋《ねぶくろ》をしょい、革《かわ》カバンをさげたウエムが、顔をあげてココに手をさし出しました。

「それじゃ、ここで別れよう」

ココはしゃがんでウエムの手を握《にぎ》りました。ウエムは、久しぶりにはちきれそうな元気な顔を見せ、その銀杏《ぎんなん》のような目をキラリと光らせてわらうと、明るい声でいいました。

「贋作《がんさく》のことは、君はもう忘《わす》れなさい。ネコもみんないなくなったし、すんだことともいえるけど、ぼくにとってはこれも勉強だし仕事だから、これからのことは全部ぼくがやります。だから君は君で、元気を出して何とか一人でやっていきなさい。君はもう小さな女の子じゃないんだ、大丈夫《だいじょうぶ》やれるよ、いいね」

ココは、ウエムのめがねの奥《おく》の光る目をまっすぐ見おろしながら、

「うん」

と小さな声でいいました。

「おいおい、そらっ、元気を出さなきゃだめだぞ！」

ウエムはもう一度ココをはげまし、ココはやっとのことでわらってみせました。

それから二人は、最後に一度また握手《あくしゅ》をし、そして別れたのでした。

2　ベッキオ橋《ばし》の上で

ココはしばらくの間、さっていく青い寝袋《ねぶくろ》をしょったウエムの背中《せなか》を見つめていました。春の朝風が、ココの少しのびたおかっぱの髪《かみ》を舞《ま》いあがらせました。それからとうとう、人びとにまぎれてウエムが見えなくなってしまうと、今ここそココは、ほんとうに一人ぼっちになりました。どこにいくあてもありませんでした。けれど今のココは、まだそのことを思ってみることさえできませんでした。

ココはただふらふらと、人びとにまきこまれながらベッキオ橋《ばし》をわたりだし、橋の中ほどの家と家のきれるところ、ちょうどモロたちがゆうべ大きな石を落としたと同じところで欄干《らんかん》に手をついて川をながめました。

緑の川はゆったりとおとなしく、そのむこうには、なだらかな山並《やまなみ》が横たわっていました。そしてその前には、ありがと橋《ばし》がわたり、川をはさんで古い建物が落ちついた様子でたたずんでいました。それはなんと美しいながめだったことでしょう。静かに目を下にむけていくと、ありがと橋《ばし》の手前の左岸には、色とりどりのボートがかたまってゆれているのがわかりました。ここからは遠すぎて、その持ち主たちは見えませんでしたが、ココには岸辺にいる者たちの姿《すがた》が目に浮《う》かびました。

ココはルッケージ荘《そう》の門をくぐりぬけ、はじめて外に出た日のことを思いだしました。小さな小さな人形だった自分が、人間の女の子のように歩いて、あの坂道をくだってきたこと、そしてはじめて川を見たこと、そしてあのありがと橋をわたり……、ネズミタクシーにのったこと……。

ココはヤスのことを思いだして、胸《むね》がいたむのをおぼえました。思えばほんとうに、何もかもは、ヤスの舟《ふね》から始まったのでした。そう、それが始まってから、なんとたくさんのことがおこったことでしょう。そうして、それにどんどんまきこまれて、そして今ではもうこんなに大きな少女になり変わってしまっているのでした。

「……あたしって……何なの？」

ココの口からふと言葉がもれました。するとそれをもう一度、今度ははっきりたずねてみたい気がしました。

「そう。あたしって、何なの？」

ココは答えをさがしながら川を見つめました。すると何だか、ただ流れに流されてきただけのような気がしました。でも、いや、そうではない、とココは、はっきり思いました。いろんなことがココのまわりで次つぎとおこったのはたしかでした。けれどもその中には、自分でえらんでしてきたことがたくさんあるのを、忘《わす》れるわけにはいきませんでした。

ヤスの白い舟《ふね》をえらんだのも自分でした。ベッキオ宮《きゅう》にいた時に、こっそりわたり廊下《ろうか》をわたって美術館に入っていったのも自分のしたことでした。毛糸をつたって、真夜中にベッキオ宮を出たことも、モロに協力しようと思ったことも、ああそれにヤスのさそいにのってボートにのりにいったのだって！　そう思いかえすと、やっぱりココは、ここにこうしている自分は、だれのせいでもなくて、自分のしてきたことの果てなのだと思い知らされずにはいられなくなりました。するとそれがかえって、とてもつらく思われてしかたないのでした。一度、ヤスにだまされていながら、まただまされてヤスを逃《に》がした自分がいやでした。ああ！　あの夜のなんとつらかったこと！　そしてそれがもとになって絵の中にまきこまれてしまった時でさえ、昔むかしにいた自分は、やっぱりジャスパニーノにだまされたのでした。そしてついにはそのせいで、ベルナルディーノは槍《やり》に刺《さ》され、ジョゼッピーノさえたおれ、ああそしてあんなにいいネズミだったモロとマツは、もうもどってこないのです。再びココの心は張《は》り裂《さ》けそうになりました。

（ああ！　どうしてあたしは、ヤスのことが……！）

そしてココはそこにしゃがむと、両手で顔をおおいました。

（やっぱりとてもつらすぎる。やっぱりとてもつらすぎる）

とココは、もう泣くまいとしてくちびるをかみながら心の中でさけびました。

「忘《わす》れるのが、時にはいちばんいいことなんだよ」

聞きおぼえのある声に、ココははっとふりむきました。絵を描《か》いている白髪《はくはつ》のおじいさんがいました。この橋を通るたびに、声をかけられたと思ってふりむけば、そのおじいさんが知らんふりをして絵を描《か》いているだけだったことをココは思いだしました。でも今ココが、おじいさんの方にゆっくり近づいていくと、おじいさんはとうとう顔をあげてココを見ました。

その瞳《ひとみ》がまるで深い深い湖のように見えてココはおどろきました。何も見ていないのか、それとも何もかもを見ているのか、どちらのようにも見えて妙《みょう》な感じでした。けれどおじいさんは、顔をまたゆっくりと首からつるした絵の方にむけてしまって、もうココを見ようとはしませんでした。

そして筆《ふで》を動かしながら、ゆっくり話し始めました。

「人はね、そうなかなかすっきりとは生きられないもんなんだよ。しかしねえ、どうせすっきりとは生きられないんだって思ったりしちゃあ、いけない。それはとんでもないことだよ。……あんたもずいぶん、大きくなった。どうだい、大人になっていくことは、なかなかいたいことだろう？

しかしねえ、また、そうでなけりゃ大人にはなれないんだよ」

ココはその言葉に、じっと耳をかたむけていました。おじいさんは言葉をつぎました。

「しかしねえ、生きてくためにはね、時には忘《わす》れてしまう方がいいことだってあるんだよ。つらい思いが重なりすぎると、それにおしつぶされて、もう生きてくことさえできなくなることがあるからなのさ」

そしておじいさんはまたゆっくり顔をむけ、その湖のような目でココの瞳《ひとみ》をのぞきました。

「あんたは、忘《わす》れてしまった方がいいことを、たくさんかかえてしまったようだね」

ココは胸《むね》がどきどきしました。おじいさんはココの答えを待たずににっこりわらうと、

「さあ、この絵をごらん」

といって、自分の描《か》いてる絵をしめしました。首からつるされた画板《がばん》の上の紙には、アルノー川をかこむ風景が描《えが》かれていました。おじいさんはいちばん太い筆《ふで》を選んでたっぷり水をふくませると、せっかくしあがりかけていたその絵の上を、その太い筆《ふで》で一なで、二なでしたのです。きれいな絵の具が水に溶《と》けだし、風景はぼんやりぼけて、雨に濡《ぬ》れたガラス窓《まど》から見る景色のようになりました。もう一度、もう一度、とおじいさんは水をふくんだその筆《ふで》で絵をなで続け、しまいにそこには、ただぼんやりとあわい色が残っているだけになりました。そうしてココは、その絵がとけ始めた時からそれにつられ、ゆっくりゆっくり、ひとつ、ふたつといろんなことを忘《わす》れ始《はじ》めていたのでした。

長い長いゆめの果てに、とろとろとそれを忘《わす》れてしまうように、ココはいろんなことを忘《わす》れていきました。そして忘《わす》れたことを、ひとつひとつと春風がさらっていきました。


「あれ、君……」

その時ココの後ろで声がし、ココは髪《かみ》を舞《ま》いあがらせてふりむきました。

「あれ、ココじゃないのかなあ……」

そこには同じ顔をした二人のやせた青年が立って、ココを見ているのでした。一人は青の、一人は緑のシャツを着た、さらりとした黒い髪《かみ》の、めがねをかけた青年でした。

「でも、こんなに大きくなかったなあ……」

青いシャツを着た青年が、あごに手をあてて首をひねりました。ココは、

「あたし、ココよ」

と返事をしながら、けれどその青年たちが、ふたごのヒロヤとカズヤであることを、ココは忘《わす》れてしまっているのでした。

ふたりはきょとんとしたような顔を見あわせて、ちょっと肩《かた》をすくめました。すると不意《ふい》に、横をむいたままのおじいさんが、ゆっくりというのでした。

「君たち、この子をつれていってあげなさい」

ヒロヤとカズヤは、まるで知らんふりしているかのように、いつも橋の上で絵を描《か》いているこのおじいさんの突然《とつぜん》の言葉に、びっくりしました。おじいさんは、新しい白い紙に、もう絵を描《か》き始《はじ》めながらいいました。

「わたしからのお願いだ。この子はたしかに、君たちの知っている、あの小さな女の子と同じ子だ。人はね、少しずつ大きくなるというより、ある時、突然《とつぜん》、大きくなるものなのさ。力になってあげなさい」

二人はまだおどろいた顔をしていましたが、やがてココを見、それからおたがいに顔を見合わせ、同時にいいました。

「ぼくはそうしてあげたいけど、君は？」

そして二人は同時に声をあげてわらいました。

「じゃ、図書館は、あとでいくことにしよう」

一人が明るくいうと、あとの一人はカバンをポンとたたきながら元気にうなずきました。

そして三人は、知らんふりしているおじいさんにさよならをして、いっしょにベッキオ橋をわたり、聖《せい》ヤコポ通り三十番地のアパートへと、仲よく歩いていったのです。

３　ウエムの探索《たんさく》

ずっと好天気《こうてんき》にめぐまれた日々がとうとうぐずついたと思ったら、突然雷が鳴りだし、その日はバケツをひっくりかえしたような大雨になりました。

ウエムは、今日はとても外には出られんなあと考えながら、窓《まど》の外をながめていました。家の前に立ちならぶ木々の枝えだは、みなはげしい雨にたたかれて、上にのばした腕《うで》を、いやいやながらさげているように見えました。木と木の間に張った洗濯紐《せんたくひも》には、とり入れ忘《わす》れたウエムの手ぬぐいが一枚《まい》、雑巾《ぞうきん》のようにぐんにゃりして雨に身をさらしていました。雨があがるのを待って、もう一度洗《あら》いなおそうとウエムは思いました。

ウエムが家のあるこの田舎街《いなかまち》にもどってから、ちょうど一週間がすぎていました。ベッキオ橋《ばし》のたもとでココと別れたあの朝、ウエムは、とにもかくにもいったん自分の家にもどって、ひとりになって考えたいと思ったのです。そして、ただもうざくざくと歩いて駅までゆくと、走りかけていた汽車にとびのったのでした。二時間汽車にゆられたあと、家にたどり着いたウエムは、ぽつんとひとり台所のテーブルについて、ちびちびとお酒をのみながら、あの街でおこったことをやっと静かに思いかえしたのでした。もどらなかったモロとマツのことを考えると、ウエムの胸《むね》はいたみ、ウエムはお酒をくいっとあおらずにいられませんでした。

「しかし、ネコどももいなくなったからには、もう贋作事件《がんさくじけん》はおこらないだろう。これからは、これまでのことを徹底的《てっていてき》に調べあげるしかないな」

と、ウエムはもうわかっていたはずのことをいい、

「明日から、また新しく出なおすことだな」

と、しめくくったのです。けれど次の日になると、どうしても腰《こし》が重くて、あの街にむけて力強く歩きだす元気が出てこないのでした。そして、その翌日《よくじつ》も同じでした。ウエムは、「さあ今日は出かけなけりゃな！」と大声でいいながら、そのくせ、「洗濯《せんたく》がたまっていたな」とか「おいこの散らかった机《つくえ》は何とかならないかねえ」とつけたして、すきでもないかたづけや家事にわざと精を出したりしたのです。

そうやって街に出ていく日を一日のばしにしているうちに、とうとう一週間がすぎ、この雨になったのでした。そして、「ついてねえなぁ……」などと窓《まど》の外をながめながら、どこかほっとしている自分にもウエムは気がついていました。

そのくせ、ほんとうにほっとしているわけでないことは、いうまでもありませんでした。しなければならない仕事をほうり続けている時特有の、後ろめたさと焦《あせ》りが、沼底《どろぬま》の泥のように重たく心にしずんでいるのでした。

しかもウエムの心にしずむその泥《どろ》のような気持ちには、その上とても解きほぐすことのできそう

作事件《さくじけん》を調べなければいけないと思う時、その思いがその人たちへの思いときりはなしがたく結びついていることを思い知らされて、つらくなるのでした。そして休みにあの街にいくたび、「おい、モロいるか！」と声をかけて入っていった、てんまり広場一番地の家をたずねることはもうできず、何かを食べながら、研究のことを語りあう楽しさはもうもどってこないのです。

けっしてほんとうの言葉になって口に浮《う》かびあがってくることはなかったけれど、心の一番奥底《おくそこ》で「どうせすんじまったことだ、このまま闇《やみ》に葬《ほうむ》ろうじゃないか」という声がささやいていることにウエムは気づいて、はっとすることがありました。そういう時ウエムは、それだけはいけないとはげしく首をふりました。けれども、その腰《こし》は動かないのでした。

降《ふ》りしきる雨をぼんやりながめていたウエムの目の隅《すみ》に、何か動くものの姿《すがた》が小さくうつり、ウエムは窓《まど》の右側を見ました。この家にいっしょに住んでいるネズミのテデが、新聞を傘《かさ》のかわりに頭の上にかかげながら、大急ぎで走ってくるのでした。まもなく玄関《げんかん》にぶらさがった鈴《すず》がチャリンチャリンと音をたて、テデが台所にかけこんできました。

「まいった、まいった！」

とテデがさけび、新聞をボトンとほうるや、毛をたてて身ぶるいしたので、雨水がそこらじゅうにとび散りました。

「うーっ、風邪《かぜ》ひいちまう。あったかいココアでものもう！」

ウエムは、テデの散らした水しぶきをやれやれと見やりながら、窓《まど》を離《はな》れ、

「ついでにおれにも」

と、流しに立ったテデにいうと、ほうり出されたびしょぬれの新聞を手にとりました。いつもまめに新聞に目を通すウエムも、この一週間はほとんど読まずに暮《く》らしてきたことに、ウエムは今気づきました。

世界のことや政治のことが最初のページに出ていました。ウエムは新聞があまりぐしょぐしょなのでうんざりしながらページをくっていき、そして目にとびこんだ小さな記事の見出しに、どきーっとしました。全身の毛がいっぺんにばっと逆立ったのがわかりました。

『新たに四部屋を公開、ベッキオ宮《きゅう》――これまでは誰《だれ》の隠《かく》れ家《が》?』

その見出しには、こう書いてあったのです。くい入るように記事を読むウエムの顔から、次第《しだい》に血の気がうせていきました。

『長い間閉鎖《へいさ》されていたベッキオ宮の四部屋、「緑の部屋」、「サビーネの間《ま》」、「エステルの間《ま》」、そして「ペネロペの間《ま》」が、今日から一般公開されることになりました。久しぶりに中を掃除《そうじ》した係員は、だれが持ちこんだかわからない家具や書物、また不思議な字の書かれた紙束を「ペネロペの間」に見つけて、すぐ別の館員にしらせました。紙束については、みな最近書かれた落書《らくが》きなのがわかり処分《しょぶん》されましたが、他のものについては、持ち主のわからないまま保存《ほぞん》されています。いったいだれの仕業《しわざ》か不明ですが、部屋は荒《あ》らされておらず、損害《そんがい》はありませんでした。また、「サビー

ネの間」から続く厨房《ちゅうぼう》にもさまざまの道具がそなえつけられ、冷蔵庫《れいぞうこ》にはシャケの缶詰《かんづめ》も入っていました。館員一同首をひねっていますが、手がかりはありません。ただ道具が全体にまれに見るほど小ぶりであること、書物がダンチ関係のものだったことからみて、ゆめ見がちの子供《こども》たちによる手のこんだ隠《かく》れ家《が》ごっこだったのではないかと当局では見ています』

そして記事は、それぞれの部屋の紹介《しょうかい》と、公開時間をのべて終わっていました。

ウエムは、テデが入れてくれた湯気《ゆげ》のたつココアに浮《う》かぶ白い泡《あわ》をじっと見ながら、がっくりと力をおとしました。そして、

「ぼかあバカだった！」

とさけびました。

ウエムは、あきれるテデを尻目《しりめ》に外にとび出すと、腰《こし》をかがめ、駅めがけてどしゃ降《ぶ》りの中を歩きました。のんびりしていた自分に腹《はら》が立っていたので、雨にうたれるぐらいでちょうどだと思いました。

汽車をおりてみると、なまあたたかい春の風が花のかおりを運びながら吹《ふ》いてくるその街は、いつになくどんよりしたくもり空でした。ウエムは汽車の中ですっかりかわいた毛をその風にさらして駅前に立ちながら、やっぱり一度はベッキオ宮のその部屋に入ってみなければ、と考えました。そしてウエムは歩き出しました。

「緑の部屋」「サビーネの間」「エステルの間」そして「ペネロペの間」は、たしかに一般公開されていて、見物人がうろうろしていました。「緑の部屋」はさびしげな緑の壁《かべ》と、何だか不気味《ぶきみ》な模様《もよう》の描《か》かれた天井の、細長い部屋でした。左の壁《かべ》についた、がっちりしめられた修理跡《しゅうりあと》のある木の扉《とびら》は、ウフィッツィ美術館に続くわたり廊下《ろうか》への入口にちがいありませんでした。「サビーネの間」も「エステルの間」も「ペネロペの間」も美しい天井画《てんじょうが》のある美しい部屋でした。ウエムは、「ペネロペの間」に最後に足をふみ入れた時になって、いよいよ強く、自分が出おくれたことによるとりかえしのつかなさを感じました。そこはいすがふたつと長持《ながもち》がひとつ置いてあるだけの、がらんとした部屋でした。つい一週間前までだれかが住んでいたということを感じさせるものは、何ひとつありませんでした。

ベッキオ宮を出たウエムは、考えていた通りに、マツの残した赤い舟《ふね》にのって川をくだることにしました。船着き場では、

「マツがこないと思ったら、その舟《ふね》はあんたのになったんかい」

と年よりのネズミにたずねられたりして胸《むね》のいたむ思いをしましたが、だれにもうるさくとがめられずにウエムは舟《ふね》にのることができました。そして櫂《かい》を手に、どんよりさびしい春の川を漕《こ》ぎ始《はじ》めたのです。

「あんた、櫂《かい》の動かし方、逆だぞお！」

とさっきのおじいさんにどなられて、あっそうかと思ったくらいなれないことではあったけれど、しかしウエムは何とかかんとか漕《こ》ぎ方《かた》をおぼえて、ベッキオ橋《ばし》の下をくぐっていったのです。あの何もしたくなかった一週間がまるでうそのように、今ウエムはやる気に満ちていました。ウエムはネコの工房《こうぼう》に入ってみようと考えていたのでした。

岸辺に舟《ふね》をとめ、よろめきながら舟《ふね》をおりたウエムは、草の茂《しげ》みに分《わ》け入《い》り、ココがマツに教えていたことを思いだしながら、バルコニーの壁《かべ》をささえる梁《はり》の上までかけあがりました。たしかにその先には黒く穴《あな》があいているのがわかりました。

もぐってすぐ、一度はそこにかけられたネコの顔の絵にぎょっとしながらも先へすすんでゆくと、ウエムの目にもまた、マツの目にとびこんできたのと同じ工房《こうぼう》のながめが広がりました。ただし壁《かべ》には「サン・ロマーノの戦い」はなく、ネコは一匹《ぴき》もいませんでしたが。けれどその部屋には電気がともされっぱなしになっていて、机《つくえ》やバケツや脚立《きゃたつ》が置かれ、それに、実物大の「サン・ロマーノの戦い」の写真が壁《かべ》にたてかけられていました。写真の上からは縦横《たてよこ》に正確な線が格子状《こうしじょう》に引かれ、ネコたちが、ま四角にわけられたそのひとつひとつを目やすにして贋作《がんさく》を描《か》いていったことがわかりました。

ウエムは壁《かべ》の穴《あな》からすべりおりると、フームとうなってにんまりしながら、ムッとするような工《こう》房《ぼう》の中をひとわたり見わたしました。油絵《あぶらえ》を描《か》く時に使う、絵をたてかける画架《がか》もあれば、テンペラ画に使う膠《にかわ》を煮溶《にと》かすためでしょうか、お鍋《なべ》やコンロもありました。粉末の絵の具の入ったいくつものびんが棚《たな》に並《なら》んでいるのも見えました。ウエムは、机《つくえ》の上に置かれた卵《たまご》のあわたて器を指でつついてから、「はーん、やるもんだね!」とつぶやきました。昔ふうの、ちゃんとしたテンペラ画を描《か》くのには、あわたてた卵白《らんぱく》がいりようだったのです。けれどウエムは感心するためにここにきたわけではないのです。ここにくればおそらく、「サン・ロマーノの戦い」の前に描《か》かれた絵の手がかりがつかめるはずだとウエムは期待していたのです。

それに時間はたっぷりあるし、だれかこないかと心配する必要さえありません。ウエムは脚立《きゃたつ》をゆっくりと壁《かべ》ぎわの棚《たな》の前へ持っていくと、紙の重ねてあるその棚《たな》を上から順に調べ始めました。どんな物でも見逃《みのが》すまいと、さまざまの紙に目を通していくウエムは、自信に満ちた探偵《たんてい》のようでした。

ウエムがまず見つけたのは、ネコたちの勤務表《きんむひょう》でした。テツ、ノグ、トラ、タゴ、ヤド……といったネコの名前がずらりとならび、日づけの下には○印が書かれていました。けれどそれは、今年の勤務表《きんむひょう》で、お正月休みのあとから仕事が始められたのがわかるばかりでした。今は四月ですから、ほんの四カ月分にすぎません。「くそおっ……」とウエムはつぶやくと、それをほうりました。つぎに見つけたのは、正方形の薄紙《うすがみ》の束でした。それらはすべて、「サン・ロマーノの戦い」の写真の各部分に当てがって輪郭《りんかく》を鉛筆《えんぴつ》でなぞったものであるのがわかりました。それを、カーボン紙《し》をあてた板の上に置いて、もう一度線をなぞって下描《したが》きをしたにちがいありませんでした。薄紙《うすがみ》の裏《うら》には青い粉がうっすら残っていました。

「なれたことしやがる……」

とウエムはうなって、その紙束も脇《わき》に置きました。そして、それと同じような薄紙《うすがみ》の束がもっと出てくればこっちのものだとウエムは思い、またにんまりしました。けれど棚《たな》の上から次に出てきたのは、きちんと整理された、目を見張るほどきれいな彩色表《さいしょくひょう》でした。

ウエムが開いたページには、いろんな橙色《だいだいいろ》がならんでいました。橙色《だいだいいろ》と一口にいっても、濃《こ》いもの薄《うす》いもの明るめのもの暗めのものと、実にさまざまなことに、その表を見たウエムはあらためて思い知らされたくらいでした。そして、何番の橙色《だいだいいろ》を出すには、何色と何色をどれくらいまぜるといったことが算数の計算式のように書きこまれているのでした。マツが、「ものすごくよく描《か》けちゃってる」といった時の顔が目に浮《う》かびました。ウエムは感心して思わず首をふりながらも、その彩色表《さいしょくひょう》を脇《わき》へ置きました。

そうやって棚《なた》の上をさぐっていったウエムは、次第に心配になってきました。一般的な資料や「サン・ロマーノの戦い」に使ったとわかる試《ため》し描《が》きなどは出てくるのに、それ以外のものはまったく見当たらないからでした。

しかし、そこから何かを見つけようなどというのは、実は、無理な話なのでした。もしウエムがカーポの性格をよく知っていたら、そんなことは期待しなかったでしょう。カーポは、ちょっと見には、ひょうきんで明るいでぶネコでしたが、その実《じつ》その仕事の仕方は、ほんとうにプロという言葉にふさわしかったからです。カーポは、ひとつの仕事がすっかりかたづいてお金を手に入れるや、その証拠《しょうこ》を残さないように細かく注意することを、けっして怠《おこた》りませんでした。以前の仕事に関係したものは、小さな小さな紙吹雪《かみふぶき》のようにちぎられて、きれいさっぱり、すっかりすてられていたのでした。下働きのネコたちがどんなに愛着を持っている試《ため》し描《が》きでも容赦《ようしゃ》はしませんでした。

工房《こうぼう》じゅうを探《さぐ》り終《お》えた時、ウエムはへなへなと床《ゆか》にしゃがみこまずにはいられませんでした。

ふたつめの望みも消えたのでした。

４　三つめの望み

そこにしばらくそうしてたたずんでいたウエムは、やがて、それでも何とかしなければいけないと思いました。

「しゃあない。こうなったらマルコーニさんて人んちにでももぐりこんでみるか……」

そしてウエムはしゃがんだまま工房《こうぼう》をぐるりと見わたして、ドアがふたつあるのを見ると、立ちあがって、うすよごれた白いドアの鍵穴《かぎあな》に差しこまれている鍵《かぎ》をまわしました。

そこから続いている通路こそ、ネコたちのよぶ非常道《ひじょうみち》でした。階段《かいだん》を数段昇《だんのぼ》り、廊下《ろうか》を素直《すなお》につたっていけば、マルコーニさんの家に入り、やがて玄関《げんかん》に出るのでした。

ウエムはきょろきょろしながら、はじめはそのコンクリートの細い階段《かいだん》と廊下《ろうか》をゆき、そしてやがてピカピカにみがかれたピンク色の大理石の廊下《ろうか》に出ていきました。廊下《ろうか》に面して、いかめしい木の扉《とびら》がついていましたが、どれもぴんとしまっていて、ウエムの力ではあけられそうにありませんでした。そうやって、てくてくきょろきょろ歩いていくと、はじめてドアの開いている部屋があるのがわかり、ウエムはそちらへ急ぎました。

そこは応接間でした。幾何学模様《きかがくもよう》の絨毯《じゅうたん》がしかれ、すわったらさぞ気持ちのよさそうな応接セッ

トがゆったりと置かれていました。ウエムはちょっと気おくれして、入る前に思わず、

「じゃ、おじゃまします」

とつぶやいて、ペコリと頭をさげました。一歩入った時でした。

「だれよ、あんた！」

という声にウエムがハッとふりあおぐと、優雅《ゆうが》な形のかざり棚《だな》の上には、肩《かた》までたれたまき毛の金《きん》髪《ぱつ》に、紫色《むらさきいろ》のだんだんのドレスを着た、青い目の太った人形がすわっているのでした。ウエムは、そのいかにもお金持ちのおじょうさんといった感じのする人形に、またちょっと気おくれがして唾《つば》をのみました。すると人形がいうのでした。

「あんたカーポのお友だち？　ふふん、まさかね。あんたさえ、いい、いないもの」

そして人形は、さもばかにしたようにわらいました。ウエムは、

（こいつ、気にくわねえ）

とすぐに思いました。が、この人形と少ししゃべってみるのは、おそらく何かのきっかけになるにちがいないと思い、ムッとする気持ちをおさえて近よりました。

「こんにちは、はじめまして！」

ウエムは明るい声であいさつをすると、すぐに
「こんな美しい方にお会いできるなんて、ぼかぁ幸せだなあ」

とつけたしました。人形はこの言葉を聞いて、簡単《かんたん》に上機嫌《じょうきげん》になったようでした。そしてにっこり

わらうと、

「フランチェスカと申しますの」

と気どって答えました。ウエムはちょっと考えてから、思いきってためしてみることに決めました。

「あの、わたくし、絵のことでまいったんですが……」

するとフランチェスカはすぐに目をぱっちりさせ、

「あら、じゃああんたも仲間？」といってから、「まさかお客じゃあ、ないわよねぇ」

とつぶやいたのです。ウエムのからだはビクンとしました。

（こいつやっぱり知ってるんだ！）

そこでウエムは、

「こう見えても、客の方《ほう》なんですが……」

と答えてからあいまいにいいました。

「でもお、うまくいくかどうか、心配でしてねえ……」

するとフランチェスカは身をのりだしていいました。

「何いってるのよあんた、いつだって大成功してるの知らないの？　ちょっと見てよ、この指輪、なーんとほんもののダイヤモンドなんだから。カーポが買ってくれたのよ。カーポってさ、あんなぶ細工《さいく》なやつ、あたし死んだってあんなやつのお嫁《よめ》さんになりたいと思わないけどさ、だけどお金稼《かせ》ぐのすごくうまいし、それに何たってあたしにまいっちゃってるから、何だって買ってくれ

ちゃって、なかなかはなれられないのよ、ねえ、わかった？　あんた、カーポにまかしちゃいなさいよ」

　ウエムは、ときどき唾《つば》をとばしながら話すフランチェスカのその顔を見ていて、いよいよ腹《はら》が立ってきました。

（ちっきしょう、何がダイヤモンドだ。てめえがごたごた着かざってるかげで、こっちがどれだけ苦労してるか、考えてみろってんだ！）

　フランチェスカを見ていたら、あんなにきちんとした贋作仕事《がんさくしごと》をしているネコたちがこのましく思えてくるくらいでした。それからフランチェスカは、ちらっと横目でウエムを見て、首をひねっていいました。

「だけどあんた、ほんとにお客さん？　そいで電話もらってやってきたの？　よくここがわかったわね」

ウエムは、(電話?)と考えて口をつぐみました。フランチェスカのだんだんのドレスの横、みごとな造りの飾《かざ》り棚《だな》の上には華奢《きゃしゃ》な形の金色の電話器が、置き物のように置いてあるのでした。ウエムがだまっていると、フランチェスカがきっぱりといいました。

「いっとくけど、カーポはね、絶対お客さんには会わないわよ。それがカーポの主義なんだから。そのことカーポから聞かなかったの? 必ずいったと思うけどなあ」

ウエムの頭の中で、ひとつのことがくっきりとまとまりました。カーポは、電話を使って取り引きしていたにちがいありませんでした。ネコやネズミをまともに相手にしたがらない人間を客にとろうと思えば、たしかにそれが一ばんいい方法だったでしょう。

ウエムは棚《たな》の上の電話器を見あげながら、つぶやくようにいいました。

「じゃ、あなたは、カーポが電話しているのを、いつも聞いてたってわけですか」

フランチェスカは、「それがどうしたのよ」といって疑《うたが》わしそうにウエムを見ました。

やがてウエムは、きりりと口を結んで胸《むね》をそらすと、フランチェスカをまっすぐ見て口をきりました。

「ぼかぁ、こう見えても、百万長者の一人息子なんです。今、金に糸目をつけない大仕事をカーポさんに頼《たの》もうかと思ってます。でも、カーポさんのこれまでの仕事ぶりをまったく知らないので不安なんです。どういう絵を売ったかわかれば、ぼくは美術館に行って贋作《がんさく》の腕前《うでまえ》を見てこられます。それに、それを買った客がわかれば、連絡《れんらく》をとって、カーポさんに頼《たの》んでよかったかどうか、きくこともできます。何せぼくは、先祖代々の全財産を投げだすつもりでいるんです。何も知らずに客になるわけにはいかんのです」

フランチェスカは、らんらんと光るウエムの目と、全財産という言葉にすっかり心を打たれました。そして思わず身をのり出すと、ひきしまった声でいいました。

「それがわかればあんた、ううん、あなたは、カーポに仕事を頼《たの》むのね？　ねえ、もしあたしがそれを教えたら、あたしにもお礼をしてくれる？」

「もちろんです。ぼかぁ全財産のほかにも、まだたんとお金を持ってるんです。いくらでもお礼します」

フランチェスカは、色白の顔をほんのりばら色にそめて、ぱちぱちとまばたきしました。そして深く息をすうといいました。

「わかったわ。じゃあ、カーポには内緒《ないしょ》よ」

ウエムはからだじゅうを耳にしてフランチェスカの言葉を聞きました。

「この家にはね、お金持ちのお客さんがたんとくるの。隣《となり》のアパートの人がお家賃《やちん》をはらいにくるのなんかは別よ。そうじゃなくて、マルコーニさんのお仕事のお客さん。だってマルコーニさんて、お金持ちの人専門《せんもん》の弁護士《べんごし》さんなんだもの。で、ここは応接間だからさぁ……」

と、フランチェスカがそこまで話した時でした。

「なあんと！　のらネコかと思ったら！」

とさけぶ声がして、フランチェスカは話をピタリとやめ、ウエムははっとふりむきました。ほうきを担《かつ》いだお手伝いのおばさんが、入口に立っていました。と思う間もなく、おばさんはほうきをふりまわし、ウエムめがけて走ってきたのでたまりません。ウエムはひょいっと横っとびに跳《と》んで、かざり棚《だな》の下にかくれました。

「こやつ、出てこい！　ほんとにいやなネズミだ！」

おばさんはほうきを棚《たな》の下につっこんで左右にはらったので、ウエムは生きた心地もしないまま、そこを出、今度は肘《ひじ》かけいすにとびあがりました。

「よしなさいっ、そんなところにあがるの！」

太ったおばさんは大きなさけび声をあげながら、ウエムをはらおうとして長いほうきを振《ふ》り回《まわ》しました。その時、

「ギャーッ！」

という恐《おそ》ろしいほどのさけび声がおこり、おばさんとウエムは、声のした方をむきました。ガッチャーン!!　それはまさに、ほうきの柄《え》にふりおとされて床《ゆか》に墜落《ついらく》したフランチェスカだったのです。

陶人形《とうにんぎょう》のフランチェスカは、今、床《ゆか》の上でこなごなにくだけて見るかげもない姿《すがた》に変わり果てていました。紫色《むらさきいろ》の美しいドレスのそばで、ダイヤモンドが光っていました。

「んっまあ、フランチェスカちゃん……！」

おばさんのおどろき悲しむさけびのうちに、ウエムはその応接間を出ました。こんなことになろうとは思ってもみませんでした。こうして三つめの望みも消えた今、ウエムにはどんな望みも残りませんでした。

ウエムは今、汽車のゆれに身をまかせ、どんどん流れていく窓《まど》の景色を見つめていました。景色は重たい色をしていました。

(終わってしまった……終わってしまった……)

ウエムは心の中でつぶやきました。

(いいやつも、悪いやつも、いい事も、悪い事も、みんな消えちまって……終わってしまった。……何が残ったんだ？ 残ったさ、始まりが。そう、始まりが残ったんだ。おれは、どの絵が贋物《にせもの》かを、この目だけをたよりに見つけ出していこう。ウフィツィに通いながら。そして、本物の絵を探《さが》し出《だ》そう。一生かけてでも)

ウエムはゆっくりと心にちかいました。

5　日々の終わり

聖《せい》ヤコポ通り三十番地のアパートで暮《く》らし始《はじ》めたココは、生きかえったように元気でした。バルコニーにむけて置かれたテーブルで、アルノー川沿《ぞ》いの景色を見ながら簡単《かんたん》な朝食をすませたあと、ヒロヤとカズヤは決まって図書館に出かけていき、ココは歌を歌いながら後かたづけをしたり、お花に水をあげたり、掃除《そうじ》をしたり、洗濯《せんたく》をしてほしたりするのでした。隣《となり》の部屋の窓《まど》をあけはなち、いいにおいのする洗濯物《せんたくもの》を窓下《まどした》に張られた綱《つな》にかけていく時には、むこうの屋根にならんだハトたちが首をかしげてココにわらいかけました。ココのそばまでとんできて、ココのすることをおもしろそうに見るハトもいました。ココは、そういう朝のひとときが大すきでした。

午前中の用事がすむころ、ヒロヤとカズヤは図書館からもどり、三人は、ココの用意した昼食をとりました。ヒロヤとカズヤは、初めココがスパゲッティのゆで方さえ知らないのでおどろきましたが、ひとつひとつ教えてさえいけば、ココがそれをすっかりのみこんでゆくのをかえって楽しがり、今ではもう、二人の知っている料理なら、ココもまたちゃんと作れるようになっていました。

そしてある日二人は、「君は、お料理をしたりお掃除《そうじ》をしたりするだけじゃなくて勉強もしなくちゃいけない」とココにいい、ココは、かわりばんこで先生になるヒロヤとカズヤについて、書く勉強や読む勉強、それに計算のし方などもならい始めたのです。そして、午後になって二人が大学に出かけてゆく時には、ココもまた、先生の出した宿題から始めて、一人で勉強をするのでした。習ったことをどんどん覚えてゆくのはとても楽しく、先生がほめてくれる時にはうれしい気持ちがしました。

ヒロヤとカズヤは時どき、マルマルゾッコという本屋さんから、ココにも読めそうな本をおみやげに買って帰りました。そういう時ココはおどりあがって喜び、晩《ばん》ごはんを急いですませて、知らない言葉をたずねたずね、その楽しい本の中にひたってゆくのでした。二人は辞書の使い方も説明し、ココは、知らない言葉をたずねなくとも本が読めるようにさえなっていました。

二人は一度、ココには別の洋服も必要なんじゃないかと話しあったことがありました。けれど二人がいつも不思議に思うことに、その水色の洋服は、けっしてよごれないのでした。ぽんぽんとはたけば、それでもうおろし立てでもあるかのようにきれいに、そして、胸《むね》の星かざりはいつも静かに輝《かがや》いているのでした。そして二人は、ココにはほかの洋服などいらないことを知るのでした。

二人にとってココが不思議な少女であったのは、いうまでもないことでした。持ち物はひとつもなかったし、どこからきたかも、何をしてきたかもわかりませんでした。それをココにたずねてもやはり首をひねるばかりです。けれど、ベッキオ橋《ばし》をわたるたびに会う、あの絵描《えか》きのおじいさんは、まるでそういう二人の心配を読みとったかのように、時おり、「いいんだよ、それでいいんだよ」と、声をかけるのでした。すると二人は、何だか、それでいいんだな、という気持ちになって、このココとの暮《く》らしをだいじにしようとだけ思うのでした。

ココがきたことで、二人の暮《く》らしは明るくなごやかなものになりこそすれ、やっかいになったことなど一度もありませんでした。今ではまるで、ココのいない暮《く》らしなど、考えられないように思うのでした。そしてまたココも、ああ、こういう毎日って何て楽しいんだろう、いつまでもいつまでも、こうして暮《く》らしていたいと思うのでした。


そんなある日、そう、もう春の終わりの昼さがりのことでした。ココが、バルコニーに出て、鉢《はち》のつつじに水をやっていた時です。ヒロヤとカズヤは、一人の青年をともなってずいぶん早めに家に帰ってきました。カズヤは、元気な顔をバルコニーの方にむけて、

「ココ！　今日、船のりと友だちになったんだぜ！」

と声をかけました。その時、胸《むね》が、ほんとうにほんとうにかすかに、ちくっといたむのをココは感じました。

まもなく青年が一人歩みよってきて、バルコニーの入口に立ちました。すらりとした青年の顔は細くとがり、切れ長の目がココを見て、かすかにわらいました。ココは、なぜかめまいがするようで、二、三歩後ずさって、バルコニーの柵《さく》にもたれました。

「きれいな洋服ですね。胸《むね》の星がまぶしいな」

そういった青年の声は、かわいた枯《か》れわらのような不思議な響《ひび》きを秘《ひ》めココの耳をさわがせました。ココは今、何がおこったのかわからないまま、高鳴る胸《むね》をおさえ、目をカッと見開いていました。すると青年は、一歩バルコニーにふみ入ってアルノー川を見おろしながら、口笛《くちぶえ》を吹《ふ》きはじめたのでした。

……ゆめをみましょう、春のゆめ……いつかわたしが大きくなったら……白い小さなお舟《ふね》にのって……知らない国へと……ゆーらゆら……

(ああ、この節……いつか、どこかで……)

ココの胸《むね》は、次第《しだい》に次第《しだい》に苦しくなっていきました。それでも何だか、この青年と何か一言《ひとこと》でも話がしたいと思うのでした。ココは胸をおさえながら、やっとのことで、ぽとりと一言《ひとこと》、つぶやくようにたずねました。

「……お名前を、聞かせて」

「ヤス」

青年が横顔を見せたまま、短く答えました。

その時、アルノー川から春の終わりの強い風がゆっくりゆっくりおしよせ、次第《しだい》にはげしく吹《ふ》きあがってココのからだをおそいました。

「きゃーあーあーあーあーあーあーあー」

耳をつんざくように美しい、ゆっくりとまのびした、帯のような悲鳴をココはあげました。こみあげてくるように、いっぺんに、何もかも、ひとつ残らず、ココは思いだしたのでした。

春風はココのからだをなぶりました。
するとココの胸《むね》についたたくさんの星が
いっせいにチカチカチカッと恐《おそ》ろしいほどの光を発した
と思うまもなく渦巻《うずま》く風の中でひとつひとつまたひとつ
と風にちぎられ光《ひか》り輝《かがや》きながらあたりを舞《ま》いくるい
水色の服が風にひるがえっておどったあげく引《ひ》き裂《さ》かれて空にとび
黄金色《こがねいろ》の髪《かみ》が無数のヘビのようにはげしくうねってはとぐろをまき
やがて一本一本また一本ととび立つ鳥のようにつながって頭をはなれ
レースの下着がきらめく花吹雪《はなふぶき》のようにちり
ココのからだは吹《ふ》きあれる春風にその肌《はだ》の色をかすめとられ
目の中でアルノー川がかすれこの街がかすれ
ココのからだもまたかすみしまいに、何もかも
ちりぢりにちりぢりに吹《ふ》きとばされ
風に運ばれ……。

――そして風のさったあとには、何も残りませんでした。

＊
＊　＊　＊
＊

十字架《じゅうじか》の山通り十四番地のルッケージ荘《そう》では、午後の陽《ひ》にあたためられて少しむっとなった子供部屋《こどもべや》に新しい風を入れようと、女の子が窓《まど》をあけたところでした。

「ゆめを見ましょう、春のゆめ……」

女の子が口ずさむ歌は、棚《たな》にならべられたおもちゃの兵隊にも、ベッドにころがっているぬいぐるみにも、ガラスのケースに入れられたスペインの気どった人形にも、そしてゆりいすにすわったままのはだかんぼうの人形ココにも、もうすっかりなじみになった歌でした。

「モーニカ！」

下の部屋からよぶ声がして、女の子はスカートをひるがえしました。そのとたん、かすかにチャランと音がしたのを、すぐそばにいた人形のココの耳が聞きました。

（ナニカオトシタワ、モニカ！）

けれど女の子はココの方は見ずに、子供部屋からかけだしていきました。ココのすわったゆりいすの先には、金色の小さな鍵《かぎ》がひとつ、おひさまを受けて床《ゆか》の上で光っていました。

（ヒロオウカナ……）

とココは思いました。けれどもそう思った時、ココは急に、ひどくからだがつかれるのをおぼえました。まるで、とてもとても長い間生きてきたあとだとでもいうように。ココは、ゆっくり目をとじて、いすの背《せ》にもたれました。けれども、目をあけると、鍵《かぎ》はやっぱりそこで光っていました。ココをよぶように。

（……アア、ヒロオウ……ヤッパリヒロオウ……。ヒロワナイヨリハ、ヒロウホウガ、キットイイ……）

そしてココは、思いっきりの力をふりしぼってゆりいすからおりると、一歩、一歩、交互《こうご》に足を前に出し、金色の鍵《かぎ》にむかって歩いていきました。

おわり

【あとがき】

〈一年四カ月間、私はイタリアのフィレンツェ市に滞在《たいざい》していました。その間に、その街を舞台《ぶたい》にして書いたのがこの物語です。私ははじめ、せっかく美しい外国の街に住むのだ、机《つくえ》に向かってちくちくと字を書くなんてつまらない、長い話はおろか、短いお話さえ書かず、毎日お散歩していようと考えていました。それなのに、古く重々しく、そして美しい芸術の都の片隅《かたすみ》を、ちょろちょろと駆《か》けていくネズミたちを見つけたり、そこで初めて知り合った友人たちと交わったりするうちに、まったくひとりでに（といっても、たぶん誇張《こちょう》ではないと思います）この物語は書かれてしまっていたのでした。実に意外です。〉

＊　＊　＊

右の文章は、この本が一九八七年に〈リブリオ出版〉から刊行されたときに書いた「付記《ふき》」の冒頭《ぼうとう》です。「まったくひとりでに」については、いくら何でも、「誇張《こちょう》ではない」どころか大いなる誇張《こちょう》だろうと今では思うわけですが、フィレンツェ滞在《たいざい》が半年に及《およ》んだ頃《ころ》、ふとお話を作りたくなり、憑《と》りつかれたように、無我夢中《むがむちゅう》でわあっと書いたのはたしかです。

そのお話が、およそ三十年、細々と生きのびてきた後で、美しい装《よそお》いで、新たに出版されることになったのですから、嬉《うれ》しく、有難《ありがた》く、感慨《かんがい》もひとしおです。

さて、作品中に登場するパオロ・ウッチェッロ作「サン・ロマーノの戦い」三部作ですが、〈リブリオ出版〉版刊行当時は、美術全集でさえなかなか見ることができなかったので、興味を持たれた方のために、パリのルーブル美術館とロンドンのナショナルギャラリーで購入した絵葉書の写真を載《の》せてもらいました。今ではインターネットのおかげで、簡単《かんたん》に見ることができるのですが、せっかくですから、この新版にも同じように、載《の》せてもらうことにしました。お話とあわせておたのしみください。

二〇一六年　秋　　著者

パリ／ルーブル美術館所蔵（180 cm×316 cm）

ロンドン／ナショナルギャラリー所蔵（181.6 cm×320 cm）

本作品は一九八七年にリブリオ出版より刊行されました。

高楼方子（たかどのほうこ）

函館市に生まれる。

『へんてこもりにいこうよ』（偕成社）『いたずらおばあさん』（フレーベル館）で路傍の石幼少年文学賞、『キロコちゃんとみどりのくつ』（あかね書房）で児童福祉文化賞、『おともださにナリマ小』（フレーベル館）『十一月の扉』（受賞当時リブリオ出版）で産経児童出版文化賞、『わたしたちの帽子』（フレーベル館）で赤い鳥文学賞・小学館児童出版文化賞を受賞。絵本に『まあちゃんのながいかみ』（福音館書店）「つんつくせんせい」のシリーズ（フレーベル館）など、幼年童話に『みどりいろのたね』（福音館書店）、低・中学年向きの作品に、『ねこが見た話』『おーばあちゃんはきらきら』（福音館書店）『紳士とオバケ氏』（フレーベル館）『ニレの木広場のモモモ館』（ポプラ社）など、高学年向きの作品に、『時計坂の家』『十一月の扉』『緑の模様画』（以上福音館書店）、『リリコは眠れない』（あかね書房）など、翻訳に『小公女』（福音館書店）、エッセイに幼いころの記憶を綴った『記憶の小瓶』（クレヨンハウス）、『老嬢物語』（偕成社）がある。札幌市在住。

千葉史子（ちばちかこ）

函館市に生まれる。

著者の高楼方子は実妹。姉妹での作品に、『ココの詩』『時計坂の家』（福音館書店）『十一月の扉』（講談社、青い鳥文庫）『いたずらおばあさん』（フレーベル館）『ポップコーンの魔法』（あかね書房）『とおいまちのこ』（のら書店）『ニレの木広場のモモモ館』（ポプラ社）などがある。その他の作品に、『だいすきだよ、オルヤンおじいちゃん』（徳間書店）『ごちそうびっくり箱』（角川つばさ文庫）など、自作の絵本に『パレッタとふしぎなもくば』（講談社、KFS創作絵本グランプリ受賞）などがある。千葉県在住。

ココの詩《うた》

2016年10月10日　初版発行

著者　高楼方子

画家　千葉史子

発行　株式会社　福音館書店

〒113-8686　東京都文京区本駒込6-6-3

電話　販売部　(03)3942-1226

編集部　(03)3942-2780

http://www.fukuinkan.co.jp/

装幀　名久井直子

印刷　精興社

製本　島田製本

乱丁・落丁本はお手数ですが小社出版部までお送りください。

送料小社負担にてお取り替えいたします。

NDC913　432ページ　21×16cm

ISBN978-4-8340-8295-1

高楼方子《たかどのほうこ》の長編読みもの

『ココの詩《うた》』

高楼方子 作／千葉史子 絵

小学校高学年から

金色の鍵を手に入れ、初めてフィレンツェの街にでた人形のココ。無垢なココを待ち受けていたのは、名画の贋作事件をめぐるネコ一味との攻防、そして焦がれるような恋だった……。

『時計坂の家』

高楼方子 作／千葉史子 絵

小学校高学年から

12歳の夏休み、フー子は憧れのいとこマリカに誘われ、祖父の住む「時計坂の家」を訪れる。しかしその場所でフー子を待っていたのは、けっして踏み入れてはならない秘密の園だった。

『十一月の扉』

高楼方子 作／千葉史子 装画

小学校高学年から

偶然見つけた素敵な洋館で、2か月間下宿生活を送ることになった爽子。個性的な大人たちとのふれあい、そして淡い恋からうまれたもうひとつの物語とで織りなされる、優しくあたたかい日々。

『緑の模様画』

高楼方子 作／平澤朋子 装画

小学校高学年から

海の見える坂の街で、多感な三人の女の子が過ごすきらきらとした濃密な時間。早春から初夏へ、緑の濃淡が心模様を映し出す。『小公女』への思いが開く心の窓、時間の扉……。